COLLECTION FOLIO

Pascal Quignard

Le sexe et l'effroi

Gallimard

Pascal Quignard est né en 1948 à Verneuil-sur-Avre (France). Il vit à Paris. Il est l'auteur de plusieurs romans (*Le salon du Wurtemberg, Tous les matins du monde, Terrasse à Rome*...) et de nombreux essais où la fiction est mêlée à la réflexion (*Petits traités, Vie secrète, Les ombres errantes, Sur le jadis, Abîmes*...). *Les ombres errantes* a obtenu le prix Goncourt en 2002.

Avertissement

Nous transportons avec nous le trouble de notre conception.

Il n'est point d'image qui nous choque qu'elle ne nous rappelle les gestes qui nous firent.

L'humanité ne cesse de résulter d'une scène qui met aux prises deux mammifères mâle et femelle dont les organes urogénitaux, à condition que l'anormalité les gagne, dès l'instant où ils sont devenus nettement difformes, s'emboîtent.

Dans le sexe masculin qui croît, puis qui gicle, c'est la vie elle-même qui déborde subitement dans la semence fécondante, très en deçà des traits qui définissent l'humanité. Que nous ne puissions pas distinguer la passion animale de posséder comme un animal le corps d'un autre animal de la généalogie familiale puis historique nous trouble. Et ce trouble se redouble en ce que la sélection qu'opère la mort ne peut être dissociée de la succession généalogique d'individus qui ne puisent la possibilité d'être « individués » qu'à partir de la reproduction sexuée hasardeuse Aussi la reproduction sexuée aléatoire, la sélection par la mort imprévisible et la conscience individuelle périodique (que le rêve restaure et fluidifie, que l'acquisition du langage réorganise et enténèbre) sont une seule chose regardée en même temps.

Or, cette « chose regardée en même temps », nous ne pouvons en aucun cas la voir.

Nous sommes venus d'une scène où nous n'étions pas.

L'homme est celui à qui une image manque.

Qu'il ferme les yeux et qu'il rêve dans la nuit, qu'il les ouvre et qu'il observe attentivement les choses réelles dans la clarté qu'épanche le soleil, que son regard se déroute et s'égare, qu'il porte les yeux sur le livre qu'il tient entre ses mains, qu'assis dans le noir il épie le déroulement d'un film, qu'il se laisse absorber dans la contemplation d'une peinture, l'homme est un regard désirant qui cherche une autre image derrière tout ce qu'il voit.

Les patriciennes représentées sur les fresques

que les anciens Romains composèrent sont comme à l'ancre. Elles se tiennent immobiles, le regard latéral, dans une attente sidérée, figées juste au moment dramatique d'un récit que nous ne comprenons plus. Je veux méditer sur un mot romain difficile : la *fascinatio*. Le mot grec de *phallos* se dit en latin le *fascinus*. Les chants qui l'entourent s'appellent « fescennins ». Le *fascinus* arrête le regard au point qu'il ne peut s'en détacher. Les chants qu'il inspire sont à l'origine de l'invention romaine du roman : la *satura*.

La fascination est la perception de l'angle mort du langage. Et c'est pourquoi ce regard est toujours latéral.

Je cherche à comprendre quelque chose d'incompréhensible : le transport de l'érotisme des Grecs dans la Rome impériale. Cette mutation n'a pas été pensée jusqu'ici pour une raison que j'ignore mais par une crainte que je conçois. Durant les cinquante-six ans du règne d'Auguste, qui réaménagea le monde romain sous la forme de l'empire, eut lieu la métamorphose de l'érotisme joyeux et précis des Grecs en mélancolie effrayée. Cette mutation n'a mis qu'une trentaine d'années à se mettre en place (de – 18 avant l'ère à 14 après l'ère) et néanmoins elle nous enveloppe encore et domine nos passions. De cette métamorphose, le christianisme ne fut qu'une conséquence, reprenant cet érotisme pour ainsi dire dans l'état où l'avaient reformulé les fonctionnaires romains que le principat d'Octavius Augustus suscita et que l'Empire durant les quatre siècles qui suivirent fut conduit à multiplier dans l'obséquiosité.

Je parle de deux tremblements de terre.

L'éros est une plaque archaïque, préhumaine, totalement bestiale, qui aborde le continent émergé du langage humain acquis et de la vie psychique volontaire sous les deux formes de l'angoisse et du rire. L'angoisse et le rire, ce sont les cendres épaisses qui retombent lentement de ce volcan. Il ne s'agit jamais ni du feu brûlant ni de la roche encore en fusion et visqueuse qui monte du fond de la terre. Les sociétés et le langage ne cessent de se protéger devant ce débordement qui les menace. L'affabulation généalogique a chez les hommes le caractère involontaire du réflexe musculaire ; ce sont les rêves pour les animaux homéothermes voués au sommeil cyclique ; ce sont les mythes pour les sociétés ; ce sont les romans familiaux pour les individus. On invente des pères, c'est-à-dire des histoires, afin de donner sens à l'aléa d'une saillie qu'aucun de nous — aucun de ceux qui en sont les fruits après dix mois lunaires obscurs — ne peut voir.

Quand les bords des civilisations se touchent et se recouvrent, des secousses en résultent. Un de ces séismes a eu lieu en Occident quand le bord de la civilisation grecque a touché le bord de la civilisation romaine et le système de ses rites — quand l'angoisse érotique est devenue la *fascinatio* et quand le rire érotique est devenu le sarcasme du *ludibrium*.

Il s'est trouvé que le 24 août 79 un autre séisme, proprement tellurique, a recouvert, à l'instant de ce recouvrement, quatre villes qui nous en ont conservé le témoignage. Du moins ce n'est point Dieu ni Titus ni les hommes qui ont sauvegardé les vestiges de Pompéi, d'Oplontis, d'Herculanum et de Stabies. C'est à la lave brûlante, par laquelle les habitants de ces villes ont été exterminés, qu'il faut savoir gré d'avoir ensilé durant des siècles ces images « fascinantes » sous la pierre ponce puis sous les chênes-lièges.

Atrani, juin 1993

CHAPITRE PREMIER

Parrhasios et Tibère

En septembre 14 Tibère succéda à Auguste. Tibère est resté dans l'histoire sous la forme de deux énigmes et de deux attributs. Le cunnilingus et l'anachorèse sont les énigmes. La nyctalopie et la pornographie sont les attributs. L'empereur Tibère collectionna les dessins et les tableaux du peintre grec Parrhasios d'Éphèse. Les Anciens disaient que Parrhasios avait inventé la *pornographia* autour de – 410 à Athènes. *Pornographia* veut dire mot à mot « peinture-de-prostituée ». Parrhasios aima la putain Théodoté et la peignit nue. Socrate prétendait que le peintre était luxurieux (*abrodiaitos*).

Suétone rapporte que l'empereur Tibère fit mettre dans sa chambre à coucher un tableau de Parrhasios qui représentait Atalante ayant pour Méléagre une « honteuse complaisance » (*Meleagro Atalanta ore morigeratur*). C'est Louis XIII ordonnant soudain de mettre un Saint-Sébastien de Georges de La Tour dans sa chambre à coucher, faisant ôter toutes les autres toiles qui y étaient accrochées jusqu'alors. Suétone continue : « Dans sa retraite de Capri, Tibère imagina d'aménager une pièce garnie de bancs pour ses désirs secrets (*arcanarum libidinum*). Là, il rassemblait des troupes de jeunes filles et de jeunes débauchés pour des accouplements monstrueux qu'il appelait *spintrias* (sphincters), qu'il mettait en scène suivant une triple chaîne, et qui se prostituaient entre eux pour ranimer par cette vision ses désirs défaillants (*deficientis libidines*). Il orna des chambres d'images et de statuettes représentant les tableaux et les sculptures les plus lascives (*tabellis ac sigillis lascivissimarum picturarum et figurarum*), auxquelles il avait joint les livres d'Elephantis pour que chaque figurant trouvât toujours le modèle des postures (*schemae*) qu'il ordonnait. Il appelait "petits poissons" (*pisciculos*) des enfants de l'âge le plus tendre qu'il avait habitués à se tenir et à jouer entre ses cuisses pendant qu'il nageait pour l'exciter avec leur langue et de leur morsure (*lingua morsuque*). Il donnait en guise de sein à téter ses parties naturelles à des enfants non encore sevrés afin qu'ils le déchargeassent de son lait. C'est ce qu'il préférait. Dans les bois et les bosquets de Vénus, il fit disposer des grottes et des cavernes dans lesquelles les jeunes gens de l'un et l'autre sexe s'offraient au plaisir en costumes de Sylvains et de Nymphes (*Paniscorum et Nympharum*). »

Dans l'imaginaire des Anciens la fellation dérivait du cunnilingus des femmes grecques de Lesbos. Le verbe *lesbiazein* signifiait lécher. Et ce qui était une pratique tolérable dans les gynécées était une infamie pour un homme libre dès l'instant où la barbe lui était poussée.

Il n'y a jamais eu d'homosexualité ni grecque ni romaine. Le mot « homosexualité » apparut en 1869. Le mot « hétérosexualité » apparut en 1890. Ni les Grecs ni les Romains n'ont jamais distingué homosexualité et hétérosexualité. Ils distinguaient activité et passivité. Ils opposaient le phallos (le fascinus) à tous les orifices (les *spintrias*). La pédérastie grecque était un rite d'initiation sociale. Par la sodomisation rituelle du *pais*, le sperme de l'adulte transmettait la virilité à l'enfant. Le verbe grec pour dire la sodomie, *eispein*, est traduit mot à mot par le latin *inspirare*. L'aimé se soumet à l'*inspirator*, au citoyen plus âgé, et en reçoit la chasse et la culture, qui se résument toutes deux dans la guerre. La vie proprement humaine, sociale, commerçante, artistique, en d'autres termes la guerre, est la chasse dont la proie est l'homme.

Il n'y avait pas d'échange des rôles dans le couple pédérastique grec. À Athènes la prostitution masculine entraînait la perte des droits civiques et un homosexuel passif, s'il était surpris en train de faire de la politique, était puni de mort. Il était considéré comme plus infâme que la femme adultère (dont le châtiment ne pouvait être la mort). Le sens du rite de passage pédérastique est fonctionnel : c'est faire quitter le gynécée à l'enfant dans les bras d'un homme en l'émancipant de la sexualité passive du gynécée afin d'en faire un reproducteur (un père) et un citoyen (un éraste, un amant actif, un guerrier-chasseur). La pilosité marquait la frontière entre les deux comportements sexuels : les pileux actifs au sein de la *polis*, tout ce qui est glabre et passif au gynécée. Ainsi Hermès est-il figuré aux carrefours soit imberbe et flaccide, soit barbu et ithyphallique. Nul homme, nulle femme ne pouvaient désirer ce qui était barbu. Seul ce qui était imberbe était beau. L'opposition grecque intangible est la suivante : l'éraste barbu ivre opposé à l'érômène imberbe et à jeun. D'où les deux rituels ou cérémonials de la course au lièvre à main nue, qui signe l'amour pédérastique (la proie devient prédateur), et de la supination par le barbu ithyphallique du pénis flaccide de l'imberbe (tout adulte est actif). Ce sont les deux scénarios conventionnels que figurent la plupart des vases grecs érotiques.

Le rite pédérastique dérivait de l'opposition en Grèce entre le gynécée et la *polis.* Les Romains, ignorant l'institution du gynécée, ignorèrent cette opposition. L'amour romain se distingue de l'amour grec par les traits suivants : l'orgie de la *gens,* l'indécence verbale politique opposée à la *castitas* de la matrone protectrice des *gentes* (de la caste), enfin l'obéissance (*obsequium*) des esclaves. La morale sexuelle romaine était rigide. Elle était statutaire et strictement active chez les hommes. Le père de Sénèque la résume (*Controverses,* IV, 10) quand il fait prononcer au consul Quintus Haterius cette sentence : *Impudicitia in ingenuo crimen est, in servo necessitas, in liberto officium* (La passivité est un crime chez un homme de naissance libre ; chez un esclave, c'est un devoir absolu ; chez un affranchi, c'est un service qu'il a le devoir de rendre à son patron.) Sénèque le

Père ajoute que cette *sententia* de Quintus Haterius réjouit l'empereur Auguste après qu'elle lui eut été rapportée, à cause de l'emploi nouveau que le rhéteur y faisait du mot *officium*.

Les mœurs romaines sont strictes : la sodomie et l'« irrumation » sont vertueuses ; la fellation et la passivité anale sont infâmes. *Pedicare*, c'était sodomiser l'anus. *Irrumare*, c'était sodomiser la bouche. La fellation est un mot moderne qui en dit long sur la société qui l'a élu. *Fellare*, c'est-à-dire sucer spontanément, est incompréhensible pour un Romain. On ne peut qu'activement *irrumare* le congénère, c'est-à-dire le contraindre à recevoir dans la bouche le fascinus, le contraindre à le lécher et à le mordiller jusqu'à ce qu'il en recueille la sève.

L'interdiction de la passivité (de l'impudicité) concernait à Rome tous les hommes libres quel que fût leur âge. En Grèce cet interdit frappait les hommes libres dès l'instant où la barbe leur était poussée (après qu'ils avaient été tous passifs, c'est-à-dire féminins, quand ils étaient imberbes). Un homme est dit pudique à Rome tant qu'il n'a pas été sodomisé (tant qu'il est actif). La *pudicitia* est une vertu d'homme libre. Tous les jeunes hommes nés libres (*praetextati et ingenui*) sont intouchables — et c'est en quoi les Romains s'opposèrent à l'initiation *paid-erastikè* des *paides* (des jeunes gens) par les *érastes* (les adultes) que la *polis* grecque avait instituée. Ce n'est que sous le principat que Rome, que quelques poètes de Rome proposèrent d'adopter l'amour « politique », pédagogique, à souche égalitaire, des *érastes* pour les *paides* (des aînés pour les *pueri*). Tout d'abord ils transportèrent cette forme d'amour sur les femmes vénales puis sur les concubines. Enfin sur les patriciennes. Le martyr de cette métamorphose, ce fut le chevalier Publius Ovidius Naso. Ovide est le premier Romain chez qui la *voluptas* est réciproque et pour qui le désir masculin doit être dompté pour anticiper de façon impudique (pour un Romain le sentiment est une impudeur et la volonté de se mettre à la place d'un autre *status*, une folie) sur le plaisir qu'éprouvera la matrone : *Odi concubitus qui non utrumque resoluunt* (Je hais les étreintes où l'un et l'autre ne se donnent pas). Ovide ajoute, en employant lui-même le mot d'*officium* qu'avait utilisé le consul Haterius : *Officium faciat nulla puella mihi* (Je ne veux pas de service chez une femme). Aussitôt après la publication de cet *Ars amatoria*, Auguste relégua le chevalier Ovide aux « termes du monde », à Tomes, sur les rives du Danube. Tibère confirma cette relégation. La mort saisit Ovide en 17.

Aucune trace de péché ou même de culpabilité n'assombrissait ni n'enchevêtrait les relations sexuelles des Anciens de quelque nature qu'elles aient été. Mais, à Rome, l'effroi statutaire les domine. Le puritanisme ne concerne jamais la sexualité mais la virilité. L'acte d'amour est toujours préférable à la continence mais sa valeur dépend tout entière du statut de l'objet qui l'assouvit : matrone, courtisane, citoyen, affranchi, esclave. La législation du divorce, la polygamie effective qui en résulta, l'émancipation des matrones et l'extension de l'*obsequium* en vinrent à désordonner la morale traditionnelle. L'amour dans le mariage parut une victoire de la débauche. Auguste s'indigna. Virgile secourut l'indignation. Ovide combattit cette réaction. Auguste l'imposa sous forme d'une nouvelle théologie et d'une nouvelle législation. Il fit exiler un acteur simplement parce qu'une matrone s'était fait couper les cheveux : en se tondant les cheveux comme les esclaves elle se mettait hors de son *status,* elle devenait esclave, elle se mettait au service (*obsequium*) de l'homme qu'elle aimait.

À cause de ses amours, Auguste relégua sa fille, Julie, sur l'île minuscule de Pandataria, au large des côtes de la Campanie. Tibère, son époux, confirma cette relégation. La mort saisit Julie à la fin de 14. Tacite dit que le chagrin la poussa à ne plus toucher ses aliments et qu'elle se laissa mourir.

L'amour passif de la part d'un patricien est un crime aussi grave que l'amour sentimental ou l'adultère pour une matrone. Mais l'homosexualité active masculine ou une masturbation manuelle exercée par une matrone sur son amant sont innocentes. Tout citoyen peut faire ce qu'il entend à une femme non mariée, à une concubine, à un affranchi, à un homme servile. De là, la coexistence dans le monde romain des actes les plus choquants et de la plus sourcilleuse rigueur morale. Vertu (*virtus*) veut dire puissance sexuelle. La virilité (la *virtus*) étant le devoir de l'homme libre, la marque de sa puissance, le fiasco était marqué de honte ou de démonie. Le seul modèle de la sexualité romaine est la *dominatio* du *dominus* sur tout ce qui est autre. Le viol à l'intérieur des *status* inférieurs est la norme. Jouir sans mettre sa puissance au service de l'autre est respectable. Une épigramme de Martial définit la norme : « Je veux une fille facile, qui avant moi se donne à mon jeune esclave et qui, à elle seule, en fasse jouir trois à la fois. Quant à celle qui parle haut (*grandia verba sonantem*) qu'elle aille se faire foutre par la queue d'un imbécile de Bordelais (*mentula crassae Burdigalae*). » Tout homme actif et non sentimental est honnête. Toute jouissance mise au service (*officium, obsequium*) de l'autre est servile et de la part d'un homme constitue un signe de manque de *virtus*, de manque de virilité, donc d'*impotentia*. De là, la répression féroce des fautes qui nous paraissent par contraste légères en regard d'audaces qui nous semblent au contraire révoltantes. La jeune fille violée est sans tache mais la matrone violée doit encourir la mort. Le baiser de l'affranchi à l'enfant libre est puni de mort. Valère-Maxime rapporte que Publius Maenius tua un pédagogue qui avait donné un baiser à sa fille de douze ans.

L'esclave ne peut sodomiser son maître. C'est l'interdit majeur selon Artémidore. Même, cette vision surgissant au cours d'un rêve crée un certain nombre de problèmes à celui qui l'a vue dans la clandestinité de son âme et dans le silence de la nuit. La sodomie des esclaves par les maîtres était la norme. Les patriciens tendaient le doigt. Ils disaient : *Te paedico* (Je te sodomise) ou *Te irrumo* (J'emplis ta bouche de mon fascinus). C'était la sexualité de Cicéron à la fin de la République. C'est celle de Sénèque sous l'Empire.

*

La cité romaine est *pietas* masculine, *castitas* des matrones, *obsequium* des esclaves. Ces trois mots romains permettent de comprendre la rigueur codifiée des anecdotes sexuelles que Suétone a consignées sur Tibère, l'empereur cunnilingue que passionnaient les peintures pornographiques de Parrhasios.

La *pietas* romaine n'a nullement le sens de la « piété » qui en dérive. La *pietas*, c'est Énée portant sur ses épaules son père Anchise. C'est le lien romain par excellence. Ce n'est pas le sentiment de la tendresse filiale comme les latinistes se sont souvent complu à le traduire. C'est un comportement obligé, dont l'origine est funéraire, qui pèse sur les « épaules » des fils. C'est le dévouement irréciproque allant du fils vers le père. Curieusement, ce n'est pas Vénus (la mère d'Éros et de Priapos avant d'être la mère d'Énée, la patronne de Rome, la mère du monde physique avant de devenir l'aïeule généalogique des Césars) qui est fêtée dans le mythe fondateur : c'est la relation qui va du fils au père, c'est Énée pieux qui porte sur ses épaules l'époux de Vénus, Anchise. La relation filiale est aussi exempte de réciprocité que la relation sexuelle romaine a le devoir d'être. La piété est cette obligation indénouable qui va du plus récent au plus ancien. C'est cette affection exclusivement filiale qui oblige le crépuscule vers l'aube, qui oblige le fruit vers la semence, qui oblige le regard vers le fascinus. (C'est cette piété qui a formé ces liens de clientèle virile, de patronage, de parrainage qui ont pris le relais du monde ancien : la confrérie des prêtres dans le catholicisme romain, la maffia sicilienne.)

Homère montre Aphrodite s'approchant d'Anchise, gardien de bœufs, sur le mont Ida. Anchise dénoue la ceinture d'Aphrodite et l'ensemence d'Énée. Anchise perd Vénus en rompant le silence qu'il lui avait promis. De la même façon qu'Anchise perd Vénus, de la même façon Énée abandonne son épouse (Créüse) pour sauver son père (Anchise) et son fils (Ascagne). Seul, entre le père et le fils, il y a un amour divin (*pietas*) qui est un devoir. Entre l'épouse et le mari il y a un lien humain (une poignée de main faisait tout le mariage romain) auquel le désir n'oblige en rien mais auquel l'espoir de fécondité se confie.

De la même façon Énée abandonne Didon : il sacrifie le désir au devoir envers sa *gens*. C'est ainsi que trois fois le fils de Vénus sacrifie Vénus à la *pietas*.

*

La *castitas* romaine n'a nullement le sens de la « chasteté » qui en dérive. La *castitas*, c'est Lucrèce violée par Sextus et se tuant devant la violence tyrannique et « étrusque » du désir masculin : son suicide à l'aide d'un poignard de bronze fonde la république « romaine ». La république est issue de l'opposition entre désir et fécondité, offrant l'exemple du même déchirement entre Vénus et *pietas*, entre tyrannie fratricide et république des Pères. Plus précisément : entre monde étrusque et valeurs romaines. D'une façon comparable, lors de la fondation de la ville, Romulus avait tué son frère Remus par violence. Aussi les Pères avaient-ils tué Romulus et avaient-ils prétendu qu'il était devenu un dieu dans le ciel afin de ne plus avoir à subir un roi ici-bas.

Pourquoi Lucrèce, l'épouse fidèle (jamais couchée, toujours assise, même la nuit, filant la laine) de Tarquin Collatin, se tue-t-elle parce qu'elle a été violée par Sextus ? *Mater certissima, pater semper incertus* (La mère est assurée, le père est toujours incertain). Par le viol la fécondité est souillée. La fidélité n'est pas un sentime conjugal mais une conséquence de la fiabili la lignée spermatique. La *castitas* est la s le- assignée à la fécondité du mariage. N peut ment une *matrona* qui n'est pas pl s le droit être infidèle au *patronus* mais elle eur s'il est d'être violée. En cas de viol, natrone violée surpris peut être puni ma re qui donne la encourt la mort. C'est asteté. Tout est per- définition négative de u qu'elles ne soient pas mis aux femmes po u'elles ne le deviennent encore mères o n'atteint que les mères et les jamais. Le *stup um* est une souillure du sang qui veuves. Le *st* apports charnels illégitimes. Une résulte des u une veuve violée est coupable de mère viol le est la *pudicitia* : intégrité active de la stupre. La *castitas* c'est l'intégrité de la « caste » chair qui résulte de celles qui portent l'embryon, lequel provient exclusivement, dans l'imaginaire des Anciens, de la semence virile. Lucrèce violée doit se tuer et se tue.

Rien n'est moins chaste que cette chasteté. Une anecdote de Macrobius fait comprendre la *castitas* (*Saturnales*, II, 5, 9). On s'étonnait devant Julie ^née de l'incroyable ressemblance que ses trois ^ts avaient avec leur père (Agrippa). Julie *tol*^ répondit : *Numquam enim nisi navi plena* la cal^*m* (Je ne prends de passager que quand est chast^ine). La femme pleine qui est saillie lignée. Le p^u'elle demeure intacte quant à la chaste : il n'es^'a pas à être fidèle puisqu'il est du fécondant au fécondant. Le lien ne va pas que du fécondé au ^dé puisque la *pietas* ne va du fidèle au dieu, du ^dant (la piété ne va que fascinus, du serf au *domin*^ père, de la *vulva* au de la Famille, c'est-à-dire aux la *domus* aux dieux morts empreintes dans la cire ^ages » des Pères tionnées en terre cuite et placées jadis confec- maisons de l'Étrurie). Le plaisir (*vo*^ le toit des nature, reproduction animale auss^ ^*tas*) est la croissance végétale, que sperme ou v^ ^ien que prend corps Aphrodite, que ventre croiss^ ^ue où ^t de la mère ou accroissement de la lune dans le ciel nocturne, que mouvements des astres dans la pulsation de la nuit et du jour. La seule fidélité va du fils au père. La terre est « patrie » puisque seul le fascinus est le germinateur, le « généalogiste ».

Genius, Muto, Fascinus, Liber Pater, tels étaient les noms divers des dieux qui avaient sous leur garde le talisman triomphateur. Qu'est-ce que le Fascinus ? C'est la divinité des dieux dévêtue. Sans cesse la nature jouit et les Pères engendrent. Pour les dieux, avoir engendré et engendrer est le même. C'est la scène primitive incessante. La divinité des Grands Dieux est *aeternalis operatio* : c'est un coït infini. Telle est son *actualitas* sans borne. Chaque heure en est la fleur qu'il faut cueillir dans l'instant parce que Dieu est sans cesse dans l'instant éternel. C'est le dieu qu'impose Auguste à l'Empire : *Semper vetus, semper novus* (Toujours ancien, toujours neuf). Ce fut la décision politique de l'empereur Auguste, lors de la réévaluation du panthéon romain, d'imposer à l'Empire l'union de Mars et de Vénus. En conjoignant le père de Romulus à la mère d'Énée, il inventa une scène primitive impossible (Énée était le fruit des amours d'Anchise et de Vénus comme Remus et Romulus l'étaient du viol de Rea Silvia par Mars). Il constitua un invraisemblable et saisissant couple aïeul de *Roma*. Aussi la plus grande part des fresques que l'on a exhumées représentent-elles cette audacieuse union.

Les vestales, gardiennes des pénates et des fétiches du peuple romain, vénéraient un sexe d'homme érigé. Sur la colline Velia, le dieu Mutunus Tutunus était une pierre phallique sur laquelle la mariée venait s'asseoir. Tous les 17 mars, les *pueri* qui venaient de revêtir la robe virile, pénétrant dans la classe des *Patres*, traînaient le chariot de Fascinus. L'obscénité linguistique était rituelle : ce sont les vers fescennins. L'obscénité romaine peut être définie comme le langage efficace nuptial. La décence y était interdite car stérilisante. Obscénité rituelle du langage et orgie rituelle de la *gens* forment l'avers et le revers de la puissance active, féconde dans les ventres, victorieuse sur les nations, propitiatoire dans les statuettes obscènes dans chaque maison, sur chaque toit, à chaque carrefour, bornant chaque champ, surmontant les phares dans la mer. Les orgies rituelles furent limitées à cinq personnes en – 186 et le sacrifice humain qui les accompagnait interdit.

Les Romains estimaient que dans l'union des époux le rôle primordial appartenait à la femme (mariée entre sept et douze ans), que c'était elle qui engageait le plus d'elle-même dans le pacte de *castitas* (et non de virginité) qu'elle concluait avec l'homme et dont elle restait à tout instant maîtresse puisque c'était essentiellement de son initiative, de sa fécondité, de sa « maternité » que la réussite du coït, les soins donnés à l'époux, l'élevage des petits et l'intendance de la domus dépendaient. Aussi le « patronage » des matrones était-il dévolu à une déesse, Juno Juga. Aussi le mot romain qui désigne le mariage ne concerne-t-il que la femme. Sous sa forme latine le mot mariage (*matrimonium*) dit le devenir-mère de la femme, se transformant en *matrona*, en « matrimoine ».

Le mariage romain était une *societas*, une association de procréation. La formule rituelle prononcée par la fiancée lors de la poignée de mains rituelle avait déjà perdu tout sens pour les Romains historiques et il est vraisemblable qu'on ne mettra jamais à jour l'énigme qu'elle présente : *Ubi tu Gaius, ego Gaiai* (Où tu seras Gaius, je serai Gaiai). Reste que la formule fait joug : elle duplique quelque chose de mystérieux, sans qu'elle entraîne pourtant la duplication patronymique que l'expression semble indiquer. Les matrones conservaient le nom sous lequel elles étaient nées et leur personnalité n'était pas absorbée lors du mariage par celle de l'homme qu'elles épousaient.

En – 195 les matrones descendirent dans la rue pour réclamer l'abrogation de la loi Oppia. Juvénal parle d'une cohue de femmes criant avec énergie : *Homo sum !* Libres de répudier leur mari à toute heure, elles s'affranchirent aussi de la tutelle de leur père. Aucune communauté ne venait fondre les biens des époux. Les testaments des conjoints étaient séparés.

Le mariage était un rite par lequel la femme était soustraite à toute tâche servile (y compris l'allaitement) sauf la laine. Vénus comme le vin étaient interdits aux matrones, comme la position couchée à table (au contraire des épouses étrusques). À la *matrona* (vis-à-vis de la *gens*), à la *domina* (vis-à-vis des esclaves) était réservé le fauteuil. La dot versée était censée compenser les frais de nourriture des esclaves qui rentraient dans la maison (la *domus*) comme servantes pour épargner à la *domina* les charges contraires à son statut. La seule charge qui incombait aux femmes était l'effroi statutaire. L'effroi devant le viol du Fascinus : c'est la chambre des Mystères. Les fiançailles entre clans (*gentes*) se faisant au berceau, les patriciens se mariaient à des femmes âgées de sept à douze ans, impubères, infantilisées par leur transplantation, terrifiées par leur charge. La puberté des filles était déclarée avoir lieu à douze ans mais les plaisirs érotiques et pédagogiques tirés de l'impuberté étaient vantés. La règle romaine était, sur ce point comme sur les autres, rigide : de la naissance à l'âge de sept ans l'enfance était intouchable (*infans* veut dire incapable de parler, bestial, ne répondant pas plus de ses actes que « l'homme *furiosus* ou bien la tuile qui tombe du toit »). De sept à douze ans, les plaisirs liés à l'impuberté. Au-delà, la reproduction et la perte statutaire de tout attrait érotique. (Ce n'est pas la virginité qui assure le Romain de la pureté ; ce sont l'impuberté et ses plaisirs qui domestiquent la jeune enfant ; son isolement établit sa *castitas*. La continence n'est jamais un réflexe romain. C'est une invention du stoïcisme.) Le mariage reproduisait dans ce cas la *pietas*. C'est la protection (*tectus* veut dire le toit) du mari pour l'enfant, comme l'*obsequium* de l'enfant pour le père qui forment les liens irréciproques du mariage et qui invitent à les « reproduire » dans les postures à l'instant de la « reproduction » sexuelle. Les épouses sont des petites Énée enfants dont les *Patres* tiennent la main. Chaque époux est le vieil Anchise que ses fils futurs porteront sur leurs épaules et dont ils entretiendront le Lar. Plaute dit que le mot même d'amour est tabou (*infandus*) chez les matrones. La matrone sentimentale est hors statut. Une enfant ne doit pas être amoureuse de son père mais trembler. C'est la douzième ode d'Horace : « Malheureuses sont les jeunes filles qui ne peuvent pas se livrer au jeu d'amour (*amori ludum*), celles que font trembler de peur les mots cinglants d'un oncle austère (*exanimari metuentes patruae verbera linguae*) ». L'asservissement de la passion amoureuse (devenir *servus* d'un homme) est un prélude inadmissible au mariage (devenir la *matrona* de la *gens* et la *domina* des *servus*). La représentation de ce sentiment de prostituée (la passion) eût été huée par les Romains et son auteur aussitôt relégué sur une île ou dans les brumes roumaines d'Ovide. La *voluptas* est destructrice de la *castitas*. Vénus est la déesse patronne des « louves », Junon celle des « matrones ». Une pièce de Térence qui date de – 165 met en scène Philumena qui a été violée une nuit en se rendant aux mystères dans l'obscurité. Elle épouse Pamphilus sans faire état de ce viol mais son nouvel époux ne la touche pas parce qu'il aime à la passion Bacchis la prostituée. Pamphilus part en voyage. Philumena découvre qu'elle est enceinte du violeur alors que son mari l'a laissée intacte. Elle attend dans la terreur le retour de son mari. Finalement Pamphilus découvre que c'est lui-même qui l'avait violée, une nuit, avant leur mariage, sans savoir qui elle était. Tout le monde pleure de joie : le violeur est le mari. Ce *happy end* est au sens romain « chaste ».

*

L'*obsequium*, c'est le respect dû au maître par l'esclave. Il passa peu à peu au respect dû au prince par le citoyen. Voilà la plus grande mutation de l'Empire qui prépara le christianisme . l'extension du respect statutaire, de la piété que le Populus Romanus se mit à devoir au Genius du *princeps*, la fonctionnarisation de la liberté devenue obséquieuse pour toutes les classes et pour tous les statuts (y compris pour les Pères au sénat vis-à-vis du prince) et la naissance de la culpabilité (qui n'est que l'organisation psychique de l'*obsequium*). Tacite rapporte que Tibère, contraint d'être empereur, regrettant la république, chaque fois qu'il sortait de la curie disait en grec : « Ô hommes qui aimez l'esclavage ! » et il marquait à ceux qui l'entouraient son écœurement de voir les Pères, les consuls, les chevaliers mendier le renoncement des libertés publiques et revendiquer le service du prince (c'est-à-dire l'*officium*, à la frontière de l'impudeur passive et honteuse des affranchis, à la limite de l'obéissance des esclaves).

Une population obsédée par la crainte du *rex*, qui avait fondé la république, bascula soudain. Elle repoussa la lutte fratricide civile (qui était pourtant le mythe fondateur). Elle se rua (*ruere*, le mot est de Tacite) dans la servitude : elle donna le pouvoir institutionnel le plus illimité dans l'espace qui se soit trouvé (une hégémonie mondiale, sans bloc adverse), le plus solitaire dans son exercice (dégageant entièrement celui qui en était investi de la contrainte des lois qui s'imposaient désormais aux chefs de clans devenus obséquieux) à un homme seul, sans mode de désignation, sans règle de succession. C'est ce que les modernes appellent l'empire — et que les Anciens appelaient le principat.

Octave devenu Auguste disciplina le sénat, engourdit le Forum, ferma la Tribune, supprima les associations, censura les mœurs, accrut les légions sur les frontières, multiplia les flottes sur les mers, plongea le négoce dans l'ordre et l'opulence, exila les hommes libres qui regrettaient la république ou qui ne se pliaient pas à l'*obsequium* qu'il étendait. Les thermes, les théâtres, les amphithéâtres, les cirques contribuèrent à la « servitude oisive des villes » (Sénèque, *De ira*, III, 29).

En – 18 Auguste réglementa la sexualité des citoyens. C'est la *lex Julia de adulteriis coercendis*. L'empereur alla jusqu'à faire déporter sa fille Julia qui avait épousé son beau-fils Tibère. La peine prévue à l'amour des matrones ne fut plus la mort mais la *relegatio in insulam* (la relégation sur une île à partir d'Auguste, avant de redevenir la mort sous l'empereur Constantin). Ce fut le début d'une longue ère répressive dont le parti chrétien deux siècles plus tard retira tout le profit. *Plenum exiliis mare*, écrit Tacite : les mers étaient couvertes d'exilés et de relégués dans les îles. La politique impériale fut aussi contradictoire qu'implacable. Durant deux siècles, la tyrannie se prétendit outrée de l'expansion de l'obséquiosité, de la passivité virile (de l'*impudicitia*) qu'elle organisait dans les têtes des chefs de clans et qu'elle rédigeait dans les lois.

Le pouvoir, à Rome, lia en un seul faisceau (le mot *fascis*, qui désigne les baguettes de bouleau reliées par une courroie que tiennent les licteurs qui précèdent les Pères qui se rendent à la curie est le même que celui qui désigne le fascinus, la fascination, le fascisme) la puissance sexuelle, l'obscénité verbale, la domination phallique et la transgression des normes statutaires. Il faut penser ensemble l'affectation à la rusticité verbale, la revendication du langage qui exclut obsessionnellement l'idée de mentir, de se mentir, c'est-à-dire de rendre stérile, la terreur superstitieuse du sort jeté sur l'érection virile elle-même indistincte aux yeux des Romains de la notion de *potentia* (de *fertilitas*, de *victoria*).

Ainsi la force physique, la supériorité guerrière, l'érection fascinante, le caractère entêté, la *voluptas* insoumise formèrent-elles de façon indivisible la vertu masculine (la *virtus* du *vir*). De même que la circoncision était la marque de l'alliance au sein des tribus juives, le renoncement à la passivité fut la marque qui imposa sa loi au peuple dont le totem est la louve. Alors on peut comprendre la transgression rituelle que le *princeps* assume : passivité homosexuelle, bestialité, fellation. Néron privilégia les mariages homosexuels. Tibère élut le cunnilingus (et même le cunnilingus des matrones). Suétone rapporte que Tibère fit amener dans l'appartement privé de son palais, sous les peintures de Parrhasios, une patricienne qui s'appelait Mallonia. Mallonia refusa de se soumettre aux exigences sexuelles de l'empereur. Elle dit qu'il était un « vieillard dont la bouche était obscène et qui, velu comme un vieux bouc, en avait la puanteur » (*obscaenitate oris hirsuto atque olido seni*). À l'instar de Lucrèce, Mallonia se transperça avec une épée (encore que sa *castitas* ne fût pas en cause). Aux jeux qui suivirent son suicide, le peuple romain se mit à applaudir ce vers : *Hircum vetulum capreis naturam ligurire* (Le vieux bouc lèche les parties naturelles des chèvres).

Les princes se proclamèrent les fils de Vénus. Cette proclamation est l'*Énéide.* Qui est le fils de Vénus et de Mars? Éros. Les empereurs devinrent les *érotikoi.*

Plus l'agressivité sexuelle impériale était surabondante et presque exubérante, plus la paix de l'Empire était renforcée et les âmes insouciantes. La libido transgressive (ou les légendes libidineuses) des empereurs devint elle-même un rôle sexuel statutaire dévolu au prince. Ce désir sans bornes étaie la loi de l'empire sans frontières. Au Genius du prince est confiée toute la génitalité du territoire de l'Empire. À lui (à lui qui est seul au monde à ne pas être soumis aux lois) revient tout l'interdit du monde. À lui toute la colère, à lui tout le caprice, à lui toute la féminité, à lui l'inceste, à lui la bête, etc. Ces récits milésiens qu'on brodait ou qu'on inventait de toutes pièces sur les princes offraient une fonction apotropaïque. L'empereur sous ce jour n'est qu'un grand *tintinnabulum* qui fait fuir l'impotence.

*

Le 19 août 14, près de Naples, à Nola, trois heures après midi, Auguste mourut au cours d'une diarrhée.

L'angoisse succéda à la terreur, et le silence au silence. On commentait le mot que l'empereur qui venait de mourir avait eu sur son gendre : *Miserum populum qui sub tam lentis maxillis erit !* (Je plains le peuple qui va tomber sous des mâchoires aussi lentes !) On commentait en chuchotant la mort d'un homme qui rendait le souffle le jour anniversaire de sa naissance dans la chambre même où il avait vagi et était sorti du sexe de sa mère. Il avait été trente-sept ans tribun, treize fois consul, vingt et une fois imperator.

Tibère feignit de refuser le pouvoir vacant. Velleius Paterculus dit qu'il était anxieux de sauvegarder ce que son père adoptif avait édifié et qu'il avait peur du pouvoir au point qu'il demanda qu'il fût fractionné. Dion Cassius dit qu'il prétexta ses cinquante-six ans et qu'il avança que sa vue n'était pas assez bonne durant la journée, n'ayant toute son acuité que la nuit. Le 17 septembre 14, Tibère hésitait encore devant le sénat, s'interrogeant si on ne pouvait pas restaurer la république des Pères.

Tibère est le seul empereur qui se soit effaré tout au long de son règne devant l'omnipotence. Tibère, c'est le *taedium* (le dégoût) du prince devant la servitude convoitée et pour ainsi dire volontaire des Pères. Il craignait superstitieusement le pouvoir dont il avait été investi. Il était plein de honte devant les calculs, les intérêts et la veulerie par lesquels la république avait désiré périr. Il disait que c'étaient les victimes elles-mêmes qui illimitaient leur servitude, vouant un homme isolé à l'omnipotence et à la divinisation (c'est-à-dire à la mort violente à l'instar d'un nouveau Romulus).

Huit sur les douze empereurs périrent de mort violente comme des bandits de grand chemin, comme des esclaves, comme des Jésus de Nazareth, faute d'une règle de succession.

Tibère accepta enfin le pouvoir en exprimant l'espoir qu'il s'en déchargerait très vite mais toute sa vie, quand on lui demandait comment il en supportait la charge, il répondait invariablement qu'il avait l'impression qu'il « tenait un loup par les oreilles (*lupum se auribus tenere*) ». Qu'on comprenne bien ce monde où il n'y a que du père (sinon Vénus, une louve et le fantôme de Rea Silvia) : c'est une meute de loups. Louve est l'animal totem. Lupa, la vraie mère de Remus et de Romulus. *Lupa,* le nom de la prostituée. En latin bordel se dit louverie (*lupanar*). Le latin *Vixit* sur les tombes traduit l'étrusque *Lupu.* Tibère prétendait qu'il voyait seulement dans le noir. Il affirma qu'il voyait ce que les autres hommes ne voient pas. Qu'est-ce qui est au fond de la nuit ? La nyctalopie est liée à la pornographie. Ce qui est dans le noir est ce que cet homme tenait par les oreilles. Cet homme était un loup. Suétone dit : « Il avait des yeux très grands qui, chose extraordinaire, voyaient même la nuit et dans les ténèbres (*noctu etiam et in tenebris*) ». Pline l'Aîné écrivit (avant que le Vésuve ne se réveillât et ne l'ensevelît sous les cendres) : « On rapporte que l'empereur Tibère, seul entre tous les mortels, avait, lorsqu'il se réveillait au milieu de la nuit, la faculté de voir pendant quelques instants comme en plein jour. » On disait aussi que son caractère était si soupçonneux qu'il avait laissé courir cette rumeur pour prévenir les attentats nocturnes. De loup il passa pour hibou, avant de devenir bouc, ainsi que l'insulta l'aristocratique Mallonia avant de plonger la lame de son épée sous le bandeau qui entourait ses seins.

En grec, *anakhôrèsis* veut dire se retirer, faire retraite, s'éloigner. *Eremus* est le désert. Ermite, celui qui y part. Tibère est un des cas les plus étranges de l'histoire du pouvoir : c'est l'empereur anachorète.

Avant son règne, il se retira du monde durant sept ans à Rhodes (de – 6 à 2). Pour décider Auguste et Livie à le laisser partir, il se priva de nourriture quatre jours durant. Ils cédèrent. Il les quitta sans un mot. De janvier 21 au printemps 22, alors qu'il régnait depuis sept ans, il se retira plus d'un an en Campanie. Il termina son règne dans une retraite de onze années dans l'île de Capri (de 26 à 37). C'est l'*auto-relegatio in insulam. Capreae* lui paraissait inaccessible ; elle était entourée d'écueils ; la falaise tombait à pic dans la mer. Son apparence était *horridus.* C'est le mot secret de la beauté à Rome et le mot même qui définit les vers fescennins. Lorsqu'un homme prend à trois reprises dans sa vie la décision de tout quitter, c'est que les impulsions qui le poussent intérieurement à répéter ces départs ou à réorganiser son désert sourdent du plus profond de lui.

Tibère ermite était très grand, très robuste, sauf la main droite, qui était faible. Le visage était sombre et blanc. Il aimait beaucoup le vin. Le peuple romain disait qu'il aimait beaucoup le vin parce que cette boisson ressemblait à du sang. Tibère était grand connaisseur de vins. Il disait que le coït et l'ivresse étaient les seuls moyens qui eussent été donnés aux hommes pour tomber d'un coup dans la mort du sommeil. Il aima Cossus parce que ce dernier désirait se noyer dans le vin.

Il attendait le changement de lune pour se faire couper les cheveux. Il haïssait sa haute taille qui le contraignait à se courber. Il prenait toujours grand soin de saluer celui ou celle qui éternuait. Un astrologue ne le quittait jamais. Il aimait entendre lire les Grecs, les récits des rhéteurs, les discussions philosophiques. Il vécut entouré de lettrés. Il se couvrait le visage d'emplâtres. Il refusait de voir les médecins. Il méprisa toujours les médecins. À l'instant de mourir, Tacite rapporte qu'il repoussa le médecin Chariclès à Misène disant que celui qui avait passé un si grand nombre d'années dans son corps était plus à même de connaître le logis qu'un visiteur d'une heure. Suétone a raconté que l'empereur Tibère mourut de la sorte : il tomba en langueur à Astura en Campanie. Il désira continuer jusqu'à Circéies. Il lança un javelot sur un sanglier dans l'arène et aussitôt il ressentit un point de côté (*latere convulso*). Il désira continuer jusqu'à Misène. Il festoya. Retenu par les tempêtes, il mourut dans son lit. Du moins on le crut mort.

Caligula se proclama empereur prématurément. Le 16 mars 37 Tibère reprit conscience. Il appela un serviteur. Sénèque le Père rapporte qu'il se leva et s'écroula en essayant de se lever. Tacite dit que Macron fut contraint d'aider à mourir le vieillard en appuyant avec force un oreiller sur les lèvres qui avaient tant aimé le con (*cunnus*) des patriciennes.

*

J'en viens à l'instant de mort. À l'instant de la mort, Tibère, « se sentant pris de faiblesse, ôta son anneau comme s'il désirait le remettre à quelqu'un mais, l'ayant tenu quelques instants dans sa main, il le repassa de nouveau à son doigt. Il resta la main gauche fermée (*compressa sinistra manu*). Alors il mourut. »

L'idéal des Romains se partageait entre l'héroïsme et la gloire. Tous deux se résument dans l'instant de mort. La « belle mort » fut leur hantise : *carpere*, arracher cet instant, cueillir l'instant de mort. Tibère mourut à cause de l'effort qu'il avait fourni à l'âge de 73 ans en lançant le javelot contre un sanglier dans l'arène de Circéies. L'instant de mort n'est pas que la peinture. Il n'est pas seulement le fond des odes ou des annales. L'instant de mort est dans l'amphithéâtre : sacrifices humains, corridas, dénudations, tortures et scènes carnivores. Les anciens Romains avaient repris aux Étrusques le jeu de Phersu. Le Populus Romanus pariait sur des hommes qui seraient mis à mort dans l'heure qui vient. Le *jus gladii*, tel est l'empire romain (le droit de glaive, le droit de vie et de mort).

Les fresques des peintres comme l'arène dans l'urbs étaient les profits de la mort affrontée. Il n'y eut pas que Tibère à se passionner pour Parrhasios le Pornographe. Une page de Sénèque le Père construit un petit roman autour de Parrhasios qui lie le regard et la mort qui vient. C'est le regard d'effroi — et Parrhasios lui-même quatre cents ans plus tôt a écrit sur une de ses peintures qu'il l'attribuait aux *visiones nocturnae* qu'apportent les rêves.

Sénèque le Père dit (*Controverses*, X, 5) que lorsque Philippe vendit les Olynthiens comme prisonniers de guerre, Parrhasios d'Éphèse, peintre athénien (*pictor atheniensis*), acheta l'un d'eux qui était un vieillard, le fit mettre à la torture afin que sur son modèle (*ad exemplar*) il pût peindre un Prométhée cloué que les citoyens d'Athènes lui avaient commandé pour le temple d'Athéna.

— *Parum, inquit, tristis est* (Il n'est pas assez triste), dit Parrhasios quand il fit poser le vieillard au milieu de son atelier.

Le peintre appela un esclave et demanda qu'on lui donnât la question afin qu'il souffrît davantage.

On mit le vieil homme à la torture.

Tout le monde avait pitié.

— *Emi* (Je l'ai acheté), rétorqua le peintre.

Clamabat (L'homme criait). On cloua ses mains.

Ceux qui entouraient le peintre se récrièrent de nouveau.

— *Servus, inquit, est meus, quem ego belli jure possideo* (C'est à moi et je le possède en vertu du droit de la guerre).

Alors d'un côté Parrhasios prépara ses poudres, ses couleurs et ses liants, de l'autre le bourreau prépara ses feux, ses fouets, ses chevalets.

— *Alliga* (Charge-le de liens), ajouta-t-il. *Tristem volo facere* (Je veux lui donner une expression de souffrance).

Le vieillard d'Olynthe poussa un cri déchirant. Entendant ce cri, on demanda à Parrhasios s'il avait du goût pour la peinture, ou pour la torture. Il ne leur donna pas la réplique. Il se mit à crier au bourreau :

— *Etiamnunc torque, etiamnunc ! Bene habet ; sic tene ; hic vultus esse debuit lacerati, hic morientis !* (Torture-le encore, encore ! Parfait ; maintiens-le ainsi ; voilà bien le visage de Prométhée déchiré cruellement, de Prométhée mourant !)

Le vieillard fut pris de faiblesse. Il pleura.

Parrhasios lui cria :

— *Nondum dignum irato Jove gemuisti* (Tes gémissements ne sont pas encore ceux d'un homme poursuivi par le courroux de Jupiter).

Le vieillard commença à mourir. D'une voix faible le vieil homme d'Olynthe dit au peintre d'Athènes :

— *Parrhasi, morior* (Parrhasios, je meurs).

— *Sic tene* (Reste comme cela).

Toute peinture est cet instant.

CHAPITRE II

La peinture romaine

Un dialogue de Xénophon montre Socrate s'enquérant auprès de Parrhasios de l'essence de la peinture. Socrate a été condamné et mis à mort en – 399. Xénophon composa les *Mémorables* vers – 390, à Scillonte.

Un jour Socrate entra dans l'atelier athénien de Parrhasios le *zôgraphos.* Le mot peintre se dit en grec *zôgraphos* (celui qui écrit le vivant). Il se dit en latin *artifex* (celui qui fait un art, une œuvre *artificialis*).

« Dis-moi, Parrhasios, déclara Socrate, la peinture (*graphikè*) n'est-elle pas une image des choses qu'on voit (*eikasia tôn orômenôn*) ? Ainsi les enfoncements et les saillies, le clair et l'obscur, la dureté et la mollesse, le hérissé et le lisse, la fraîcheur du corps et la vieillesse du corps, vous les imitez à l'aide de couleurs ?

— Tu dis la vérité, lui répondit Parrhasios.

— Et maintenant si vous voulez représenter des formes belles (*kala eidè*), puisqu'il n'est pas facile de rencontrer un homme sur lequel tout soit irréprochable, vous rassemblez plusieurs modèles. Vous prenez à chacun ce qu'il a de plus beau. Après quoi, vous composez un corps totalement beau ?

— C'est ainsi que nous faisons en effet, dit Parrhasios.

— Mais quoi ! s'écria Socrate, ce qu'il y a de plus persuasif, ce qu'il y a de plus suave, ce qu'il y a de plus touchant, de plus cher, de plus digne d'être recherché, ce qu'on désire le plus, l'expression de l'âme (*to tès psuchès èthos*), ne l'imitez-vous point ? Ou bien n'est-elle en rien imitable (*mimèton*) ?

— Mais le moyen, Socrate, de l'imiter ? répondit Parrhasios. Elle n'a ni proportion (*summetrian*) ni couleur (*chrôma*) ni aucune des qualités dont tu viens de parler. Elle n'est pas visible (*oraton*).

— Eh ! répondit Socrate, ne voit-on pas les hommes avoir des regards (*blépein*) qui expriment la bienveillance et avoir d'autres regards, à d'autres moments, qui laissent passer la haine ?

— Cela me semble vrai, répondit Parrhasios.

— Ne faut-il donc pas imiter ces expressions au moyen des yeux (*ommasin*) ?

— Tout à fait, dit Parrhasios.

— Quand des amis sont heureux ou malheureux, les visages (*ta prosôpa*) sont-ils les mêmes chez ceux qui sont préoccupés de leur bonheur ou de leur malheur que chez ceux qui ne s'en soucient pas ?

— Non, par Dieu ! dit Parrhasios. Dans le bonheur la joie brille sur le visage. Dans le malheur l'ombre remplit le regard (*skuthrôpoi*).

— On peut donc faire une image (*apeikazein*) à partir de ces regards ? demanda Socrate.

— Tout à fait, répondit Parrhasios.

— Le grand air et l'apparence noble, l'humilité et l'apparence servile, la modération et la juste mesure, l'excès (*hubris*) ainsi que ce qui n'a aucune idée de la beauté (*apeirokalon*), c'est grâce au visage (*prosôpou*) et c'est au travers des attitudes (*schèmatôn*) dont les hommes usent dans leur façon de se tenir et de se mouvoir que cela transparaît (*diaphainei*).

— Tu dis la vérité, dit Parrhasios.

— Il faut donc que ces choses soient imitées (*mimèta*), dit Socrate.

— Tout à fait, répondit Parrhasios» (Xénophon, *Mémorables*, III, 10, 1).

Ce dialogue entre Socrate et Parrhasios exprime l'idéal de la peinture ancienne. Trois étapes jalonnent la montée du visible vers l'invisible. D'abord la peinture représente ce qu'on voit. Ensuite la peinture représente la beauté. Enfin la peinture représente *to tès psychès èthos* (l'*éthos* de la *psychè*, l'expression morale de l'âme, la disposition psychique à l'instant crucial).

Comment représenter l'invisible dans le visible? Comment saisir l'expression à l'instant crucial du mythe (comment montrer l'*éthos* du *muthos* arrêté sur image)? Dans la discussion entre Parrhasios et Socrate plusieurs mots rendent la lecture difficile. Le mot de *prôsopon* veut dire en grec à la fois le visage vu de face et le masque de théâtre (il veut dire encore les personnes grammaticales; «je», «tu», sont des *prosôpa* grecs, des *phersu* étrusques, des *personae* latines : des «visages-masques» pour les hommes qui parlent). Dans la *Poétique*, Aristote dit: Le regard devant la conséquence de l'acte, tel est le meilleur *éthos*. Par exemple Troie prise et en flammes, les morts dans l'Hadès. Après seulement viennent le visage, les attitudes, les mouvements, les vêtements suivant le rôle du héros dans l'action à l'instant *éthikos*, à l'instant « crucial » (la *crucifixio* romaine étant l'instant éthique dans le récit de la mise à mort du dieu nazaréen).

En d'autres termes, derrière une peinture ancienne, il y a toujours un livre — ou du moins un récit condensé en instant éthique.

Les sculpteurs et les peintres grecs étaient des lettrés et des savants. Les équivalents modernes de Parrhasios ou d'Euphranor ne sont pas Renoir ou Picasso mais Michel-Ange ou Léonard. Euphranor l'Athénien prétendait posséder l'universalité du savoir de son siècle. L'assemblée des Amphyctions, grand conseil de la Grèce, décréta que Polygnote recevrait partout l'hospitalité publique et que tous les frais dus à son hébergement reviendraient à la ville dans laquelle il demanderait à séjourner. Ils vivaient entourés de gloire. Platon dénigra ces « manuels » (Sénèque le Fils dira ces « sordides ») qui étaient entourés d'honneurs dont les mathématiciens et les philosophes ne jouissaient pas. Platon s'irrita de voir l'importance accordée par Athènes à Parrhasios, ce « sophiste du visible », cet illusionniste, ce nouveau Dédale dont le métier était l'apparence trompeuse, ce vaniteux qui avait l'audace de porter des manteaux brodés. Le manteau de pourpre brodée de Parrhasios est son plus célèbre attribut dans l'Athènes de la fin du ve siècle.

Il ne reste rien d'autre sous nos mains qu'un souvenir de manteau.

Des œuvres qui furent les plus célébrées nous ne possédons plus que des renseignements épars dans de vieux *volumen* ou des fragments en lambeaux de copies de copies sur les murs des villas. L'archéologie et la lecture les exhument. Deux mille ans après, nous en induisons des formes qui sont aussi incertaines que les silhouettes des brumes quand la fin de la nuit et les premiers rayons du soleil viennent les arracher des buissons et des toits et les effacent dans le jour.

Le temps n'a pas conservé d'œuvres de Polygnote, de Parrhasios ni d'Apelle comme il l'a fait des œuvres d'Eschyle, de Sophocle et d'Euripide. Les hommes qui les admiraient au point de leur consentir de tels privilèges aux frais des cités libres devaient admirer des peintures de chevalet et des fresques qui étaient aussi belles que ces tragédies.

Nous ne les verrons jamais.

Ce livre est un recueil de songes offerts à des restes de ruines.

Parrhasios venait d'Asie mineure. Il était d'Éphèse. Son père y exerçait le métier de peintre et se nommait Euènor. Parrhasios devint le plus grand peintre de son temps. Il était plus connu que Zeuxis. Sa fierté ne connaissait pas de borne. Un jour il leva sa main droite et déclara : « Les termes de l'art (*technès termata*), cette main les a trouvés. » Outre son manteau rouge, Klearchos dit qu'il lui arrivait de porter une couronne d'or. Ses dessins sur peau et ses poncifs en bois (dont se servaient les orfèvres et les céramistes) étaient si beaux que les citoyens collectionnèrent de son vivant ses *vestigia*. Théophraste dit qu'il était heureux et qu'il chantonnait en faisant son travail. En fredonnant (*hypokinuromenos*), il cherchait à rendre plus légère la fatigue du métier. La technique de Parrhasios était encore conventionnelle ; les couleurs étaient encore éthiques (comme de nos jours dans nos sociétés noir et deuil, bleu et garçon, vert et espérance). Le peintre athénien Euphranor au début du IVe siècle disait que le Thésée de Parrhasios n'avait pas un rose d'homme mais un rose de rosier.

Parrhasios ne fut pas que l'inventeur de la pornographie. Il inventa la ligne extrême (l'*extremitas*, le contour, les *termata technès*). Ce que Pline l'Ancien traduisait par *extremitas*, Quintilien l'appelait *circumscripsio*, qui veut dire en rhétorique la « période » de la phrase. Pline précise : *Ambire enim se ipsa debet extremitas et sic desinere ut promittat alia post se ostendatque etiam quae occultat* (Car l'extrémité doit se tourner et s'achever de façon à donner l'impression qu'il y a autre chose derrière elle, et à voir même ce qu'elle cache). Parrhasios est enfin le peintre qui ajouta le fantasme à la vision du visible. C'est l'inscription chamanique étonnante que le peintre inscrivit lui-même dans la partie inférieure de son Héraklès affrontant la mort frénétique : « Tel dans les ténèbres de la nuit (*ennuchios*) le dieu m'est apparu (*phantazeto*) souvent en songe, tel on peut ici le voir (*oran*). »

Le dialogue entre Parrhasios et Socrate dit ceci : le naturalisme est à la base de l'art ; si la beauté en est l'apparence (le *phantasma*), la fin en est l'expression éthique (les grandes émotions divines ou surhumaines). Aristide de Thèbes précisa que l'art devait ajouter à la représentation des *éthos* celle des *pathos*. Quel était le grand peintre ? Le grand peintre était celui qui rendait sensible à l'intérieur du personnage figuré la lutte entre le caractère et l'émotion. Pline l'Ancien a décrit un tableau d'Aristide de Thèbes qu'Alexandre aima au point qu'il le vola lors du sac de la cité en – 334 : « Une ville est prise ; une mère est blessée à mort ; son nourrisson rampe vers son sein dénudé. Le regard de la mère exprime son effroi de le voir téter son sang au lieu du lait tari par la mort » (Pline l'Ancien, *Histoire naturelle*, XXXV, 98). Aristide de Thèbes peignant la morte allaitante, c'est le même moment *crucialis* que Parrhasios d'Éphèse peignant Prométhée cloué à partir du visage du prisonnier d'Olynthe. C'est l'instant de mort.

*

Comment déchiffrer une peinture ancienne ? Aristote dans la *Poétique* explique que la tragédie est constituée de trois éléments distincts : le récit, le caractère, la fin (le *muthos*, l'*éthos*, le *télos*). Comment la situation révèle le caractère, telle est l'intention de la peinture. Il s'agit de faire coïncider le *muthos* que raconte la fresque et l'*éthos* du personnage central au moment du *télos* ou juste avant le *télos.* La meilleure éthique est soit la conséquence de l'acte : Troie en flammes, Phèdre pendue, Cynégire les mains tranchées ; soit l'instant qui précède : Narcisse devant son reflet, Médée devant ses deux garçons qu'elle va mettre à mort. La conséquence éthique devient l'attribut qui permet de ne plus inscrire le nom du héros auprès de la figure. Au Moyen Âge, Alcuin a écrit : « Une femme tenant un enfant sur ses genoux ne suffit pas pour que je trouve le nom de la figure. S'agit-il de la Vierge et du Christ ? De Vénus et d'Énée ? D'Alcmène et d'Hercule ? D'Andromaque et d'Astyanax ? » Il recommandait soit d'écrire le nom sous le personnage, soit de figurer l'attribut. Qu'est-ce qu'un attribut ? Quand Néaklès eut à représenter le Nil, il peignit un fleuve et plaça un crocodile sur la rive. Virgile accentua la codification des attributs : le frêne est ce qui fait beau le bosquet. Le pin est ce qui fait beau le jardin. Le peuplier est ce qui fait beau le sentier difficile qui longe le ruisseau. Le sapin est ce qui fait beau le versant de la montagne. Chaque lieu possède son attribut et sa seule présence l'indique.

C'était une peinture lettrée. Plus livresque que

celle-là même qui prétendit la défier à la Renaissance. Le *Ut pictura poesis* d'Horace avait un véritable sens dans l'Antiquité, qui fut dévoyé dans la sottise à la Renaissance. Le peintre n'est nullement un poète qui serait taciturne ; pas plus que le poète ne serait un peintre verbal. La peinture ancienne est un récit de poète, condensé en image. Simonide disait : « La parole est l'image (*eikôn*) des actions. » L'instant éthique est la « parole muette » de l'image. Pour le dire en grec la *zôgraphia* (l'écriture du vivant) est de l'intrigue qui s'est tue en se concentrant dans l'image, qui parle — ajoutait Simonide — en se « taisant » (*siôpôsan*). Les images-actions font que les hommes entrent dans la mémoire des hommes en se condensant en *éthos* (en devenant Dieu).

L'idéal de la beauté de la statuaire était éthique. Il est difficile de discerner entre l'ataraxie et la pétrification. C'est la *tranquilla pax*, la *placida pax*, la *summa pax* des divins. De là cet étrange but assigné à l'art par Lucrèce : « donner pour un moment le repos du sage à ce qui est sans sagesse ». C'est l'apothéose (la théomorphose) : se revêtir du corps des dieux. Rejoindre les Ataraxiques. Ceux dont la joie est inébranlable, exempts de douleur, exempts de pitié, exempts de colère, exempts de la bienveillance, exempts de la cupidité, exempts de l'envie, exempts de la crainte de la mort, exempts du sentiment de l'amour, exempts de la fatigue liée au travail, ils ne gouvernent pas le monde. Ils regardent. Ce sont des masques de théâtre divins que la cité allouait à certains hommes selon leur *éthos* propre.

Dans Virgile, à l'instant de son suicide, Didon pâle de sa mort prochaine, les joues tremblantes, des lueurs de sang dans les yeux, déclare : « J'ai fini de vivre (*Vixi*). Et maintenant je vais descendre sous la terre comme une grande image (*magna imago*). »

La beauté est du dieu arrêté. C'est offrir aux êtres l'hospitalité de l'oisiveté et du silence (de l'*otium* et de la *quies*) qui guettent dans la mort qui approche. La « grande image » est la sculpture dans la tombe. La question de la peinture est : Comment apparaître comme un dieu apparaissant dans son instant éternel ?

*

Les céramistes grecs usaient de « cartons » qu'ils découpaient à partir des silhouettes entourées de craie ou de charbon de bois reproduites par ombre portée sur les parois des murs. C'est ce qu'on appelle les poncifs. Aristote définissait la peinture par la juxtaposition de taches non mélangées vues de près. L'apparence éloignée de couleurs consistait en un problème de sculpteur de frise, de tapissier de temple, bien avant d'être celui des mosaïstes. C'était la technique *poikilos* (ou encore la *skiagraphia*, le trompe-l'oeil du *proscenium* où les couleurs ne se mêlent qu'à distance). Les Romains élurent pour les fresques de leur villa la *skiagraphia* des Grecs (la peinture de décor de théâtre).

La *zôgraphia* des Grecs se divise en peinture de chevalet et peinture de décor (où les couleurs ne sont donc pas mêlées, bigarrées, « tachygraphiques »). À la lenteur légendaire de Zeuxis s'oppose le mot d'Antipatros : « J'ai mis quarante ans à pouvoir peindre en quarante jours. » Les Romains appelèrent *compendiaria via* cette technique rapide où excellèrent les asianistes (les peintres alexandrins). La *via compendiaria* est l'aboutissement de cette peinture inachevée, en trompe-l'œil, aux couleurs non confondues, dessinée à partir de poncifs, s'opposant à la peinture des ombres et des couleurs. Agnès Rouveret a montré que la *scaenographia* se décomposait en deux opérations distinctes : d'une part l'*adumbratio* (la *skiagraphia* proprement dite) qui est la peinture en trompe-l'œil architecturale des murs et des retours latéraux ; d'autre part la *frons*, la saillie frontale et la correspondance de toutes les lignes horizontales et verticales au centre du cercle (*ad circini centrum omnium linearum*). Une page de Lucrèce décrivant un portique en exprime la « perspective » difficile et étrange, qui n'est pas une véritable perspective, et que les Romains définissaient comme l'impression d'un « cône obscur qui aspire la vision lointaine ». Lucrèce précise : « Le portique enfin a beau être d'un tracé constant et se dresser continuement (*in perpetuum*) sur des colonnes égales, s'il est long cependant et qu'à son haut-bout il est vu tout entier, il étire peu à peu l'étroit sommet d'un cône (*angustia fastigia coni*) joignant le toit au sol et toutes les parties droites à toutes celles de gauche jusqu'à les conduire dans la pointe obscure d'un cône (*in obscurum coni acumen*). »

Le *De natura rerum* de Lucrèce multiplie les tableaux. Lucrèce évoque la tour carrée devenue ronde au loin. Il dit que l'immobilité n'est qu'une lenteur qui n'est pas perceptible à l'œil nu, comme le troupeau qui paît dans le lointain, comme le navire qui chavire dans la mer. Le grand poète épicurien définit une fois encore l'instant tragique de la peinture éthique. Le *De natura rerum* de Lucrèce (avec les tragédies de Sénèque le Fils) est la plus grande galerie de fresques romaines qui soit restée.

Mais plus encore : le *De natura rerum* dit le secret de la peinture romaine. Les peintures du second style de Pompéi s'organisent comme le portique que Lucrèce décrit : la moitié supérieure des panneaux est seule à être décorée de manière à créer l'illusion d'un espace en profondeur, la partie inférieure formant un premier plan en saillie. Surgit alors la *frons* du portique de Lucrèce, où convergent les lignes des murs latéraux, les parallèles feintes venant se fondre en un point à mi-distance des lignes des panneaux, la « pointe obscure du cône » ne concernant que la moitié supérieure (l'espace véritablement peint du mur).

Pour Lucrèce comme pour toute l'école épicurienne, un objet *incertus* habite le cœur du *locus certus.* C'est l'*Adèlos* (comme le fascinus de la villa des Mystères est sous son voile). Le latin *incertus* traduit le grec *adèlos* (invisible). Immontrable, invisible est le réel. Invisible est le tissu atomique du monde. Anaxagore disait : *Ta phainomena opsis tôn adèlôn* (Les phénomènes sont le visible des choses inconnues). Le portique dans le lointain se rétrécit comme un cône et vient se fondre dans un point *incertus* (*adèlos, obscurum coni*). Une *res incerta* habite ce point imaginaire aussi focal qu'obscur. Ce mystère du point *incertus* où s'amenuise la perspective s'oppose au large plan panoramique que déploie ce que les architectes romains appelaient au contraire le *locus certus.* Associant la notion de bonne distance et celle de perspective incertaine, ils nommaient *locus certus* la scène (*proscenium*) dans le théâtre. Ce lieu était dit *certus* parce que l'architecte, quand il projetait la construction du théâtre, anticipait la déformation visuelle due à l'éloignement par rapport à la disposition des gradins.

L'innovation romaine consista à transposer, sur les murs des maisons privées, des trompe-l'œil reproduisant les décors de théâtre hellénistiques. La maison privée romaine était le premier théâtre politique où le *patronus* exerce son pouvoir sur sa *gens* et sur sa clientèle. Mais le *patronus* se garde de rivaliser avec le *tyrannus.* Les villas domestiques ne doivent pas être des palais tyranniques : ce seront des villas où le palais sera illusoire (où la rivalité avec le prince ne sera pas palatiale mais seulement pariétale ; il y a une relation filiale de la villa au palais comme d'Énée à Anchise).

De même que les citoyens pouvaient jouir d'un semblant de chasse royale dans l'*opsis* (le spectacle) des *ludus* (des jeux) dans l'arène, les murs de leur villa devinrent des « tachygraphies » de palais, de chasses fictives, de scènes de théâtre.

Qui ne comprend pas le théâtre, l'arène, les triomphes, les jeux, ne voit pas Rome. Tout pouvoir est un théâtre. Toute maison (*domus*) est une *dominatio* simulée du *dominus* sur sa *gens* et sur ses affranchis et ses esclaves. Aussi toute peinture est-elle un masque de théâtre (*phersu, persona, prosôpon*) pour son commanditaire qui le dignifie à l'instar d'un prince privé, qui le statufie à l'égal des dieux de la famille. Les artistes antiques n'étaient pas impuissants à individualiser les visages. Les Latins vénéraient sous le nom d'*imagines* les masques véristes de leurs Pères qu'ils abritaient dans une petite armoire dans l'atrium. Mais l'assemblée grecque ou l'aristocratie romaine qui commandaient les tableaux ne commandaient surtout pas la ressemblance : elles quémandaient auprès de l'artiste la transformation de leur visage en *colossos* ou en icône, c'est-à-dire leur métamorphose en dieu ou en *éthos* héroïque. C'est cette aptitude irréaliste à arracher le masque privé et personnel et à le transfigurer dans un état plus idéal et théomorphique qui fit la fortune de Polygnote.

C'est ainsi qu'eut lieu une métamorphose curieuse : la *scaenae frons* tragique, créée au milieu du ve siècle à Athènes et due à Eschyle, trois siècles plus tard investit les maisons italiennes, en fournit la théorie visuelle, en impose l'architecture tragique et feinte et subordonne l'illustration pariétale à l'illusion éthique. Le cothurne surélévateur sur la *scaena tragica* elle-même surélevée sous forme d'estrade sur le *proscenium* explique le caractère surélevé de la partie supérieure des fresques reposant sur une ligne formant socle. Cette ligne conçue comme une estrade sur le mur est le premier sens du mot *orthographia*.

*

Cicéron écrit à Atticus : « Comme je critiquais devant lui l'étroitesse des fenêtres (*fenestrarum angustias*) de la demeure, l'architecte Vettius Cyrus me rétorqua que les points de vue sur les jardins ne présentaient pas autant d'agrément s'ils étaient procurés à partir de larges ouvertures. » Il ajoute que le flot de lumière partant de l'œil se produisait plus aisément; le cône de lumière provenant du jardin concentrait et embouteillait le choc des atomes formant les simulacres sur le bord de la fenêtre; ainsi il en résultait plus d'éclat, plus de contraste, plus d'émotion, plus de *suavitas.* Les Romains révéraient le paradis sous forme de jardin. *Paradeisos* est un mot grec qui voulait dire « parc ». Une école philosophique s'appela l'Académie; une autre s'appela le Lycée; une autre encore le Portique; la plus austère et certainement la plus profonde, celle qui exerça sur Rome l'influence dominante (dès – 230) s'appela le Jardin. Les grandes familles romaines sous le principat d'Auguste, dépouillées de leurs privilèges politiques, cherchèrent à se distinguer des autres classes par la beauté des villas et des jardins, le nombre des esclaves, les dépenses de table, la rareté des objets, l'antiquité des œuvres sculptées et peintes, la collection de splendeurs arrachées aux peuples vaincus et qui formaient le « butin du monde » que les dignitaires de l'empire victorieux se partageaient. L'inutilité du service (*officium*) imite l'*otium* (l'oisiveté) des princes. Et l'*otium* des princes imite l'*ataraxia* des dieux au fond du ciel.

Qu'est-ce qu'un jardin à Rome ? L'âge d'or revisite le présent. Il s'agit de retrouver quelque chose de l'inactivité divine. Se tenir immobile comme les astres dans les cieux. Entouré d'un nimbe. Se tenir immobile comme le fauve se tient immobile avant de bondir sur la proie. Se tenir immobile comme l'instant de mort qui divinise. Se tenir immobile comme un feuillage avant l'orage, comme les statues de ces dieux érigées dans les bosquets, telle doit être la vie devant la mort. Se tenir comme la vision du jardin embouteillée sur le rebord de la fenêtre, arrêtée par les deux rayons que lui opposent les yeux fascinés.

Platon interdisait qu'on donnât une apparence feinte aux paysages. La *physis* était irreprésentable parce qu'elle était divine. Platon a écrit qu'il aurait fallu appeler « profanateur » l'*artifex* ou le pseudo-démiurge qui aurait eu l'audace de rivaliser avec la démiurgie elle-même qui jaillit du fond de la *physis* sous la forme de monde (*cosmos*). C'est sous Auguste qu'apparurent les paysages et les rives. Virgile apporta en dix années les ruisseaux, l'ombre souple qui les traverse ainsi que la couleuvre, le vieux hêtre, la bordure du sentier, la haie où les abeilles butinent, le chant rauque des palombes, les châtaignes bouillies, la tourterelle à la cime de l'orme, les ombres des nuages qui progressent sur les champs.

Virgile fut un génie. Il apporta la nature en quinze ans. Il fut seul à l'apporter. Il mourut le 21 septembre 19 dans le port de Brindes, où il avait débarqué deux jours plus tôt, venant de Grèce, suant près de la cheminée où avait été allumé un feu car il frissonnait de fièvre, montrant avec sa main ses tablettes, demandant qu'on jetât, dans la flamme qui crépitait, l'*Énéide*.

Ce fut le peintre Ludius qui inventa les silhouettes. Les peintres avant Ludius appelaient *topia* les paysages types. Loin de s'efforcer de représenter des paysages réels, le devoir des *topia* consistait à rassembler les traits typiques de la *suavitas* des scènes qu'ils évoquent : le bord de mer, la campagne et ses bergers, le port et ses bateaux, les rives et les nymphes, les paysages sacrés. Pline l'Ancien rapporte que ce fut Ludius qui se mit à animer les *topia* à l'aide de petits personnages silhouettés allant à pied sur les chemins, montés sur des petits ânes ou en carriole (*asellis aut vehiculis*), traversant les ponts recourbés, pêchant à la ligne et à la papillote, vendangeant dans le lointain, prenant les oiseaux au filet sur la pente de la colline (Pline l'Ancien, *Histoire naturelle*, XXXV, 116).

Que veut dire le mot *suavis* en romain ? Quand Lucrèce ouvre le second livre *De la nature des choses*, cherchant à définir la sagesse grecque d'Épicure (l'*eudaimonia* accessible à l'homme) il décrit la *suavitas* (la douceur). Il commence ainsi : *Suave* est observer du rivage le naufrage d'autrui. *Suave* est contempler du haut du bosquet les guerriers qui s'entretuent dans la plaine. *Suave* est replonger le monde dans la mort et contempler la vie en se soustrayant à tous les liens et à tous les effrois. Lucrèce ajoute que la *suavitas* n'est en aucun cas la *crudelitas* (la cruauté) : la *crudelitas* consiste dans la *voluptas* devant la souffrance des humains.

La *suavitas*, c'est l'instant de mort mais c'est

l'instant de mort auquel on participe même quand il vous épargne. La contemplation de la mort soigne les hommes, disaient les Épicuriens aussi bien que les Stoïciens, à partir d'argumentations diamétralement opposées. Sénèque le Fils lui aussi disait que « considérer avec mépris la mort » (*contemne mortem*) était un médicament (*remedium*) pour toute la durée de la vie.

La fenêtre qui donne sur le jardin doit être *angusta* (étroite). Angoisse est ce qui serre la gorge. La beauté est centripète. Toute beauté rassemble en îlot, en entité insulaire, atomique, se dissociant du regard qui la contemple. Les encadreurs sont des faiseurs de frontières. C'est faire un lieu sacré. La fenêtre comme le cadre fait un temple d'un morceau du monde. La fenêtre fait le jardin comme le cadre intensifie la scène qu'il esseule. Les formes cherchant l'isolement dans le cadre provoquent le recul interminable de celui qui s'approche pourtant lentement, pas à pas, vers elles.

Une représentation de la vie immiscible à la vie signifia du vivant (*zôè*) mis à mort (*zô-graphia*).

Ce mouvement est en lui-même déjà une « anachorèse ». La peinture retire du monde.

La pudeur est une autre anachorèse. L'anachorèse sexuelle, par laquelle on se retire dans une chambre obscure pour aimer, revêt le corps d'une fine aura (cette *extremitas* qu'inventa Parrhasios au dire de Pline). Elle enveloppe le corps humain d'une invulnérabilité fictive et d'une barrière impalpable : c'est un *templum* invisible. C'est le thème du « vêtement » qui ne se voit pas, du « costume » d'Adam, du tissu libidinal magique, du nimbe. C'est autant une inhibition de la répugnance qu'une soustraction à la proximité violente.

C'est l'aura de respect telle qu'elle entoure les astres (qui sont les corps des dieux). Posidonius disait que les éléments de la beauté d'une œuvre étaient ceux du cosmos. Il distinguait la forme, la couleur, la majesté et le chatoiement des astres sous forme de halo.

CHAPITRE III

Le fascinus

Le désir fascine. Le fascinus est le mot romain pour dire le phallos. Il se trouve une pierre où est sculpté un fascinus grossier que le statuaire a entouré de ces mots : *Hic habitat felicitas* (Ici réside le bonheur). Toutes ces têtes épouvantées de la villa des Mystères — qu'on aurait été mieux inspiré d'appeler la villa du Fascinant, ou encore la chambre fascinante — convergent vers le fascinus dissimulé sous le voile dans son van.

Comme la *mentula* (le pénis) n'est nullement le propre de l'humanité, les sociétés humaines évitent d'exhiber un organe érigé (*fascinum*) qui rappelle de façon trop voyante leur origine bestiale.

Pourquoi la nature a-t-elle divisé en deux, à – 2 milliards d'années, les espèces et les a-t-elle soumises à cet héritage très ancien dont la fonction est aussi aléatoire qu'imprévisible, qui laisse l'origine de chacun toujours incertaine, qui hante les corps et obsède les âmes?

Les plantes ni les lézards, ni les astres, ni les tortues ne sont soumis pour leur reproduction à une relation libidineuse qui mobilise beaucoup de durée et qui contraint à additionner à la fois la quête, la sélection visuelle, la cour, l'accouplement, la mort (ou la proximité de la mort), la conception, la grossesse et la parturition.

Les Romains avaient la hantise de la fascination, de l'*invidia*, du mauvais œil, du sort, de la *jettatura*. Ils tiraient tout au sort : les coupes des banquets, les coïts, les jours fastes, les guerres. Ils vivaient entourés d'interdits, de rites, de présages, de rêves, de signes. Les dieux, les morts, les proches, les clients, les affranchis, les esclaves, les étrangers et les ennemis — tous étaient jaloux de ce qu'ils désiraient, mangeaient, entreprenaient. Les regards traînaient sur toute chose et sur tout être laissant une marque, jetant une *invidia*, contaminant toute chose de leur poison, lançant un sort de stérilité et d'impuissance.

Martial écrit : *Crede mihi, non est mentula quod digitus* (Crois-moi, on ne commande pas à cet organe comme à son doigt, *Épigrammes*, VI, 23). Pline appelait le fascinus le « médecin de l'envie » (*invidia*). C'est le porte-bonheur de Rome. Un homme (*homo*) n'est un homme (*vir*) que quand il est en érection. L'absence de vigueur (de vertu) était la hantise. Les modernes ont retenu de la conception romaine de l'amour le *taedium vitae* : le « dégoût de la vie » qui suit le plaisir, la détumescence de l'univers symbolique qui accompagne la détumescence phallique, l'amertume qui naît de l'étreinte et qui ne distingue jamais le désir de la terreur liée à l'*impotentia* soudaine, involontaire, ensorcelée, démoniaque.

L'indécence rituelle caractérise Rome : c'est le *ludibrium*. Cette complaisance romaine à l'obscénité verbale découle des chants fescennins chantés lors de la cérémonie de la priapée (le cortège de Liber Pater). La priapée consiste à brandir le fascinus géant contre l'*invidia* universelle.

En – 271, Ptolémée II Philadelphe, pour célébrer la fin de la première guerre de Syrie, se plaça à la tête d'un grand cortège de chars qui exhibaient au regard de tous les richesses de l'Inde et de l'Arabie. L'un de ces chars portait un énorme phallos en or de cent quatre-vingts pieds de long que les Grecs appelaient Priapos. Le nom de Priapus supplanta peu à peu à Rome le nom de Liber Pater.

Que ce soit sous les formes des tournois d'obscénités, des *saturae*, des *declamationes*, des sacrifices humains dans l'arène, des chasses feintes dans des parcs feints (*ludi*), le rituel proprement romain est le *ludibrium*. Ce rite des sarcasmes priapiques s'étend sur tout l'empire. Ce jeu sarcastique est ce qu'a apporté Rome au monde antique. Par-delà le châtiment, au-delà du spectacle de la mort affrontée ou des sacrifices mis en scène sous forme de combats à mort, la société se venge et se rassemble par la mise à mort risible. C'est le *ludus* (le «jeu» par excellence, le mot *ludus* étant lui-même étrusque) qui avant d'être représenté dans l'amphithéâtre est mimé dans la danse et la grossièreté fescennines : c'est la pompe sarcastique du fascinus sur la moindre parcelle du territoire de chaque groupe. Tout triomphe comporte sa séquence d'humiliations sadiques qui déchaîne les rires et qui fédère les rieurs dans l'unanimité vindicative. À la punition prévue par la loi s'ajoute la mise en scène sarcastique où la société vient en foule et vient comme foule unanime — comme une pluie d'atomes agrégés soudain en Populus Romanus — concourir au spectacle législatif en participant collectivement à la vengeance de l'infraction.

Un *ludibrium* ouvre notre histoire nationale. En septembre – 52, après la prise d'Alésia, César fait amener en chariot Vercingétorix à Rome. Il l'enferme durant six années dans un cachot. En septembre – 46, César réunit en faisceau les quatre triomphes (sur la Gaule, sur l'Égypte, sur le Pont et sur l'Afrique) qui lui ont été consentis. Le cortège part du Champ de Mars, passe par le cirque Flaminius, traverse la via Sacra et le Forum et se termine au temple de Jupiter Optimus Maximus. L'*imago* de César en bronze est traînée sur un char tiré par des chevaux blancs. Soixante-douze licteurs précèdent la statue, les *fasces* à la main. Le butin, les trésors, les trophées les suivent en longues colonnes. Puis ce sont les machines, les cartes géographiques illustrant les victoires et des peintures coloriées sur de grands panneaux de bois (des affiches). L'un de ces panneaux représente Caton à l'instant de mourir. Au terme du cortège, des centaines de prisonniers défilent sous les sarcasmes populaires, parmi lesquels on distingue Vercingétorix couvert de chaînes, la reine Arsinoé et le fils du roi Juba. César aussitôt après la célébration du quadruple triomphe fait mettre à mort Vercingétorix dans l'obscurité de la prison du Mamertinum.

Un *ludibrium* fonde l'histoire chrétienne. La scène primitive du christianisme — le supplice servile de la croix réservé à celui qui se prétend Dieu, la *flagellatio*, l'inscription *Iesus Nazarenus Rex Iudaeorum*, le manteau pourpre (*veste purpurea*), la couronne royale faite d'épines (*coronam spineam*), le sceptre de roseau, la nudité infamante — est un *ludibrium* conçu pour faire rire. Les Chinois du XVIIe siècle que cherchaient à catéchiser les pères jésuites le prenaient d'emblée pour tel et ne comprenaient pas qu'on pût faire un article de foi d'une scène comique.

À l'origine, les vers fescennins étaient des sarcasmes les plus grossiers possible et les insultes sexuelles alternées que les jeunes gens des deux sexes s'adressaient l'un à l'autre. À ces vers (ces répliques alternées et dansées) s'ajoutaient les *saturae* et les farces atellanes. Les hommes se déguisaient en bouc attachant sur le devant de leur ventre un *fascinum* (un godemiché, un *olisbos*). Aux Lupercales ils se déguisaient en loups, purifiant tous ceux qui se trouvaient sur leur passage en les flagellant. Aux Quinquatries ils se déguisaient en femmes. Aux Matronalia les matrones devenaient serves. Aux Saturnales les esclaves prenaient les habits des *Patres* et les soldats se déguisaient en louves. Jésus est déguisé en « roi des Saturnales » mené vers sa *crux servilis*. Avant que *satura* signifiât roman, le bassin appelé *lanx satura* voulait dire pot-pourri des prémices de toutes les productions de la terre. Quand Pétrone composa sous l'Empire, la première grande *satura*, il fit un pot-pourri d'histoires obscènes dont tout le souci consistait à réveiller la *mentula* défaillante du narrateur du récit pour la retransformer en fascinus.

*

Carior est ipsa mentula (Mon pénis est plus précieux que ma vie). Les vestales étaient six, confiées à la garde de la plus âgée, la Virgo maxima. Elles gardaient l'objet indévoilable talismanique et entretenaient la flamme de la meute. Celle qui violait le vœu de chasteté était enterrée vive dans le Champ Scélérat, près de la Porte Colline, là où les louves (les prostituées revêtues de la toge brune obligatoire que plus tard reprendront les moines pénitents) rendaient le 23 avril leurs actions de grâces à Vénus Sauvage et se dénudaient entièrement devant le peuple pour soumettre leur corps à son jugement. Les vestales protégeaient Rome (feu et sexe). Le sexe de chaque homme était sous la protection d'un genius auquel il sacrifiait des fleurs (des organes sexuels féminins) sous la protection de Liber Pater. Ce sont les *Floralia*. Genius est celui qui engendre (*gignit*, ou encore *quia me genuit*). Ce premier « ange gardien » est un ange sexuel. De la même façon le lit conjugal à deux places se nommait le *lectus genialis*. Chaque homme a un genius qui sauvegarde ses *genitalia* de l'*impotentia* et protège sa *gens* de la stérilité. Galien a écrit de façon plus étonnante que le *logos spermatikos* était aux testicules ce que l'ouïe était à l'oreille et ce que le regard était aux yeux.

L'impuissance (*languor*) est la hantise romaine et concourt à l'effroi. Dans le IIIe livre des *Amours*, Ovide relate un fiasco et décrit les terreurs superstitieuses qui l'entourent : « Je l'ai tenue entre mes bras en vain. J'étais inerte (*languidus*). Je gisais, comme un fardeau sur le lit. J'avais du désir. Elle avait du désir. Mais je n'ai pu brandir mon sexe (*inguinis*). Mes reins étaient morts. Elle a eu beau entourer mon cou de ses bras plus blancs que la neige de Sithonia, glisser sa langue au fond de ma bouche, provoquer ma langue.

Elle a eu beau passer sa cuisse sous la mienne, m'appeler son maître (*dominum*), chuchoter tous les mots qui excitent. Mon membre engourdi, comme frotté de la froide ciguë, ne m'a pas secondé. Je gisais inerte, apparence pure, poids inutile, à mi-chemin entre le corps d'un homme et une ombre des enfers. Elle a quitté mes bras aussi pure que la Vestale qui va pieusement veiller la flamme éternelle. Est-ce un poison (*veneno*) de Thessalie qui paralyse mes forces ? Est-ce un charme ? Sont-ce des herbes qui me nuisent ? Une magicienne a-t-elle inscrit mon nom sur la cire rouge ? A-t-elle enfoncé une aiguille acérée au milieu de mon foie ? Si on lui jette un sort, Cérès n'est qu'une herbe stérile. Les sources aussi tarissent quand on leur lance un charme. L'incantation détache le gland du chêne. La grappe de raisin tombe du cep. Les chants funestes font tomber les fruits de l'arbre avant qu'on l'ait secoué. Les arts de la magie ne pourraient-ils pas aussi ensommeiller ce nerf (*nervos*). Est-ce là ce qui m'a rendu impuissant (*impatiens*) ? À tout cela s'est ajoutée la honte (*pudor*). La honte a amplifié la défaillance. Pourtant quelle merveilleuse femme avais-je sous les yeux ? Je la touchais d'aussi près que la frôle durant le jour sa tunique. Mais l'infortunée ne touchait pas un homme (*vir*). La vie avec la virilité s'étaient détachées de moi. Quel plaisir peut faire à des oreilles sourdes le chant de Phémius? Quel plaisir peut faire aux yeux morts de Thamyras un tableau peint (*picta tabella*)? Quels plaisirs ne m'étais-je pas secrètement promis de cette nuit? J'avais rêvé les gestes. J'avais imaginé les positions. Et tout cela pour mon membre, lamentable, comme mort d'avance (*praemortua*), plus languissant qu'une rose cueillie la veille. Et voilà maintenant qu'il se raidit, qu'il retrouve une vigueur à contretemps (*intempestiva*). Le voilà qui réclame du service et veut engager le combat. Partie la pire de moi-même (*pars pessima nostri*), tu n'as donc pas de pudeur! Tu as trahi ton maître (*dominum*). Doucement elle approchait sa main, le prenait dans sa main, le branlait (*sollicitare*). Mais tout son art restant sans effet elle s'est écriée: "Tu te moques (*ludis*) de moi? Qui te forçait, insensé, à venir étendre tes membres dans mon lit si tu n'en avais pas le désir? Ou est-ce l'empoisonneuse d'Ea qui a noué ses tablettes pour te jeter un sort? Ou avant de venir ici une autre fille t'a-t-elle épuisé?" Aussitôt elle a sauté du lit, simplement couverte de sa tunique, sans prendre le temps d'attacher ses sandales. Puis, pour dissimuler qu'elle était intacte de ma semence, elle a feint de se laver les cuisses. »

*

Le sexe est lié à l'effroi. Dans Apulée, Psyché s'interroge (*Métamorphoses*, VI, 5) : « Dans quelle nuit (*tenebris*) puis-je me cacher (*abscondita*) pour fuir (*effugiam*) les yeux inévitables (*inevitabiles oculos*) de la grande Vénus (*magnae Veneris*) ? » Lucrèce parle d'un « désir soucieux », d'un « effrayant désir » (*dira cupido*) et il définit la *cupiditas* de ce désir comme la « blessure secrète » (*volnere caeco*) des hommes. Virgile définit l'amour lui-même : « une ancienne et profonde blessure qui brûle d'un feu aveugle ou secret » (*gravi jamdudum saucia cura volnus caeco igni*). Catulle en fait une maladie à mort (*Carmina*, LXXVI) : « Ô Dieux, si la pitié est votre partage, si vous accordez autre chose que l'effroi aux hommes à l'heure de mourir, posez les yeux sur moi (*me miserum adspicite*), sur ma misère. Ma vie a été pure. Aidez-moi en retour. Délivrez-moi de cette peste (*pestem*) : l'amour, ce poison (*tor-*

por) glacé dans mes os, qui se distille dans mon sang, qui chasse la joie (*laetitia*) du cœur. »

L'orgasme était décrit comme la *summa voluptas*, d'abord chaude, puis fricative, puis tempétueuse, enfin explosive. Elle explose dans la crête de la vague (avant l'écume masculine) par laquelle la chair mortelle connaît le pouvoir de se reproduire et se révèle capable d'assurer la continuité du corps social. Les sociétés grecque et romaine ne dissociaient pas biologie et politique. Le corps, la cité, la mer, le champ, la guerre, l'œuvre étaient confrontés à une seule vitalité, exposés au même risque de stérilité, sujets aux mêmes appels de fécondité.

L'homme n'a pas le pouvoir de rester érigé. Il est voué à l'alternance incompréhensible et involontaire de la *potentia* et de l'*impotentia*. Il est tour à tour pénis et phallos (*mentula* et fascinus). C'est pourquoi le pouvoir est le problème masculin par excellence parce que c'est sa fragilité caractéristique et l'anxiété qui préoccupe toutes ses heures.

L'éjaculation est une perte voluptueuse. Et la perte de l'excitation qui en résulte est une tristesse puisqu'elle est le tarissement de ce qui jaillissait. Il se trouve qu'il n'y a pas de civilisation qui ait plus ressenti cette tristesse que la civilisation romaine. Il est vrai que la perte de la semence peut se révéler féconde mais cette fécondité ne peut jamais être perçue comme telle à cet instant humiliant du rabougrissement et de la rétraction du *membrum virile* hors de la *vulva.*

Le *fascinus* disparaît dans la *vulva* et il ressort *mentula.*

La virilité de l'homme s'engloutit dans la jouissance zoologique de la même façon que le corps de l'homme disparaît dans la mort. Parce que le soi le plus intime de l'homme (*vir*) n'est jamais à l'intérieur de sa tête ni dans les traits de son visage : le soi est là où va la main masculine quand le corps se sent menacé.

À une religion contagieuse, de plus en plus syncrétiste puisqu'elle associait à son propre triomphe, à sa propre « piété », toutes les religions des peuples dont elle était victorieuse, correspondit une crainte de plus en plus maléfique. Les Romains, qui étaient encombrés de gestes conjurateurs, s'encombrèrent d'*apotropaion* de toute nature pour détourner le mauvais œil ou encore pour le désarmer par le sarcasme du *ludibrium,* pour le « retourner à l'envoyeur » comme

Persée fait du regard de Méduse à l'aide de son bouclier. *Apotropaion* veut dire en grec l'effigie qui écarte le mal et dont le caractère *terribilis* provoque en même temps le rire et l'effroi. Le grec *apotropaion* se dit en latin *fascinum.* Le *fascinum* (le fascinus artificiel) est un *baskanion* (un préservatif contre le mauvais œil). Plutarque dit que l'amulette ithyphallique attire le regard du fascinateur (*fascinator*) pour l'empêcher de se fixer sur la victime. De là l'incroyable arsenal jamais exhibé dans les musées d'amulettes, de pendeloques obscènes, de ceintures, de colliers, de gnomes burlesques, tous de forme priapique, en or, en ivoire, en pierre, en bronze qui font l'essentiel des déblais des fouilles archéologiques. Les médius tendus (*digitus impudicus,* la main fermée à l'exception du majeur, *mesos dactylos,* pointé vers le haut, était l'insulte suprême), les amulettes représentant la *fica* (avancer l'extrémité du pouce entre l'index et le médius), les pieds de table phalliques, les pieds de lampe, enfin les *tintinnabulum* de bronze ou de métal (fascinus auxquels étaient suspendues des petites clochettes et qui étaient accrochés à la ceinture, aux doigts, aux oreilles, sur les poutres, sur les lampadaires, sur les trépieds). Le corps humain ne présente qu'une partie singulièrement tintinnabulante, c'est le pénis de l'homme et, à un moindre degré, les bourses, puis les mamelles et les fesses féminines lorsqu'elles sont marquées d'adiposité. À cet égard c'est la sexualité humaine qui est affectée, dans les parties qui suscitent le désir, c'est-à-dire dans les parties qui témoignent du désir, par la vacillation. Ce sont ces formes éminemment marquées de métamorphose, placées à la limite du corps, menaçant de tomber, qui sont de ce fait les plus protégées. Les femmes de la Rome ancienne comme celles de la Rome impériale témoignèrent dans le bandage des seins de cette obsession. Le soutien-gorge, qui se dit en grec *strophion* et en latin *fascia*, est lié de ce fait au *fascinum* des hommes. Sous le voile de ce tissu non cousu étaient dissimulées des bandelettes de cuir de bœuf qui comprimaient les mamelles. Rares sont les peintures érotiques qui dévoilent la poitrine féminine. Tacite (*Annales*, XV, 57) montre Epicharis, impliquée dans la conjuration de Pison, débandant sa *fascia* pour s'étrangler avec.

« Notre quartier regorge tellement de divinités protectrices qu'on y rencontre un dieu plus facilement qu'un homme », déclare soudain Quartilla dans le roman de Pétrone. (On rencontre plus fréquemment dans les rues de Rome, de Pompéi ou de Naples, un *fascinus* de pierre ou de bronze qu'une *mentula* d'homme.) À Naples, à Anicetus venu l'assassiner dans son lit, Agrippine cria : « Frappe au ventre ! » « Frappe au ventre ! », c'est le mot de Rome. Dans le roman d'Apulée, Photis se tourne vers Lucius et aperçoit son sexe dressé qui retrousse sa tunique (*inguinum fine lacinia remota*). Elle se met nue, monte sur lui et, dissimulant avec sa main rose sa vulve épilée (*glabellum femina rosea palmula obumbrans*), lui crie : *Occide moriturus !* (Frappe à mort qui doit mourir !)

*

Marius avait été le maître de Rome quand, caché dans un chariot, il dut fuir. Il gagna la côte. Il se jette dans une barque, épuisé de fatigue. Les marins abandonnent les rames et le laissent seul tandis qu'il dort. Arraché des marais de Minturnes, jeté en prison, le vainqueur des Cimbres ne trouve refuge que dans les ruines de Carthage. Un Romain l'en chasse comme s'il n'était qu'un esclave. Marius recouvre le pouvoir et durant six jours fait couler le sang dans les rues de la Ville. Ni Octavius ni Merula ne sont sauvés par leur dignité de consuls. Marius a soixante-dix ans. Le vin l'a rendu tremblotant. Il meurt après avoir exercé sept jours son septième consulat. Il avait si violemment usé sa *mentula* dans la débauche qu'un garde, voyant sa tunique retroussée dans l'agonie de la mort, remarqua que le bout de chair qui lui restait n'atteignait pas la taille d'un ongle.

En – 79 Sylla abdique sa dictature. Il se retire dans sa maison de Cumes. « L'heureux Sylla » (*Felix Sylla*) meurt après s'être vu rongé tout vivant par les vers qui avaient attaqué en premier lieu sa *mentula*.

On se souvient du mot de César sur Brutus : « Je ne redoute pas ceux qui aiment la débauche ni n'appréhende ceux qui convoitent le luxe : je crains les maigres et les pâles. » Le jour des Ides de Mars, après que Metellus eut pris la robe de César à deux mains et eut découvert l'épaule, Casca frappa le premier de son épée. Tous frappèrent à leur tour ou ensemble et certains se blessèrent entre eux en désirant frapper. Plutarque dit que César mourut percé de vingt-trois coups. Le coup de Brutus, son neveu, fut pour l'aine de César, parce que son oncle avait plongé sa *mentula* dans le sexe de sa mère. Quand César vit Brutus pointer l'épée sur son bas-ventre, il n'opposa plus de résistance aux assaillants. Il se couvre le visage avec sa robe et s'abandonne entièrement au fer et à sa fin.

*

Aphrodite est née de l'écume d'un sexe d'homme coupé. Ou elle est représentée sortant d'une vague — qui n'est de toute façon que l'écume de ce sexe jeté dans la mer. Les anciens Grecs disaient que ce qu'évacuait le phallos ressemblait à l'écume de mer. Galien, dans le *De Semine*, décrit le sperme comme un liquide blanc (*dealbalum*), épais (*crassum*), écumeux (*spumosum*), animé et dont l'odeur est proche de celle que répand le sureau.

De quel coït naît Aphrodite ? Ouranos étreint Gaia. Posté en embuscade derrière le sein de sa mère, Chronos tenant dans sa main droite la faucille courbe (*harpè*) prend dans sa main gauche les parties génitales d'Ouranos, les tranche ainsi que le phallos puis jette le tout derrière lui en ayant soin de ne pas se retourner (Hésiode, *Théogonie*, 187). Les gouttes de sang tombent sur la terre : ce sont les guerres et les conflits. Le sexe encore érigé tombe quant à lui dans la mer et aussitôt Aphrodite surgit des flots.

Si les sécrétions des femmes sont plus abondantes (le sang et le lait), elles paraissaient moins mystérieuses que l'« éjaculat » viril, actif, sortant du fascinus à la manière d'une brusque source minuscule. Le fond indigène de la sexualité romaine est spermatique. *Jacere amorem, jacere umorem.* Aimer ou « éjaculer » ne se distinguent pas. C'est la *jaculatio,* la *jactantia* virile. C'est Anchise et Vénus et l'incapacité d'Anchise de conserver le secret que lui a demandé Vénus (*jactantia*). C'est lancer dans le corps la liqueur jaillie de son corps (*jacere umorem in corpus de corpore ductum*). C'est épancher sa semence en soumettant indifféremment des *pueri* non velus (appelés des « joues fraîches », ou « joues de pommes-pêches ») ou des femmes. C'est satisfaire avec une piété obsédée à la crue religieuse du désir que la beauté de l'autre a accumulée dans tout le corps.

La nature des choses comme la nature de l'homme est une seule et même crue. En grec *physis* veut dire cette poussée, cette croissance de tous les êtres sublunaires ou célestes. Lucrèce décrit au chant IV du *De natura rerum* la montée, l'invasion, la crue du sperme dans le corps de l'homme, le combat qui en découle, la maladie (*rabies*, rage, dit Lucrèce; *pestis*, peste, dit Catulle) qu'elle engendre : « Dès que l'âge adulte (*adultum aetas*) fortifie nos organes, la semence (*semen*) fermente en nous. Pour faire jaillir la semence humaine du corps humain, il faut que le sollicite un autre corps humain. Voilà donc la semence chassée (*ejectum*) de ses propres demeures. Elle part, elle descend toutes les parties du corps, membres, veines, organes, elle les abandonne et se concentre dans les parties génitales du corps (*partis genitalis corporis*). Aussitôt elle irrite (*tument*) le sexe. Elle le gonfle de sperme. Naît alors le désir de l'éjaculation (*voluntas ejicere*) de le lancer vers le corps où nous porte un effrayant désir (*dira cupido*). Hommes blessés, nous tombons toujours du côté de notre blessure (*volnus*). Le sang gicle dans la direction d'où est parti le coup, éclaboussant l'ennemi de son liquide rouge (*ruber umor*). Ainsi, sous les traits de Vénus, quel que soit l'assaillant, jeune garçon aux membres de femme ou femme tout arquée par le désir, l'homme se tend vers ce qui l'a frappé. Il brûle de s'unir à lui (*coire*), de faire gicler dans ce corps la liqueur jaillie de son corps — désir sans langage (*muta cupido*) prévoyant le plaisir (*voluptatem*). Ainsi se définit Vénus pour nous, Épicuriens. Voilà ce que désigne le mot amour (*nomen amoris*). Voilà cette douceur que Vénus distille goutte à goutte dans nos cœurs avant de les glacer d'angoisses. Celui qu'on aime est-il absent? Son image est là, devant nous. La douceur de son nom résonne obstinément dans le creux des oreilles. Autant de simulacres qu'il faut fuir sans relâche. Aliments de l'amour (*pabula amoris*) dont il faut s'abstenir. Il faut tourner ailleurs l'esprit et jeter dans n'importe quel corps ce sperme accumulé en nous, plutôt que de le réserver à l'unique amour qui nous possède et rendre sûres l'angoisse et la douleur. Car à nourrir l'ulcère (*ulcus*), il s'avive et s'invétère. Jour après jour augmente sa folie (*furor*). Jour après jour le malaise pèse d'un poids plus lourd si tu ne sais pas soigner la blessure originelle en multipliant les blessures, si tu n'accrois d'errances la Vénus des rues, errante (*volgivaga*), si tu ne peux offrir de dérivatifs à la pulsion (*motus*). Fuir l'amour est le contraire de se priver de jouir. Fuir l'amour est s'approcher des fruits de Vénus sans être rançonné. La volupté est plus grande et plus pure pour ceux qui pensent froidement, qu'aux âmes malheureuses, dont l'ardeur est ballottée dans les flots de l'incertitude à l'instant de la possession. Leurs yeux, leurs mains, leurs corps ne savent pas de quoi d'abord jouir. Ce corps tellement convoité, ils le pressent étroitement jusqu'à le faire crier. Leurs dents impriment leur marque sur les lèvres qu'ils aiment. Parce qu'elle n'est pas pure, leur volupté est cruelle et les incite à blesser le corps, quel qu'il soit, qui a fait se lever en eux les germes (*germina*) de cette rage (*rabies*). Nul n'éteint la flamme avec l'incendie. La nature s'y oppose. C'est le seul cas où plus nous possédons, plus la possession embrase le cœur d'un effrayant désir (*dira cupidine*). Boire, manger, ces désirs-là se comblent et le corps absorbe plus que l'image d'eau ou l'image de pain. Mais de la beauté d'un visage, de l'éclat du teint, le corps ne peut rien absorber. Rien : il mange des simulacres, des espoirs extrêmement légers que le vent rapte. De même un homme que la soif dévore au milieu de son rêve. Au milieu de son feu aucune eau ne lui est communiquée. Il ne recourt qu'à des images de ruisseau. Il s'acharne en vain. Il meurt de soif au milieu du torrent où il boit. De même les amants dans l'amour, ils sont les jouets de simulacres de Vénus. Enfin leur corps pressent l'imminence de la joie (*gaudia*). C'est l'instant où Vénus va ensemencer le champ de la femme. Ils fichent (*adfigunt*) avidement leurs corps. Ils joignent leurs salives (*jungunt salivas*). Avec leur bouche ils n'aspirent que de l'air sur les lèvres où ils écrasent leurs dents. C'est en vain. De ce corps ils ne peuvent arracher aucune parcelle. Leur corps, ils ne peuvent l'enfoncer tout entier dans un corps. Ils ne peuvent passer tout entier dans l'autre corps (*abire in corpus corpore toto*). On croirait par moments que c'est là ce qu'ils veulent tant ils resserrent avec cupidité autour d'eux les attaches qui les lient. Quand enfin les nerfs ne peuvent plus contenir le désir qui les tend, quand ce désir fait éruption (*erupit*), il se fait un court répit. Un court moment, la violente ardeur se calme. Et puis c'est le retour de la même rage (*rabies*), de la même frénésie (*furor*). De nouveau ils cherchent ce qu'ils espèrent. De nouveau ils se demandent ce qu'ils désirent. Égarés et aveugles, ils se consument, rongés d'une invisible blessure (*volnere caeco*). »

*

Morphô est le surnom de la Vénus de Sparte. Aphrodite aux yeux des Lacédémoniens est la *morphè* (en latin *forma*, la beauté) s'opposant au masculin, à la divinité phallique fascinante, au dieu *amorphos* (ou encore *kakomorphos*, ou encore *asèmos*, en latin *deformis*). Aristote définit le sexe mâle (*Des parties des animaux*, 689, a) : « ce qui augmente et diminue de volume ». *Metamorphôsis* est le désir masculin. *Physis* en grec signifie aussi bien la nature que le *phallos*.

Augere a donné *auctor* comme *Augustus*. La naissance de l'Empire coïncide avec cette épithète qui exprime déjà le destin auquel va être astreinte la sexualité impériale. Le 16 janvier – 27, Octave devient Auguste et le mois sextilis devient août. Augustus, augmentateur, telle est la fonction statutaire impériale. Nous voulons que le printemps revienne, que les moissons croissent, que le gibier pullule, que les enfants sortent du ventre des mères, que les pénis se lèvent comme des fascinus et entrent d'où ils sortent pour que les enfants eux-mêmes y reviennent. Caelius disait qu'il y avait quatre temps dans les maladies : l'attaque (*initium*), l'accès (*augmentum*), le déclin (*declinatio*), la rémission (*remissio*). Le moment de la peinture est toujours l'*augmentum*.

L'*eudaimonia* des Grecs devint cette *augmentatio*, cette *inflatio*, qui est l'*auctoritas* solennelle romaine. Les modernes ne vivent plus le mot d'inflation dans le sens de donner forme en enflant. *Flare, inflare, phallos, fellare* jouent autour d'une même forme propre à ceux qui jouent de la flûte dionysiaque ou qui soufflent le verre. C'est donner au réel une consistance excitée, augmentée.

Dans la philosophie d'Épicure médecine et philosophie se confondent. Dans la philosophie stoïcienne le *logos* spermatique régit le monde. L'univers est un grand animal, le *cosmos* est un grand *zôon* — que le peintre (*zô-graphos*) écrit. Platon affirme dans le *Ménéxème* (238 a) : « Car ce n'est pas la terre qui a imité (*memimètai*) la femme dans la grossesse et l'enfantement mais la femme la terre (*alla gynè gèn*). » Plutarque rapporte ce mot de Lamprias (*De Facie*, 928) : « Les astres sont des yeux porteurs de lumière enchâssés dans le visage du Tout. Le soleil avec la force d'un cœur envoie la lumière en tous lieux en guise de sang. La mer est la vessie de la nature. La lune est le foie mélancolique du monde. »

Vénus étant la mère de Rome, une grande invocation à Vénus donne son visage à la « nature des choses » selon Lucrèce : « Mère de la race d'Énée, *voluptas* des hommes et des dieux, ô Vénus nourrice, toi qui sous les signes errants du ciel rends féconde la mer qui porte les vaisseaux, fertilises la terre qui porte les moissons, puisque toute conception trouve en toi son origine, puisque par toi toute espèce vivante naît à la lumière du soleil, déesse, les vents s'enfuient à ton approche, les nuages se dissipent, les fleurs poussent, la vague gonfle, le ciel resplendit, les oiseaux volent, les troupeaux bondissent. Mers, montagnes, fleuves impétueux, champs verdoyants, tu travailles au désir. Tu assures la propagation des espèces. Sans toi rien n'aborde aux rivages divins de la lumière. Toi seule gouvernes la nature. » Lucretius Carus englobe dans une seule et même *voluptas* aussi bien la Vénus *Forma* de Sparte, la Vénus *Calva* du Capitole, la Vénus *Obsequens* (obéissante) de la Vallée du grand cirque, la Vénus *Verticordia* des matrones (qui détourne les cœurs de la débauche), la Vénus Sauvage près de la porte Colline. C'est cette Vénus Sauvage (ou encore Érycine, ou Africaine, ou Sicilienne) qui devint la déesse de Sulla, la

Vénus *Victrix* (victorieuse) celle de Pompée, la Vénus *Genitrix* (mère d'Énée et mère de tous les Julii) celle de César, enfin la Vénus patronne de l'Empire au point que Vespasien l'identifia à *Roma.* C'est la déesse patronne de tout ce qui est heureux, du vin, du 23 avril, de tout printemps, de toute floraison, de toute luxuriance, de toute exubérance, de tout ce qui exalte la vie.

Les joueurs de dés appelaient « coup de Vénus » la combinaison la plus favorable (1, 3, 4, 6 en une seule fois).

Trois siècles plus tard, vers 160, les *Métamorphoses* d'Apulée se termine sur un hymne à la divinité lunaire qui préside à la génération des hommes et à la formation des songes, des démons et des ombres. Lucius vient de se réveiller sur la plage de Cenchrées dans une peur subite (*pavore subito*). Il ouvre les yeux : il voit le disque plein de la lune émerger des flots de la mer Égée. Le héros court à la mer et plonge sept fois sa tête dans les vagues. Alors il ose invoquer la reine du ciel (*regina caeli*) sous tous ses noms : Vénus, Cérès, Phoebé, Proserpine, Diane, Junon, Hécate, Rhamnusie... et il se rendort sur le rivage de Cenchrées.

La reine de la nuit, sous la forme d'Isis, lui

apparaît en songe. Elle est couronnée du miroir, enveloppée d'un immense manteau noir — d'un immense manteau d'une noirceur si obscure qu'elle resplendit (*palla nigerrima splendescens atro nitore*). Isis répond à Lucius : « Je suis la nature, mère des choses, maîtresse de tous les éléments, origine et principe des siècles, divinité suprême, reine des Mânes, première entre les habitants du ciel, type uniforme des dieux et des déesses. Les voûtes lumineuses du ciel, les souffles salutaires de la mer, les silences désolés des enfers, c'est moi qui les gouverne. » C'est ainsi que le *daimôn* de la lune ou plutôt la déesse des démons, la déesse seule influente pour le monde sublunaire, le « foie mélancolique du monde » de Lamprias, la démone gardienne des dieux, surveillante du sang des femmes et de la reproduction, protectrice des Genius des hommes et des Mânes des pères, s'est subitement substituée à la Vénus de Lucrèce, de César, d'Auguste, qui avait fondé la lignée de la cité romaine depuis Anchise, qui avait légitimé la généalogie impériale, qui avait autorisé la divinisation des premiers empereurs.

Isis chasse Vénus. L'empire dévorant toute la surface du monde connu, la religion intégra les scènes mythologiques des religions des différentes provinces pour reformuler sans cesse la même scène : c'est Isis recherchant sur la terre le phallos d'Osiris qu'elle a elle-même tranché. C'est Attis s'émasculant lui-même pour Cybèle.

Une inscription beaucoup plus tardive que le texte d'invocation à Isis d'Apulée a été exhumée à Tivoli. La stèle a été érigée par Julius Agathemerus. L'inscription frontale dit ceci : « Au Genius du divin Priapus, puissant, efficace, invaincu. Julius Agathemerus, affranchi impérial, a édifié ce monument, avec le secours de ses amis, averti par un songe (*somno monitus*). » L'inscription postérieure dit ceci : « Salut Inviolable (*Sanctus*) Priapus, Père de toutes les choses, Salut. Donne-moi une jeunesse florissante. Accorde-moi que je plaise aux garçons et aux filles par mon fascinus provocant (*fascino procaci*) et que je chasse par des jeux (*lusibus*) fréquents et des plaisanteries (*jocis*) les soucis qui accablent l'esprit. Que je ne craigne pas trop la vieillesse pénible et que je ne sois point du tout angoissé par l'effroi (*pavore*) d'une mort malheureuse, mort qui m'entraînera vers les demeures odieuses de l'Arverne où le roi maintient les Mânes qui ne sont que des fables (*fabulas*), lieu d'où les destins interdisent de revenir. Salut Saint Père Priapus, Salut. » Les inscriptions latérales disent ceci : « Rassemblez-vous, toutes. Jeunes filles qui vénérez le bois sacré. Jeunes filles qui vénérez les eaux sacrées. Rassemblez-vous toutes et dites au charmant Priapus d'une voix flatteuse : Salut Saint Père de la Nature Priapus. Embrassez les parties génitales (*inguini*) de Priapus. Ensuite entourez son fascinus de mille couronnes qui sentent bon et de nouveau dites-lui ensemble : Ô Priapus Puissant (*Potens*), Salut. Soit que tu désires être invoqué comme Créateur (*Genitor*) et Auteur (*Auctor*) du Monde ou que tu préfères être appelé Nature (*Physis*) elle-même et Pan, Salut. En effet, c'est grâce à ta vigueur (*vigore*) que sont conçues les choses qui remplissent la terre, qui comblent le ciel, que contient la mer. Donc Salut Priapus, Salut Saint. Toi le voulant, Jupiter en personne dépose spontanément ses foudres cruels et, de désir (*cupidus*), il abandonne son séjour lumineux. C'est toi que vénèrent la bonne Vénus, l'ardent Cupidon, la Grâce et ses deux Sœurs, ainsi que Bacchus dispensateur de la joie (*laetitiae dator*). En effet, sans toi, il n'y a plus de Vénus. Les Grâces sont sans grâce. Il n'y a plus Cupidon ni Bacchus, Ô Priapus, Puissant Ami, Salut. C'est toi qu'invoquent les vierges pudiques dans leurs prières afin que tu dénoues leur ceinture attachée depuis longtemps. C'est toi qu'invoque l'épouse afin que son mari ait son nerf souvent raide et toujours puissant (*nervus saepe rigens potensque semper*). Salut Saint Père Priapus, Salut. »

Qui est Agathemerus l'Affranchi ? Cette inscription est-elle une parodie de l'hymne à Vénus qui ouvre le *De natura rerum* ? Est-elle un *ludibrium* ? Ou a-t-elle été gravée par un disciple austère d'Épicure et qui, lui aussi, comme Apulée de Madaure, visiblement a lu les livres de Lucrèce ? À vrai dire trouverait-on une réponse à ces questions qu'elle importerait peu. À Rome on ne peut distinguer *lusus* et *religio*, sarcasme et sacrifice, Dieu raillé ou Dieu puissant. Fascinus ou Priapus fut honoré de stèles durant tout l'Empire. Priapus est le « premier des dieux », le dieu *Prin*, le dieu *Priopoiein* (le dieu qui « crée-avant » la création elle-même). Priapus fut sans la moindre hésitation le dieu le plus représenté de l'Empire. Sarcasme vient du grec *sarx*, qui est le mot qu'employait Épicure pour dire le corps (*sôma*) de l'homme et le lieu unique du bonheur possible. Le *sarkasmos*, c'est la peau prélevée sur le corps de l'ennemi qu'on a tué. En cousant ces peaux « sarcastiques », le soldat formait un manteau de victoire. Le plus souvent Athéna arbore la tête de Gorgone sur son bouclier, mais il arrive que la déesse porte sur son épaule la dépouille (le *sarkasmos*) de Méduse. Le latin *carni-vore* traduit mot à mot le grec *sarko-phage*.

Cette *sarx* étrange, amorphique, du phallos des Grecs, du fascinus des Romains, on ne peut la mettre nulle part. Ce qui est *atopos*, son lieu est *atopia*. Il est dérobé sous la robe des Pères ; il n'est pas dans la cité ; il n'est pas dans la représentation. Ce qui n'est pas a pour terre « ce qui n'est pas » : l'imaginaire. Et pourtant ce qui n'est pas surgit soudain, se dresse entre les corps. Ce qui se dresse, ce n'est pas plus le masculin qui le possède que le féminin qui le suscite. Ce qui se dresse sans volonté, ce qui jaillit toujours hors du lieu, hors du visible, c'est le dieu. Que la statuaire soit liée au toujours dressé, cela est clair. Que la peinture soit vouée au dévoilement de ce qui ne peut apparaître, à l'*alètheia* de ce qui ne peut être vu, tel est le désir qui la porte. L'une et l'autre cherchent à faire franchir la corruption et la mortalité vers l'érection et la vie éternisée. L'une et l'autre sont l'instant du saut du plongeur juste avant le plongeon dans la mort de la même façon que Parrhasios le Zôgraphe peignait, « juste avant » qu'il ne meure, le vieil esclave d'Olynthe.

CHAPITRE IV

Persée et Méduse

Il peut nous arriver de regarder quelque chose de beau avec l'idée que cela peut nous nuire. Nous l'admirons sans joie. Par définition le mot admiration ne convient pas : nous vénérons quelque chose dont l'attrait qu'il exerce sur nous tourne à l'aversion. En employant le mot « vénérer » nous retrouvons Vénus. Nous retrouvons aussi le mot de Platon refusant de distinguer la beauté et l'effroi. Alors nous approchons du verbe « méduser » : ce qui entrave la fuite de ce qu'il nous faudrait fuir et qui nous fait « vénérer » notre peur même, nous faisant préférer notre effroi à nous-mêmes, au risque que nous mourions.

Telle est l'histoire de Méduse : Trois monstres habitaient dans l'extrême Occident, au-delà des frontières du monde, du côté de la Nuit. Deux de ces monstres étaient immortelles, Sthéno et

Euryalé. La dernière était mortelle et s'appelait Méduse. Leur tête était entourée de serpents. Elles possédaient des défenses pareilles à celles des sangliers, des mains de bronze, des ailes d'or. Leurs yeux étincelaient. Quiconque, dieu ou homme, croisait leur regard était changé en pierre.

Le roi d'Argos avait une fille très belle et qu'il aimait follement. Son nom était Danaé. L'oracle l'avertit que si elle enfantait un garçon, le petit-fils tuerait son grand-père. Aussi le roi enferma-t-il sa fille dans une chambre souterraine aux parois de bronze.

Zeus vint la visiter sous la forme d'une pluie d'or. C'est ainsi que Persée naquit.

Le roi pleura. Il s'approcha du bord de la mer. Il fit enfermer Danaé et l'enfant dans un coffre de bois. Il les fit jeter à la mer. Un pêcheur ramena le coffre dans ses filets. Il prit soin de la mère et éleva l'enfant. Il se trouva que le tyran Polydectès s'éprit de Danaé et convoita son corps. Persée dit qu'il offrirait au tyran la tête du monstre à face de femme s'il sursoyait à son désir.

Gorgô (*Medusa*) possédait la mort dans ses yeux. Qui saurait mettre dans son sac la tête au regard de mort serait consacré « maître de l'effroi » (*mèstôr phoboio*). Quel visage présentait Méduse ? Elle avait deux yeux écarquillés et fixes, un large et rond faciès de lion, une crinière sauvage ou encore des cheveux hérissés sous la forme de mille serpents, deux oreilles de bœuf, une gueule ouverte dans un perpétuel rictus qui fendait toute la largeur de son visage et qui découvrait des crocs de solitaire. Sa langue faisait violemment saillie au-dehors, au-dessus d'un menton barbu qui entourait de ses poils sa grande bouche ouverte dentée.

Persée, connaissant quelle était l'apparence de Méduse, saisit sa lance, noua à son bras son bouclier et partit vers la mort. À l'ouest du monde, il affronta les Grées qui étaient trois comme l'étaient les Gorgones et qui se partageaient une dent qu'elles se passaient de main en main pour dévorer. Elles n'avaient qu'un œil toujours ouvert qu'elles s'échangeaient à tout instant de visage à visage pour entrapercevoir ce qu'elles dévoraient.

Persée bondit, prit l'œil unique, saisit la dent unique, perça le secret du séjour des nymphes. Aux nymphes il déroba les quatre objets magiques contre le rayon visuel de la mort. Le premier objet magique était la *kunéè* (le bonnet en peau de loup du dieu des morts qui rend invisible parce que la mort « encapuchonne » de nuit les vivants). Le deuxième était les sandales ailées (qui permettent en un instant de parcourir l'étendue du monde jusqu'aux demeures souterraines). Le troisième était la *kibisis* (la besace ou plutôt la gibecière où enfouir les têtes découpées). Enfin la *harpè* (la faucille courbe de la décollation, celle-là même qu'avait utilisée Chronos pour émasculer son père).

Persée arrive au repaire de Méduse. Pour éviter de croiser son regard, il prend trois précautions. D'abord Persée décide de pénétrer de nuit dans la grotte monstrueuse tandis que les Gorgones auront refermé leurs paupières dans le sommeil. Ensuite, quand il pénètre dans la grotte obscure, Persée détourne les yeux dans la direction opposée au regard éventuel de Méduse. Enfin Persée polit son bouclier de bronze.

C'est ainsi que Persée ne regarda pas en face Méduse à l'instant où il l'affronta : il se servit de son bouclier comme s'il s'agissait d'un miroir. Le bouclier lui renvoyant son image, Méduse prise d'effroi se pétrifia elle-même.

Alors Persée, la tête toujours coiffée de la

kunéè, les yeux toujours tournés vers le fond de la grotte, leva la faucille. Il trancha la tête de la femme à face de femme. Les mains tâtonnant dans la nuit, il enfouit la tête de Gorgô-Méduse dans sa *kibisis* et l'apporta à la déesse de la cité d'Athènes qui la plaça au centre de son égide.

*

Les trois Gorgones sont les monstres anachorétiques par excellence. Elles vivent loin des dieux et des hommes, au terme du monde, non seulement aux frontières de la nuit, mais aux confins de la terre et de la mer. Dans le temps, elles précèdent la mort.

Gorgô a engendré le loup aux cinquante têtes, Cerbère, à la voix de bronze, qui garde les « demeures retentissantes » (*echeentes dômoi*) de Perséphone. Les deux femmes « raptée » et « raptante » qui dominent le monde grec sont sœurs. Ce sont Hélène et Perséphone.

Ce n'est que tardivement au cours de l'histoire des anciens Grecs que le ravissement (soit par l'amour soit par la mort) se distingue en *éros* et en *pothos.* Le *pothos* n'est ni le regret ni le désir. *Pothos* est un mot simple et difficile.

Quand un homme meurt, son *pothos* naît chez le survivant : il hante l'esprit. Son nom (*onoma*), son image (*eidôlon*) visitent l'âme et reviennent dans une présence insaisissable et involontaire.

Chez celui qui aime il en va de même : un nom et une image obsèdent l'âme et pénètrent le rêve avec une persistance aussi insaisissable qu'involontaire (puisqu'il va jusqu'à ériger un phallos sur le corps du dormeur au moment où il rêve).

Il y a trois figures ailées : Hypnos, Éros, Thanatos. Ce sont les modernes qui distinguent le songe, le fantasme et le fantôme. À la source grecque ils sont cette unique et identique capacité de l'image dans l'âme, à la fois inconsistante et effractrice. Ces trois dieux ailés sont les maîtres du même rapt hors de la présence physique et hors de la *domus* sociale. Perséphone ravie aux enfers et Hélène ravie dans Troie forment un même rapt par lequel le songe, le désir et la mort sont indistincts dans leurs effets. *Harpyes* vient de *harpazein* (ravir). Sirènes et sphinges sont les mêmes puissances rapaces, soit qu'elles enlèvent dans le rêve, soit qu'elles ravissent dans le désir, soit qu'elles dévorent dans la mort. Le sommeil est même un dieu plus grand que la mort et le désir. Hypnos (*Somnus*) est le maître d'Éros et de Thanatos puisque le plaisir masculin ravit les hommes dans le sommeil comme la mort les y éternise.

L'image du songe s'élève alors dans le sommeil. C'est l'hypnose d'Hypnos. Et si le sommeil intermittent a un songe, quel « grand songe » ne doit pas avoir le sommeil éternel de la mort ? Quelle grande image ne doit-elle pas séjourner dans la tombe ?

Le fragment III d'Alcman est plus précis encore sur la similitude des effets de ces trois puissances si difficilement discernables : « Par le désir (*pothos*) qui rompt les membres (*lusimélès*) la femme possède un regard plus liquéfiant (*takeros*) qu'Hypnos et Thanatos. » Ce regard érotique, hypnotisant et « thanatique » est le regard gorgonéen.

Ce regard donne le secret des peintures romaines.

Les anciens Romains étaient terrifiés par l'opération même de voir, par la puissance (l'*invidia*) que pouvait jeter le regard en face. Chez les Anciens, l'œil qui voit jette sa lumière sur le visible. Voir et être vu se rencontrent à mi-distance — comme les atomes du regard et les atomes du jardin se rencontraient sur le rebord de la fenêtre étroite dans l'anecdote de Cicéron et de l'architecte Vettius Cyrus. De même que les anciens Romains divisaient les attitudes amoureuses en activité et en passivité, de même la vision active, saillissante, est violente, sexuelle, maléficiante. Au regard qui porte l'effroi, au regard gorgonéen, au regard médusant répond la nuit soudaine. Les mythes recensent ces regards maléfiques, terrifiants, catastrophiques, pétrificateurs. Dans le roman d'Apulée, le narrateur est contraint par les magistrats de découvrir trois cadavres du linge qui les dérobe à la vue. Il s'y refuse. Les magistrats ordonnent aux licteurs de prendre la main du narrateur et de le contraindre à voir. Le narrateur se dit alors *obstupefactus* — qui est le mot qui définit le mieux les attitudes et les visages des fresques romaines — à la fois frappé d'immobilité et frappé de stupeur. Le narrateur poursuit : « Moi, figé (*fixus*) dans l'attitude où j'avais saisi le linceul, je demeurais froid comme une pierre et semblable absolument aux statues ou aux colonnes du théâtre. J'étais dans les enfers. » L'homme *obstupefactus* est métamorphosé en *imago* de tombe. Le regard de Diane surprise se baignant dans la forêt transforme le voyeur en cerf. Méduse dans sa grotte au bout du monde tue en relevant ses paupières. Dans l'*Exode* (XXXIII, 20) c'est le dieu lui-même qui dit à Moïse : *Non poteris videre faciem meam, non enim videbit me homo et vivet* (Tu ne peux pas voir ma face, car l'homme ne saurait me voir et vivre). Voir en face est interdit. Voir le soleil, c'est brûler ses yeux. Voir le feu, c'est se consumer. L'homme qui a vu la scène primitive (qui a été la femme et l'homme, qui a été le sexe de l'homme dans le sexe de la femme), Tirésias, est aveugle. Voir la femme ouverte ou l'homme fascinant est toujours voir la même scène. Le *Lévitique* (XVIII, 8) présente l'argument de la façon la plus claire parce que la plus condensée : « Tu ne découvriras pas la nudité de la femme de ton père (*turpitudinem uxoris patris tui*) parce que c'est la nudité de ton père (*turpitudo patris tui*). » Celui qui voit la gorgone Méduse tirant la langue dans la bouche fendue du *rictus terribilis*, celui qui voit le sexe féminin (le trou de la turpitude) en face, celui qui voit le « Médusant », est plongé aussitôt dans la pétrification (dans l'érection) qui est la première forme de la statuaire.

*

En 1898, à Priène, en face de Samos, à l'embouchure du Méandre, deux archéologues allemands exhumèrent un lot de petites statuettes en terre cuite qui les déconcerta. Posé directement sur une paire de jambes, le trou du sexe féminin se confondait avec un large visage vu de face. Sur ces figurines façonnées très grossièrement les deux bouches du haut et du bas « fusionnaient ». Il s'agissait de la prêtresse Baubô, la déesse féminine gastrocéphale. L'*olisbos* (le *fascinum* en cuir ou en marbre) se disait aussi en grec *baubôn.* Comme Priapos, ce visage apotropaïque à la fois terrifie et fait rire.

Tel est le conte de Baubô : Quand Déméter perdit sa fille Perséphone, enlevée par Hadès, la douleur la fit errer sur la terre. Elle demeurait voilée de la tête aux pieds dans un *peplos* sombre. Déméter arriva à Éleusis mais elle refusait tout : boisson, aliment, paroles. La prêtresse Baubô dit : *Egô de lusô* (Moi je la délivrerai). Alors Baubô retroussa son *peplos* sur ses parties génitales et lui arracha un rire. C'est ainsi que Baubô rompit le jeûne de la grande déesse qui accepta de s'alimenter avec le *kykeôn* — un mélange d'eau, de pouliot et de farine, que lui prépara Métanire.

Baubô désigne le visage pubien immobilisé dans le *terribilis rictus* (le rire effrayant de la génération invisible aux mâles). En grec on appelle *anasurma* ce retroussement du *peplos*. À l'*anasurma* de Priapos, dont le sexe érigé retrousse la tunique chargée de fruits, répond l'*anasurma* de Baubô qui redonne par son geste ses fruits à la terre (qui redonne son visage à la terre dont Déméter est la déesse).

Un petit enfant découvre le sexe féminin entouré de poils d'où il est sorti. L'exhibition de la *vulva* plonge celui qui voit dans la pétrification de l'érection. Tel est le mythe de Gorgô, de Méduse, de Baubô. Le Médusant répond au Fascinant.

Le mythe de Baubô, c'est le retroussement de la robe. Le sexe de la femme montré à une femme déclenche le rire. C'est un *ludibrium*. Dire que le soleil se lève, que les fleurs et les céréales repoussent, que les arbres se chargent de fruits, c'est dire que le pénis est redevenu phallos. C'est dire : le Fascinus est là.

Au regard frontal, anéantissant répond le regard latéral des femmes romaines. Le regard latéral, effrayé, pudibond des femmes réanime la ruse de Persée et répond aussi bien à l'interdit de regarder en arrière (Orphée) qu'à l'interdit de regarder en face (Méduse).

Tout voyeur de déesses est un homme de nuit (ou aveugle, ou mort, ou animal).

Si le regard sur le sexe est à l'origine du ravissement dans la nuit du désir, du rêve ou de la mort, il faut confier son regard à un détour qui arrache au face à face médusé et mortel avec ce qui n'a pas de nom. Il faut une « réflexion » sur un bouclier, sur un miroir, sur une peinture, sur l'eau de la rivière de Narcisse. C'est le double secret, me semble-t-il, du regard latéral (oblique parce que pictural) des femmes romaines.

Caravage disait dans les premières années du XVIIe siècle : « Tout tableau est une tête de Méduse. On peut vaincre la terreur par l'image de la terreur. Tout peintre est Persée. » Et le Caravage peignit Méduse.

La fascination signifie ceci : celui qui voit ne peut plus détacher son regard. Dans le face à face frontal, dans le monde humain aussi bien que dans le monde animal, la mort pétrifie.

Le masque de Gorgô, c'est le masque de la fascination elle-même ; c'est le masque qui pétrifie la proie devant le prédateur ; c'est le masque qui entraîne le guerrier dans la mort. C'est le masque (*phersu, persona*) qui fait une pierre (une tombe) de l'homme vivant. C'est le masque au rictus qui crie le cri de l'agonie dans la bacchanale d'Hadès. Quand Euripide décrit la danse furieuse que dansent les bacchants d'Hadès, il précise qu'il s'agit d'une danse de loups ou de chiens sauvages que Lyssa fait danser sur un air de flûte appelé L'Épouvante (*Phobos*). Euripide ajoute : « C'est Gorgone, fille de la nuit, au regard pétrifiant, avec ses vipères aux cent têtes » (*Héraklès*, 884).

Dans Homère, Gorgô figure aussi bien sur l'égide d'Athéna que sur le bouclier d'Agamemnon. Homère en fait le visage qui terrifie l'ennemi en semant la mort. Homère dit que le visage de la Terreur est accompagné d'Épouvante, de Déroute et de « Poursuite qui glace le cœur ». Dans l'*Iliade* la tête de Gorgô est le faciès de la fureur (*menos*) guerrière, puissance efficace de mort et du triple cri de mort lors de l'assaut. À Sparte, Lycurgue imposa aux jeunes gens qui sortaient de l'éphébie de porter les cheveux longs afin qu'ils parussent plus grands et « plus terribles » (*gorgoterous*). Les jeunes guerriers lacédémoniens huilaient ces chevelures qu'ils laissaient pousser et les divisaient en deux parts afin de les rendre « plus terrifiantes » (*phoboterous*).

Dans l'*Odyssée*, au chant XI, quand Ulysse descend aux enfers, la foule des morts hurle dans l'épouvante. Ulysse avoue : « La crainte verte, que Perséphone ne m'envoyât du fond de l'Hadès la tête gorgonéenne du monstre qui terrifie, se saisit de moi. » Aussitôt Ulysse détourne les yeux et fait demi-tour.

*

La confidence d'Ulysse dans l'*Odyssée* dit peut-être le secret de ce masque. Il y a deux masques. Celui de la mort et celui de Phersu. Phersu en étrusque désigne le porteur du masque de mort. Le Phersu étrusque serait le Perseus grec. Le nom de Phersu est noté auprès du masque dans la tombe dite des Augures, à Tarquinies, qui date de – 530, et ce nom est écrit juste à côté d'une *kunéè* (le bonnet en peau de loup que porte Persée). Alors l'étrusque Phersipnai serait la grecque Perséphone. Dans Apulée, quand Psyché descend aux enfers, soudain les dragons, « dont les yeux astreints à veiller ne se ferment jamais, les prunelles faisant le guet, perpétuellement ouvertes à la lumière », tournent leur regard vers elle : Psyché devient pierre (*mutata in lapidem*). Ce sont les yeux perpétuellement ouverts des cadavres. Le masque de mort est la tête de cadavre qui monte dans l'agonie sur le visage vivant. Telle est la racine commune du mauvais œil, de l'œil de mort, de l'œil unique de l'archer qui vise. Le guerrier tend l'arc, cligne l'autre paupière, arrondit et fige le regard qui tue. À cet œil unique répondent soit le regard apotropaïque de l'œil unique de la vulve, soit l'œil cyclopéen du phallos (soit le bouclier-vulve, soit la lance ithyphalle).

Dans le temple de Lycosoura, en Arcadie, il y avait à main droite dans le sanctuaire, enchâssé dans le mur, un miroir. Le fidèle ne voyait de lui-même qu'un reflet de mort, ténébreux, indistinct (*amudros*). En grec *amudros* qualifie les fantômes. Dans le miroir, les fidèles voyaient leur mort dans leur reflet. Le miroir de Lycosoura donne la copie de mort du vivant. Le regard de Méduse donne la mort à qui est fasciné. Aussi dans le temple de Lycosoura disait-on que l'eau du miroir ne réfléchissait distinctement que les dieux.

Lycosoura veut dire en grec le sanctuaire des loups.

Pour les Anciens le miroir ne mime jamais celui qui s'y reflète et l'obscurité de leur eau (les miroirs comme les boucliers étaient faits de bronze) renvoie toujours à un autre monde que le monde. Les miroirs sont d'étranges yeux uniques. L'homme et la femme en se regardant dans les yeux, ou en regardant les yeux uniques de leur sexe, sont des miroirs. Aussi l'amour, quand il engendre, en engendrant des petits, engendre des « reflets des géniteurs » qui peuplent le monde, et qui leur survivent et qui se reproduisent eux-mêmes comme des reflets. C'est en ce sens que le coït est le premier miroir, l'engendreur de reflets.

Psyché regarde la beauté insoutenable de l'homme qu'elle étreint dans l'obscurité chaque nuit. Car insoutenable à la vue des femmes est le fascinus. Comme est insoutenable à la capacité des hommes l'érection fascinante. Aussitôt l'éros et la psyché s'éloignent. Aussitôt Éros, devenu oiseau, passe par la fenêtre et se pose sur la branche d'un cyprès.

C'est la présence réelle qui est invisible, sinon au regard unique et cyclopéen du fascinus dressé. Un vers brutal de Martial le rappelle : « Ma bite est sourde (*mentula surda*), mais toute borgne (*lusca*) qu'elle puisse être, elle voit (*illa videt*). » La réalité est « insultée » par le désir. Œil unique des Grées, du Cyclope, de Fascinus, c'est le réel qui entre dans ce que la réalité ne veut pas. Martial dit que le regard du fascinus sourd (*surdus*) voit. Plus que sourd, « non linguistique », « illettré » (*illitteratus*), ajoute l'épicurien Horace dans la très étrange, très vigoureuse et très anti-stoïcienne VIIIe épode. L'œil unique du fascinus ne lit pas le langage humain : « Tu oses, femme qui es une ruine centenaire, dont les dents sont noires, dont le front est labouré de rides, toi dont bâille entre les fesses décharnées (*aridas nates*) un trou plus répugnant que le cul (*podex*) d'une vache qui chie (*crudae bovis*), tu oses me demander pourquoi mon sexe ne bande pas (*enervet*) ? Parce qu'on voit chez toi des ouvrages stoïciens (*libelli Stoici*) traîner sur des coussins en soie (*sericos pulvillos*), crois-tu que mon sexe sache lire ? Crois-tu que les livres l'excitent ? Crois-tu que mon fascinus (*fascinum*) en soit moins paralysé (*languet*) ? Si tu veux qu'il se dresse bien haut sur mon aine dédaigneuse : suce ! (*ore* !) »

CHAPITRE V

L'érotisme romain

Les archéologues ont montré que les deux conditionnements du décor vestimentaire chez l'homme et chez la femme sont la guerre et l'éros. En latin : Mars et Vénus. Mars, c'est l'affrontement à mort. Vénus, c'est le dévisagement séducteur suscitant la colère (Mars) du coït pour en maîtriser l'assouvissement et en tempérer (en pacifier) la violence mortelle. Au terme de l'invocation à Vénus, Lucrèce évoque le dieu Mars : « Le maître des combats féroces (*fera*), le puissant dieu des armes, Mars vaincu (*devictus*), Mars blessé par la blessure éternelle de l'amour (*aeterno volnere amoris*) se réfugie contre tes seins, Vénus. Il y pose sa nuque. Alors les yeux levés vers toi, les lèvres entrouvertes, il te regarde, déesse. Ses yeux ont soif de leur vision. La tête renversée, il suspend à tes lèvres son souffle. Toi, divine, quand il reposera enlacé à ton corps sacré, fonds-toi dans son étreinte et doucement demande pour les Romains la rassurante Paix ! »

Cette paix ne va pas sans violence. C'est une pacification féconde, une paix jaillissante. C'est la restauration des *sperma,* des semences de la *lanx satura* des travaux agricoles, des cérémonies satyriques qui les accompagnent. Hercule couché aux pieds d'Omphale, Énée s'écartant avec Didon dans la grotte tunisienne, Mars dans les bras de Vénus, toutes ces scènes s'appliquent d'abord à la réparation de la *virtus* (de la force, de l'énergie, du *vigor,* de la semence jaillissante, de la *victoria*).

La jouissance, la démone Voluptas, la fille d'Éros et de Psychè, procure au regard ce « tremblement de lueur » qui entre dans le regard de la mort comme dans celui de la folie (*furor*). Apulée dit du regard de Vénus : « Ses prunelles mobiles parfois se voilent dans la langueur, parfois lancent comme des dards des visions qui excitent. La déesse danse avec ses yeux tout seuls (*saltare solis oculis*). » Une femme amoureuse s'adresse à son amant (Ovide, *Métamorphoses,* x, 3) : « Ce sont tes yeux (*tui oculi*), lui dit-elle, qui, passant par mes yeux (*per meos oculos*), ont pénétré jusqu'au fond de mon cœur. Ils ont allumé une flamme qui me brûle. Aie pitié ! » Les naturalistes font dériver les danses animales propres à la pariade des attitudes de l'effroi. La conduite de la mouette debout, menaçante, est à la limite de la peur dont elle fait une cérémonie arrêtée. L'effroi de la menace, en prélevant les ébauches des séquences de l'hostilité, en les exagérant à la limite de l'emphase, se fait appel au combat sexuel. Le comportement agressif et le comportement amoureux ne se sont jamais tout à fait dissociés. La séduction est la conduite d'effroi ritualisée avec emphase.

*

Deux voies s'offrent au désir des hommes face à la prédation du corps féminin : ou bien le rapt avec violence (*praedatio*), ou bien la *fascinatio* intimidante, hypnotique. L'intimidation animale est déjà une esthétique préhumaine. Rome voua son destin, son architecture, sa peinture, ses arènes et ses triomphes à l'intimidation hypnotique.

Dans son admirable essai intitulé *Thalassa*, Sandor Ferenczi décrit la passion érotique sous la forme d'un combat où doit se décider qui des deux adversaires, chacun hanté par la nostalgie de l'utérus maternel perdu, parviendra à forcer l'accès du corps de l'autre pour rejoindre l'ancienne *domus.*

La technique de l'hypnose ne serait qu'un effet de cette recherche animale d'une violence fascinatrice dont l'effroi aboutirait à l'obéissance (l'*obsequium*) de la victime, ou du moins la replongerait dans des comportements enfantins, cataleptiques, passifs, subjugués. On ne voit jamais assez clairement quel est le fond sadique de la tendresse. L'un des partenaires est renvoyé à une situation intra-utérine où pénètre par effraction le partenaire actif. Mais, pour jouir, celui qui jouit est contraint lui-même de rejoindre la passivité.

Les Romains associaient le regard de passivité (la tremblotante lueur du *furor* qu'est la volupté) aux yeux mourants, aux regards des morts. Toute l'œuvre d'Ovide multiplie la description de ces yeux qui tremblent : « Crois-moi, ne hâte pas la volupté de Vénus. Sache la retarder. Sache la faire venir peu à peu, avec des retards qui la diffèrent. Quand tu auras trouvé l'endroit que la femme aime qu'on lui caresse (*loca quae tangi femina gaudet*) : caresse-le. Tu verras dans ses yeux brillants (*oculos micantes*) une tremblante lueur (*tremulo fulgore*), comme une flaque de soleil à la surface des eaux (*ut sol a liquida refulget aqua*). Viendront alors les plaintes (*questus*), le tendre murmure (*amabile murmur*), les doux gémissements (*dulces gemitus*), les mots qui excitent (*verba apta*) » (*L'Art d'aimer*, II). C'est sans doute pour la même raison qu'Ovide est le seul écrivain de Rome à préférer aux femmes prépubères les femmes plus âgées qui ont quitté l'effroi pour le plaisir : « J'aime une femme qui a passé l'âge de trente-cinq ans. Que ceux qui sont pressés boivent le vin nouveau (*nova musta*). J'aime une femme mûre qui s'y connaît en plaisir. Elle a l'expérience, qui seule fait le talent. Elle saura à ton gré se prêter dans l'amour à mille positions. Aucun recueil de peintures (*nulla tabella*) ne t'offrira des postures (*modos*) aussi variées. La volupté chez elle n'est pas fausse. Or, quand la femme jouit en même temps que son amant, c'est là le comble du plaisir. Je hais l'étreinte où l'un et l'autre ne se donnent pas entièrement. Voilà pourquoi je suis moins touché par l'amour des garçons. Je hais une femme qui se donne parce qu'il faut se donner, qui ne mouille pas, qui songe à sa laine. Je ne veux pas d'une femme qui me donne du plaisir par devoir (*officium*).

Qu'aucune femme surtout ne se sente de devoir envers moi ! J'aime entendre sa voix traduire sa joie (*sua gaudia*), chuchoter qu'il faut aller moins vite, qu'il faut me retenir encore. J'aime à voir ma maîtresse (*dominae*) jouissant les yeux mourants (*victos ocellos*). »

Le mot aversion (*aversio*), à Rome, a le sens simple de détourner le regard. Je ne sais si l'image de la femme en train de se détourner, si fréquente dans ce qui reste de la peinture romaine, est liée à la coquetterie (au coït sursitaire) ou à la destruction (Orphée se retournant pour anéantir Eurydice). Apulée mêle le regard en coulisse de la coquette s'arrêtant, se retournant à plusieurs reprises pour regarder en arrière (*saepe retrorsa respiciens*), le regard de côté, la nuque infléchie, clignant l'œil (*cervicem intorsit, conversa limis et morsicantibus oculis*) et le regard prostré en direction de la mort, les yeux baissés sur le sol (*in terram*), vers les enfers (*ad ipsos infernos dejecto*), glissant toutefois un regard latéral (*obliquato*). Le fait qu'une acquisition exige efforts et sacrifices augmente l'attrait qu'elle exerce. Telle est la « coquetterie » — mot qui rappelle lui-même le fond animal où la séduction humaine prélève l'essentiel de ses ressources. C'est allonger le désir. C'est rendre long le désir et c'est se rendre longuement désirable. L'impossibilité de prendre, telle est l'essence du prix — et cette surséance fait apparaître la joie comme précieuse. En se dérobant, le corps augmente son secret. La coquetterie est une finalité sans fin. C'est refuser ce dont on augmente l'attrait. Être désirée sans fin, c'est être une valeur que rien ne consume. Les fresques romaines représentent fréquemment la dénudation sans fin du sexe invisible d'une femme endormie. À l'instant où la femme tourne le dos, il est possible que la femme croit qu'elle se dérobe mais ce signe de refus est aussi le signe animal de passivité sexuelle, de la soumission. Sur ces deux types de fresques, il s'agit toujours de la furtivité d'un don qui ne donne rien, soumis à un rythme perpétuel de proximité et d'éloignement, de présence et d'absence. C'est la scène de Virgile dans laquelle Énée retrouve Didon aux Enfers : « Didon errait dans la grande forêt. Dès qu'Énée fut près d'elle et qu'il l'eut reconnue, pâle ombre parmi les ombres — ainsi qu'aux premiers jours du mois on voit ou on pense qu'on voit la lune s'élever à travers les nuages —, le héros de Troie laissa couler ses larmes. Il lui dit d'une voix douce : “Malheureuse Didon, elle était donc vraie la nouvelle de ta mort ? Tu as pris ton épée et tu es allée jusqu'au bout de ton désespoir ? Hélas, ai-je donc été la cause de ta mort ? Mais je te le jure par les astres des cieux, par les dieux d'en haut et par tout ce qui est sacré dans le monde qui est sous la terre, ce n'est pas moi, ô reine, qui ai voulu m'éloigner de tes rivages. Je l'ai fait malgré moi. Ces dieux qui aujourd'hui me poussent à descendre chez les ombres, par des sentiers hideux, dans la nuit profonde, me poussaient. Je ne pouvais croire que mon départ serait pour toi une telle douleur. Arrête-toi, Didon. Arrête tes yeux sur moi. Qui penses-tu fuir ? C'est la dernière fois que le destin me permettra de te parler !” Par ces mots Énée tentait d'adoucir l'âme brûlante de Didon, de faire venir des larmes dans ce regard menaçant (*torva*, regardant de travers). Mais la reine, détournant les yeux, fixait obstinément le sol (*Illa solo fixos oculos aversa tenebat*) » (Virgile, *Énéide*, VI, 460).

Soit le regard de Didon morte qui se détourne (*aversa*) et qui se tait.

Soit le regard de Parrhasios qui tue, tandis que son modèle crie.

*

Le voile, le pectoral et les brodequins sont les trois attributs de l'érotisme romain. *Alètheia* dit aussi le dévoilement d'un voile. La vérité (*a-lètheia*) est le non-oublié. Le poète oral, grâce aux Muses filles de la Mémoire, sauve de l'oubli (*lèthè*) les mythes qu'il prononce. La vérité ôte le voile sur le passé. Elle rend jeunes les morts souterrains. L'*alètheia* est liée à la nudité. La nudité princeps n'est jamais sexuelle mais génésique. Le dévoilement se dit en grec *anasurma*, en latin *objectio*. Objecter ses seins, c'est débander et exhiber les seins interdits de la patricienne. *Objectus pectorum* traduit *ekbolè mastôn* (dévoilement des mamelles). Le premier « dévoilé » (le premier « objet ») est le sein. Les femmes nues rangées en ligne dans les batailles constituaient l'enjeu de la bataille : c'est le rapt de Mars (le butin de la victoire). L'*objectus* au cours de la bataille, le retroussement de la tunique sur la vulve, l'*anasurma* du *peplos*, redonnent vie et redonnent vigueur aux fils et aux époux qui combattent devant leurs mères et leurs épouses. Tacite raconte que les épouses des Germains au cours du combat dénudaient leurs seins (*objectu pectorum*) pour faire craindre à leurs maris ou à leurs fils la captivité toute proche qui les menaçait si la victoire n'était pas de leur côté. Plutarque rapporte que les Lyciennes refoulèrent Bellérophon en retroussant leur *peplos.* Trogue Pompée raconte au premier livre de son *Histoire universelle* que lors de la guerre des Mèdes d'Astyage contre les Perses de Cyrus, les Perses reculant pas à pas, leurs mères et leurs épouses accoururent vers eux, retroussèrent leur robe (*sublata veste*) et tendant vers eux leurs parties obscènes (*obscena corporis ostendunt*) leur demandèrent sarcastiquement s'ils souhaitaient se réfugier dans l'utérus de leur mère ou de leur femme (*in uteros matrum vel uxorum vellent refugere*). Alors, comme s'ils avaient été astreints par la vision de cette nudité, les Perses reformèrent leur ligne et mirent en fuite les guerriers d'Astyage.

C'est sur ce fond d'*anasurma* que le déchaussement du pied, le dévoilement du sexe, le débandement des seins forment sur la plupart des fresques érotiques romaines un unique geste arrêté. Un jour, Lucius Vitellius demanda à Messaline comme une grâce la permission de la déchausser. Après lui avoir ôté le brodequin droit, il le porta constamment entre sa toge et sa tunique. Il le portait à son nez, le posait sur ses lèvres et le baisait. Apulée raconte à sa manière l'histoire de Cendrillon en utilisant une paire de sandales. Qu'on voie la sandale dénouée devant le siège d'Ariane dans la villa des Mystères. À Rome une femme est rarement représentée entièrement nue.

La scène érotique la plus obsédante sur les fresques est le dévoilement.

La scène qui fait le centre des mystères est le dévoilement du phallos (l'*anasurma* du *fascinus*). Soulever le voile, c'est séparer ce qui sépare. C'est l'effraction silencieuse.

Plutarque dit qu'Alètheia est un chaos de lumière. Que son propre éclat en efface la forme et en rend imperceptible le visage. Mais — ajoute Plutarque très curieusement — cela ne veut pas dire qu'Alètheia soit voilée : elle est nue. C'est nous qui sommes voilés. Seuls les morts voient ce qui n'est pas caché.

Plutarque rapporte que Laïs, après qu'elle s'était donnée à Aristippe, remit son bandeau sur ses seins. Puis elle déclara à Aristippe qu'elle ne l'aimait pas. Aristippe répondit qu'il n'avait jamais pensé que le vin et les poissons eussent de l'amour pour lui, et que pourtant il usait avec plaisir de l'un et de l'autre.

*

Enfin le lit, l'ombre et le silence.

À Rome une chandelle ne peut être allumée. Il faut confier la part du désir à sa nuit. La fascination qu'inspire l'autre sexe est à la source d'une hypnose que la nuit entrave parce que l'obscurité en suspend le pouvoir. Sans cesse l'amant supplie, chez les élégiaques, pour obtenir une lampe allumée et mêle la demande de la lumière au débandement des seins : « Vénus n'aime pas qu'on aime en aveugle (*in caeco*). Les yeux dans l'amour sont les guides (*oculi sunt in amore duces*). Ô joie d'une nuit lumineuse ! Ô toi petit lit (*lectule*) heureux de mon plaisir. Que de mots échangés à la clarté des lampes. Et la lumière enlevée (*sublato lumine*), dans la nuit, que de combats de l'amour. Une seule nuit peut faire de n'importe quel homme un dieu (*Nocte una quivis vel deus esse potest*). Parfois il arrivait qu'elle luttât les seins nus. D'autres fois elle me faisait languir en gardant sa tunique. Si tu t'obstines à coucher vêtue, je déchirerai de mes mains ce que tu portes. Des mamelles pendantes (*inclinatae mammae*) ne t'interdisent pas les jeux amoureux. Laisse cette pudeur à celles qui ont enfanté. Tant que le destin le permet, que nos yeux voient l'amour. Elle s'approche de toi la longue nuit. Aucune aurore ne lui succédera » (Properce, *Élégies*, II, 15). Les élégies de Properce décrivent le caractère à chaque fois funèbre de ces têtes de femme presque hypnagogiques, de ces têtes de sphinges violentes, de ces regards à la surface desquels le visuel est tenté par la scène d'origine, le rêve, le furor, la mort : « Hier dans le soir éclairé de la lueur des flambeaux, qu'elle m'était douce ta violence. Douces les malédictions lancées par ta bouche devenue folle. Furieuse (*furibunda*), ivre de vin, tu repousses la table. D'une main que tu ne contrôles plus, tu me lances à la tête les coupes pleines. Jette-toi vraiment sur mes cheveux. Déchire-les. Imprime sur mes joues la trace de tes ongles. Approche de mes yeux la flamme du flambeau. Brûle mes yeux. Arrache ma tunique. Mets ma poitrine à nu. Ce sont pour moi des signes. Une femme qui aime s'emporte. Quand une femme prise de rage (*rabida*) profère des injures, quand elle se roule aux pieds de la grande Vénus, quand elle s'avance dans les rues pareille à une ménade (*maenas*) prise de délires, quand les traits de son visage pâlissent en proie à des songes insensés (*dementia somnia*), quand elle se laisse émouvoir par un tableau (*tabula picta*) dont le sujet est une femme, je sais, authentique haruspice, reconnaître les signes les plus sûrs de l'amour » (*Élégies*, III, 8).

Le lit (*cubile, lectus, grabatus, grabatulus*) est fréquemment représenté sur les fresques érotiques, qu'ils soient très ouvragés, torsadés, ou les plus humbles qui aient pu être. Juvénal montre Messalina préférant une natte (*teges*) au lit impérial (*pulvinar*). Si le fauteuil est le signe statutaire de la matrone, le lit est celui de l'amour. Il appartient au monde du silence, ou du moins de l'absence d'aveu, de l'hostilité au langage social. Une page d'Ovide (*Amours*, III, 14) le décrit : « Il est un lieu où la volupté est un devoir. Ce lit, fais-en l'asile de toutes les jouissances (*omnibus deliciis*). Là, la pudeur (*pudor*) doit être bannie. Mais quand tu en sors, reprends ta pudeur et laisse au fond de ton lit (*in lecto*) tes crimes. Là, tu dois enlever sans pudeur ta tunique. Tes cuisses (*femori*) doivent soutenir celles de ton amant. Là, qu'une langue se cache entre tes lèvres rouges (*purpureis labellis*). Là, laisse les corps inventer les façons de s'aimer. Il faut que les mouvements du plaisir (*lascivia*) fassent craquer le bois du lit. Après, reprends tes tuniques. Après, reprends un visage effrayé (*metuentem*). Après, que la pudeur désavoue ton obscénité (*obscenum*). Je ne demande pas à une femme d'être pudique (*pudicam*). Je lui demande de paraître pudique. Il ne faut jamais avouer. Une faute qu'on peut nier n'existe pas (*non peccat quaecumque potest peccasse negare*). C'est l'aveu qui fait la faute (*culpa*). Alors quelle est cette folie (*furor*) qui consiste à révéler au grand jour ce que cache ta nuit? Quelle est la folie qui pousse à raconter tout haut (*palam*) ce qu'on fait tout bas (*clam*) ? Avant de donner son corps au premier Romain venu, la louve tire le verrou (*sera*). »

Les deux principaux démons protègent le lit. Sur les fresques de la peinture, Cupido et Somnus se distinguent comme le jour et la nuit; les ailes blanches de Cupido s'opposant aux ailes noires de Somnus. Tibullus a écrit (*Élégies*, II, 1) : « Déjà la Nuit attelle ses chevaux (*Nox jungit equos*). Derrière le char maternel (*currum matris*), le chœur excité (*choro lascivo*) des astres (*sidera*). Ensuite le Sommeil enveloppé d'ailes sombres (*furvis alis*). Enfin les Songes noirs (*nigra*) au pied incertain (*incerto pede*).» À l'heure de la sieste, la démone de midi (la sphinge) vient chevaucher le dormeur. La posture de l'*equus eroticus* souvent représentée sur les fresques romaines, est la scène du rêve. Loin de renvoyer à un masochisme ou à une passivité (une *impudicitia*) de l'homme ainsi que cette posture est interprétée et privilégiée par les femmes dans nos sociétés modernes, l'*equus* est le plaisir masculin statutaire. Les patriciens étaient couchés pour manger. Les matrones restaient à l'écart et assises dans le fauteuil de leur *status*. L'*equus eroticus* renvoie aux sphinges grecques de midi, démones ailées qui s'accroupissent à l'heure de la sieste sur le sexe dressé des dormeurs et leur dérobent leur semence. Il reste encore dans le mot français de «cauchemar» le souvenir de la jument qui s'assoit sur la poitrine de l'homme ou qui le piétine (*calcare*) pendant qu'il dort. *Mare* est une lamie. C'est la vampire nocturne qui se retrouve dans l'anglais *nightmare*. Loth dort dans la caverne et ses filles s'empalent sur leur père excité et engendrent Ammon et Moab. Booz dort et la glaneuse s'approche du sexe dressé. C'est la conception masculine par surprise. C'est cette « jument assise » (*equus eroticus*). Ou bien le *dominus* reste étendu parce qu'il dort et que la femme use du désir qu'élève son songe. Ou bien il demeure étendu sur le *lectus genialis* parce qu'il est le maître et qu'il n'a pas à faire d'effort. La *domina* vient s'asseoir sur lui comme sur l'effigie en pierre lors du rite de Muto, comme dans son fauteuil statutaire. Ou encore la servante vient sur l'homme, en aucun cas pour « dominer » le *dominus* mais, obséquieuse, pour lui offrir la *voluptas* sans le déranger.

*

Ils soulèvent le voile pour voir. Le féminin pour les hommes, c'est le sexe tranché qui définit la déesse de l'amour. C'est la naissance de Vénus. C'est ce qu'ils ne peuvent pas voir. C'est ce qu'ils épient mais c'est ce qu'ils ne voient pas. Ils voient et ne voient pas. Ils voient mais ils veulent conserver leurs yeux.

L'homme a pour nuit son passé et tout rêveur a pour maison l'enveloppe du passé. Le passé le plus ancien n'est pas l'utérus mais le vagin. Telle est la fascination du *fascinus*, la demeure fascinante, la première *domus*, le fourreau archaïque (*vagina*). Il est étrange que la fœtalisation suppose le vagin qui le précède, qui est d'abord la demeure d'une *mentula*. De là l'interdiction de l'inceste : le pénis ne peut revenir dans le coït où il est passé lors de la parturition.

Le coïtus est plus ancien que le fœtus.

Il y a un *a origine* plus ancien que le *ab ovo*.

Il faut lorgner parce qu'il ne faut pas perdre de vue ce dont on n'a pas la vue, ce qui fait perdre la vue.

Le regard de l'homme troue les femmes. Ce regard qui troue, qui porte en lui-même la possibilité de trouer, peut trouer celui qui regarde. Tout voyeur a peur pour son sexe, a peur que son sexe devienne un trou. Chez les Anciens, loin de se porter sur son pénis dressé en fascinus, la castration de celui qui voit devient celle de ses yeux. Le castré, par condensation, c'est l'aveugle. Homère, Tirésias, Œdipe. Celui qui a été fasciné, celui qui a vu en face perd ses yeux.

C'est peu de dire que nous désirons voir. Désir et voir sont identiques. C'est le rêve. L'invention biologique et zoologique du rêve dit : le désir voit. Il y a un désirer-voir chez les mammifères à quoi tout manque. La fonction hallucinatrice du rêve en a dérivé. Ce désir est indestructible et inassouvissable. Il relaie une puissance d'ostension, d'exhibition, d'offre visuelle que la nature a pour elle-même dans les fleurs, les montagnes, les couleurs, les turgescences, les reflets et les rêves que la vie a engendrés par une multiplication et une symétrie spontanées et presque nécessaires, comme les bras, comme les jambes, comme les yeux eux-mêmes qui s'offrent au regard et le fascinent à la proportion qu'ils appréhendent par la vue. « Quand tu tiens tes yeux modestement baissés sur ta poitrine, apprends à les relever. Relève-les à proportion de ce qu'il t'est offert de voir ! » prescrit à la femme la IIe *Bucolique* de Virgile.

Les dénudations des corps de l'homme et de la femme ne sont pas symétriques. Sur le corps de la femme, c'est le sexe qui pour l'homme se voit mal, ne se voit pas assez, se voit comme castré, se voit comme question angoissante posée à l'homme. Lors de la dénudation de l'homme, c'est le sexe qui pour la femme se voit trop, dans une exhibition excessive, érigée, si visible qu'il pousse le regard féminin à s'en détourner, à demeurer périphérique, à se confier à la latéralité.

Dans le mythe de Psyché, Apulée ne veut pas

dire quelle est la nature du dieu Éros qui ne doit à aucun prix être vu. Un monstre ? Un enfant ? Il est le mutant monstrueux, le mutant qui va de la bête à la naissance des enfants. C'est le dieu romain Mutunus devenu Priapos, sénile et chauve, ou encore puéril et *amorphos*. Idéal et immonde.

« Ne cherche pas à connaître la figure de ton mari (*de forma mariti*) », dit Éros à sa jeune épouse. « Si tu le vois, tu ne le verras plus ! (*Non videbis si videris* !) » Psyché accepte dans l'obéissance (*obsequium*). Chaque nuit, elle attend son « mari sans nom (*maritus ignobilis*) ».

Pavet (elle a peur). Plus qu'aucun malheur, « ce qu'elle redoute est ce qu'elle ignore ». *Timet quo ignorat* : cette sentence d'Apuleius de Madaura pourrait être écrite sur le pavement de la chambre des Mystères.

Dans la nuit, Psyché tend la lampe à huile dans le silence pendant que son époux dort sur le lit. Aussitôt elle est consternée (*consternata*) et muette. Ce monstre est beau. Mais aussitôt Amor, devenu oiseau, s'enfuit.

Une servante de Vénus, nommée Consuetudino, s'approche de Psyché en criant : « As-tu fini par comprendre que tu as une maîtresse (*domi-*

nam)?» Elle l'empoigne par les cheveux et la traîne aux pieds de Vénus (dont le fils a été blessé par la goutte d'huile tombée de la lampe que levait sur son corps Psyché curieuse).

Comme un pan de mur le montre dans la chambre de la villa des Mystères (qui n'a rien à voir avec le grand roman d'Apulée qui a été écrit quatre siècles plus tard), deux servantes, nommées Sollicitudo et Tristitia, fouettent Psyché enceinte. Vénus se lève, arrache elle-même les vêtements de Psyché et la laisse nue devant un tas de graines de blé, d'orge, de millet, de pavot, de pois chiche, de lentille et de fève.

Enfin c'est le mariage d'Éros et de Psyché : Liber sert le vin. Apollon prend sa *cithara* et se met à chanter. Vénus danse tandis qu'un Saturus « enfle » sa double flûte (*inflaret tibias*) et qu'un Panisque joue de sa syrinx de roseaux liés (*fistula*).

La fille qui naît de l'étreinte nocturne entre Psyché et Cupido reçoit le nom de Voluptas.

*

Parler voile aussitôt la fascination. Le conte moderne du « Roi est nu » condense cette règle.

L'enfant, l'*infans*, celui qui n'a pas encore accédé au langage, n'a pas encore accédé au voile : il voit encore la nudité originaire. Les adultes, c'est-à-dire les courtisans du langage, sans qu'ils témoignent ce faisant de la moindre hypocrisie, voient toujours un fascinus déjà voilé par le langage qui les fait hommes. Car il y a aussitôt deux corps chez celui qui se met à parler et qui devient langage : un corps sublime posé « orthographiquement » sur un corps obscène. Une statue divine et un phallos difforme sont indistincts. Un mort et un vivant. Un père et un amant. Un fantôme idéal et un corps bestial. Un mort et un mourant. Un *pothos* et un *éros*.

Deux corps qui se pâment sont invisibles ; ils se tordent l'un sur l'autre ; ils s'emboîtent l'un dans l'autre ; ils s'abîment dans l'excès de la volupté qui est invisible aux yeux fermés de ceux qui s'y ensevelissent comme dans une nuit plus nocturne que la nuit. L'intensité de ce qui fait la mesure pour l'homme de sa joie est soustraite à son regard. Sa représentation ne la communique pas. Elle la nie en la différenciant. Elle la fuit. Et c'est aussi pourquoi il la fuit. Nous avons raison de haïr les gravures érotiques. Non pas parce que ces représentations seraient choquantes. Parce qu'elles sont fausses. Parce que la scène jamais présente, la scène à jamais « im-présentable » ne pourra jamais être « re-présentée » à l'homme qui en est le fruit.

CHAPITRE VI

Pétrone et Ausone

Les caresses humaines sont confrontées sans cesse à de soudaines limites libidinales ou temporelles que le désir qui les anime, qui soudain défaille, ne comprend jamais et que la conscience des amants ne comprend pas toujours. Notre insuffisance érotique, nos assouvissements incomplets, ou désynchronisés en plein cœur du bonheur, de l'*eudaimonia*, nous laissent désemparés.

Le plaisir nous arrache le désir.

Nous sommes voués aux fantasmes comme les requins sont voués à la mer.

Dans le corps masculin le sexuel se manifeste comme une déformation complètement insoluble sinon dans la violence de l'acte. L'excès sexuel se manifeste à chaque fois sous la forme d'un retour inadéquat, anachronique, vécu comme contraignant, intempestif, ou honteux, totalement involontaire, toujours impérieux, toujours indicible puisque le langage, loin d'épouser la libido, la divise. La libido est un mot latin que les modernes ont repris pour le transformer en un mot sacré intraduisible — dans une acception à laquelle aucun Romain n'aurait pu consentir — dans le dessein de souligner qu'il y a dans l'énergie sexuelle un reste énigmatique, un détritus bestial toujours identique à lui-même, que le fascinus n'expulse pas avec la semence, sur lequel l'histoire n'a aucune prise. Faute d'une impossible synchronie, ou d'une véritable jouissance, sans cesse le sexuel s'intoxique lui-même, étend l'insatisfaction irrémédiable, la part maudite, la *pars obscena*, la faim affamée d'excitation à laquelle aucun corps masculin n'est capable de répondre.

Le *Satiricon* est l'œuvre de Caius Petronius Arbiter. Le *Satiricon* est une *satura* (un pot-pourri de nature érotique ou indécente), la *satura* étant liée à l'origine aux vers fescennins et au *ludibrium* qui avaient cours lors des jeux sarcastiques qui accompagnaient la procession du Fascinus de Liber Pater. Les érudits ont finalement apporté la preuve que l'auteur du *Satiricon* et le grand consulaire qu'évoque Tacite dans les *Annales* à l'année 67 étaient une seule et même personne.

Pétrone naquit à Marseille au temps de la vieillesse d'Ovide exilé. Il fut proconsul et consul. L'empereur le protégeait mais Tigellin obtint sa tête. Tacite a écrit que Caius Petronius Arbiter avait dicté sa *satura* en mourant pour se venger de Néron au cours d'un voyage en Campanie. À la place du codicille en l'honneur du prince, Pétrone traça le récit des débauches (*stupri*) de Néron et de sa cour « sous les noms de jeunes impudiques et de femmes perdues » (*sub nominibus exoleterum feminarumque*). Puis il lui adressa ce sarcasme sous la forme d'un « pli cacheté ». Alors, après avoir brisé son anneau, il se donna la mort, à Cumes, en se suicidant très lentement, dans son bain, en 67. Les éditeurs du XVIIe siècle ont donné à tort à cette véritable *satura* le nom de *satiricon* dont on ne possède plus que quelques longs extraits et de petits lambeaux. L'action se passe en Campanie dans une ville près de Naples — peut-être Pompéi, peut-être Oplontis, peut-être Herculanum — puis à Cumes (là où la Sibylle dans son ampoule murmure en grec : « Je veux mourir » et où Pétrone est contraint par Tigellin à mourir) et enfin à Crotone.

Le narrateur a pour amant un tout jeune *puer*, Giton.

Occupé à écouter des « romans oratoires » (*controversia*) le narrateur du « roman écrit » (*satura*) ne remarque pas que son ami Ascyltus veut lui dérober le jeune Giton.

Le narrateur s'égare dans un bordel (*lupanar*).

Dans une auberge crapuleuse il retrouve Ascyltus. Ils se battent l'un contre l'autre, chacun prétendant à la propriété exclusive du jeune adolescent.

Ils interrompent le sacrifice à Priapus d'une matrone, Quartilla, qui les fait fouetter en les faisant jurer qu'ils tairont les mystères surpris dans la chapelle de Priapus (*in sacello Priapi*). La matrone Quartilla oblige Giton à déflorer sous ses yeux, sur un tapis qu'elle a fait dérouler par sa servante Psyché, une fille de sept ans, Pannychis, tandis qu'elle masturbe le narrateur.

Le narrateur se rend chez Trimalchio qui donne un banquet somptueux qui tourne à une parodie d'orgie de *gens* aussi baroque que nauséeuse. L'orgie, le vin aidant, devient mélancolique. L'un dit : *Dies nihil est* (Le jour n'est rien). L'autre répond : *Dum versas te, nox fit* (Le temps de se retourner, il fait nuit). Un autre dit : « Nous volons moins que les mouches (*muscae*). » Un autre enfin soupire : « Nous ne sommes pas plus qu'une bulle d'air (*bullae*). » Les femmes sont dites des vautours ou des pots de chambre. L'amour qui dure est considéré comme un chancre (*cancer*). Pendant ce temps-là les plus beaux plats à métamorphoses et à effets dramatiques qui aient été conçus dans le monde romain sont présentés au cours de ce banquet « impérial ».

Ascyltus profite du sommeil du narrateur pour sodomiser Giton et le décide à partir avec lui.

Le narrateur part à la recherche de Giton, rencontre un vieux poète dans une galerie de tableaux (*pinacotheca*) et s'ouvre auprès de lui de sa perplexité devant certains tableaux dont le sens lui échappe (*argumenta mihi obscura*).

Le vieux poète lui rétorque les discours sempiternels que toutes les époques et tous les journalistes, tous les vieillards aiment à tenir : « Il n'y a plus d'artistes. L'argent a perdu l'art (*Pecuniae cupiditas haec tropica instituit*). La peinture est morte (*Pictura defecit*). Le monde en lambeaux va tomber aux mânes du Styx (*ad Stygios manes laceratus ducitur orbis*). »

Le narrateur, Giton et le vieux poète partent sur un bateau où Tryphèma, la femme du capitaine, s'empare de Giton et en fait son amant (le bas de son ventre, *inguinum*, est si beau, dit-elle, que le garçon lui-même ne paraît être que l'appendice de son fascinus). Giton veut s'émasculer. Le capitaine quant à lui prétend que le divin Épicure a réussi à faire fuir les illusions (*ludibria*) de ce monde. « Pour moi, toujours et partout, j'ai toujours vécu en jouissant du jour présent comme s'il était le dernier et ne devait jamais revenir. »

Le navire naufrage. Le vieux poète ne veut pas être dérangé pendant le naufrage : « Laissez-moi finir ma phrase ! » (*Sinite me sententiam explere* !)

À Crotone, le narrateur gagne sa vie en se prostituant. Il rencontre une patricienne : « Il est des femmes qui ne s'échauffent que pour la crasse (*sordibus*) et leur désir (*libidinem*) ne s'éveille qu'à la vue d'un esclave à la tunique retroussée (*servos altius cinctos*). » Au moment de la satisfaire, il demeure flasque. Plusieurs fois ce *languor* se répète. La patricienne part en quête d'un « plaisir plus solide » (*voluptatem robustam*). Le narrateur soupçonne qu'il fait l'objet d'un sortilège (*venefico contactus sum*) et va demander à la vieille prêtresse Proselénos de le guérir de son impuissance. Le narrateur déclare : « Je sens peser sur moi la colère de Priapus qui règne en Hellespont » (*Hellespontiaci sequitur gravis ira Priapi*). La prêtresse Prosélénos récite l'hymne priapique suivant : « Tout ce qui est visible sur la terre m'obéit. Quand je veux (*cum volo*) la terre fleurie se dessèche et languit. Quand je veux la sève ne circule plus dans les plantes. Et quand je veux elle verse à flots ses richesses et les rochers affreux (*horrida saxa*) laissent jaillir les eaux du Nil. Je gouverne la mer. J'ai sous mes ordres les fleuves, les tigres et les dragons. Par mes charmes (*carminibus meis*) on voit descendre du ciel la face de la lune (*Lunae imago*). »

La prêtresse Prosélénos bat avec son balai le narrateur mais rien n'y fait. Elle est obligée de le conduire auprès d'une prêtresse de Priapus, Oenothée (en grec « celle dont le dieu est le vin »). Oenothée lui enfonce dans l'anus un *fascinum* en cuir (*scorteum fascinum*) enduit d'huile et de poivre. Puis elle bat son sexe avec une botte (*fascem*) d'orties vertes (*viridis urticae*). Alors le sexe enfin régénéré retrousse la tunique du narrateur.

On ignore de quelle manière se termine le roman. Il est possible que ce fragment incertain vaille pour toutes les fins.

*

Pétrone écrivit son roman en 66 et en 67. L'ensevelissement d'Herculanum, d'Oplontis, de Pompéi et de Stabies date de 79. L'histoire littéraire romaine au sens strict se termine elle-même sur un *ludibrium*. Le consul Decimus Magnus Ausonius fut le maître de Paulin de Nole et de l'empereur Gratien. Ausonius est chrétien et s'adresse à Paulus, lui-même chrétien. Le *ludibrium* d'Ausonius est d'un goût douteux : faire de l'œuvre de Virgile (surnommé « la Vierge » à cause de sa pudeur : *Parthenien dictum causa pudoris*) un *ludibrium* (un sarcasme obscène) en extirpant des vers ou des fragments de vers dans chacun de ses poèmes. Mais ce choix lui-même, qui ouvre le Moyen Âge, avoue cependant en mêlant des images tirées des *Géorgiques* à d'autres empruntées à l'*Énéide* une vision de l'amour et un puritanisme qui n'appartiennent en aucun cas à l'étrusque Publius Vergilius Maro. Ausonius présente de la façon suivante son puzzle sarcastique : « Puisque la célébration des noces (*celebritas nuptialis*) aime les Fescennins (*Fescenninos*) et que ce jeu d'une antique origine (*vetere instituto ludus*) requiert la licence du langage, je vais produire les secrets de l'alcôve et du lit (*cubiculi* et *lectuli*). Ainsi j'aurai deux fois à rougir puisque j'aurai fait de Virgile lui-même un impudent (*Vergilium impudentem*). »

L'époux s'approche de la jeune épouse : « Elle qui depuis longtemps détournait la tête le regarde. Elle veut repousser ce qui l'effraie. Elle tremble devant le trait menaçant. Une verge, cachée sous ses vêtements, rouge comme les baies sanglantes de l'hièble et comme le vermillon, présente sa tête découverte. Une fois les pieds entrelacés, ce monstre horrible, affreux, énorme et aveugle (*monstrum horrendum informe ingens cui lumen ademptum*) s'écarte de la cuisse et, brûlant, presse l'épouse brûlante. Il y a dans un coin reculé, où conduit un étroit sentier, une fente qui luit. De sa masse s'exhale une puanteur. Aucun être pur n'a le droit sans crime de se tenir sur ce seuil. Là, est une caverne horrible. De ses sombres profondeurs elle répand des exhalaisons qui blessent les narines. Là, il enfonce les nœuds et la rude écorce de son épieu par un élan où il met toutes ses forces. Le trait s'est fixé et boit, dans son impulsion profonde, le sang virginal. Les cavernes creuses ont retenti et gémi. Elle, d'une main mourante, veut arracher l'arme, mais, entre les os, la pointe a pénétré trop profondément dans la blessure des chairs vives. Trois fois se soulevant et appuyée sur son coude elle a voulu se redresser. Trois fois elle est retombée sur le lit. Lui, demeure sans effroi, ni délai, ni repos. Attaché et collé à son clou, il n'abandonne rien ; il tient ses yeux tournés vers les étoiles (*oculos sub astra*). Il va et vient en cadence. Il frappe cet utérus. Fatigués, ils approchent de la fin. Alors un halètement pressé secoue leurs membres et leurs lèvres desséchées. La sueur coule partout en ruisseaux. Il défaille épuisé et son aine distille un liquide (*distillat ab inguine virus*). »

CHAPITRE VII

Domus et villa

Les fresques sont des condensés tragiques de livres. Ces condensés de récit étaient aussi des supports de mémoire pour d'autres livres. L'exercice de la mémoire chez les peuples anciens aboutit à un certain nombre de techniques mnémotechniques dont nous avons perdu l'usage. Sénèque le Père fut une des plus grandes mémoires de son temps. Il pouvait réciter, sous le règne d'Auguste, du premier au dernier vers une tragédie qu'il avait entendue sous la dictature de César. Les fresques, les statues, les jardins, les maisons étaient utilisés eux-mêmes comme des manuels de mémoire. Cicéron rapporte comment Simonide avait inventé *l'ars memorativa* (l'art de la mémoire artificielle) en s'aidant de la disposition des lieux (*loci*) d'un appartement qui avait brûlé et en agglutinant des séquences entières de mots à partir de leurs images (*imagines*). *Imagines* est le mot qui définissait les têtes des Pères dont la face avait été empreinte dans la peinture, dans l'argile fraîche avant d'être cuite, ou dans la cire, le jour où ils étaient morts, après qu'on eut posé le miroir de cuivre sur leurs lèvres, que les fils enfermaient dans une petite armoire dans l'atrium. Frances Yates a étudié ces procédés de mémoire artificielle propres aux littératures orales antiques. Près de deux siècles plus tard Fabius Quintilianus se représentait toujours la mémoire comme un bâtiment dont on parcourait tous les lieux pour retrouver les objets qu'on y avait déposés « artificiellement » (peintre se disait en latin *artifex*).

Les maisons romaines étaient premièrement des livres, deuxièmement des mémoires. Il ne faut jamais oublier qu'on met le pied dans la « page d'un livre », qu'on entre dans un *memorandum* quand on pénètre dans une maison romaine et il faut alors aussitôt repasser dans son esprit ces affirmations si difficilement compréhensibles pour nous que tenait Cicéron à la fin de la république (*Ad Herennium*, IV, *De Oratore*, II) : « Car les lieux ressemblent beaucoup à des tablettes enduites de cire ou à des papyrus. Les images (*simulacris*) ressemblent à des lettres (*litteris*). L'arrangement et la disposition des images ressemblent à l'écriture. Le fait de prononcer un discours est comparable à une lecture. »

Ces affirmations sont celles d'un orateur qui apprenait par cœur ses discours en regardant ses murs.

Cicéron ajoutait que, comme les choses dont on se souvenait le mieux étaient les choses honteuses, on utiliserait toujours avec profit les images libidineuses pour accroître sa mémoire. Les tableaux intérieurs à l'âme se mirent à ressembler à des scènes peintes ou à des chambres. Les galeries ou les portiques se mirent à prendre l'apparence des rêves. Les rêves se peuplèrent de calembours visuels parce qu'ils ressemblaient à ces condensations immobiles auxquelles la mémoire s'identifiait. Et parce qu'elles étaient immobiles, elles étaient pathétiques. Et parce qu'elles étaient pathétiques, elles touchaient au cœur de soi. Et parce qu'elles touchaient au cœur de soi, elles rebondissaient sur les murs, sur les portiques, sur les chambres, sur les fresques. Les fresques condensaient des livres que l'âme condensait.

*

Quand les premiers philosophes grecs eurent tourné les yeux vers la société civile et eurent médité sur l'angoisse quotidienne où plonge le désir, les pythagoriciens, les cyniques, les épicuriens, les stoïciens, les sceptiques, les adeptes des religions nouvelles, chacun à son tour prétendit se séparer de l'une comme de l'autre. Ils prônèrent l'idée qu'ils étaient tous étrangers à cette violence extérieure et à cette angoisse intérieure. Quand les tyrannies s'instaurèrent, ils considérèrent qu'ils étaient des étrangers sur la terre tyrannique et qu'il fallait se dégager de ces despotes et s'isoler dans les campagnes. Quand l'empire s'installa, ils intériorisèrent l'idée même de patrie. Plus promptes que Narcisse quand il découvrit, face à son regard, l'épouvantable pétrification de son reflet, les âmes retranchées murmurèrent : le cosmos c'est l'ego.

Épicure fut au IIIe siècle avant l'ère ce que Freud fut au XXe siècle et le rôle social que leurs doctrines assumèrent fut d'une contagion comparable. Leur thèse initiale est la même : un homme qui ne jouit pas fabrique la maladie qui le consume. L'angoisse, ajoutent-ils tous deux, n'est que de la libido sexuelle qui flotte, se retourne contre elle-même et intoxique. La ressemblance s'arrête là. Le fragment 51 d'Épicure dit : « Tous les hommes se transmettent leur angoisse comme une épidémie. » Il ne se voulait pas philosophe mais thérapeute. *Epikouros* en grec signifie « celui qui secourt ». *Therapeutikos* signifie « celui qui prend soin ». Il haïssait toutes les philosophies, n'y percevant que des constructions de l'évasion et de l'illusion. Épicure le premier a compris, dit Lucrèce, que tout homme dans son intimité (*domi*) a un cœur anxieux (*anxia corda*) qui tourmente de ses vaines angoisses l'esprit sans repos (*De natura rerum*, VI, 15). La physique seule apporte le secours. « Cérès a donné aux hommes le blé, Liber le vin, Épicure les remèdes à la vie (*solacia vitae*). » Les remèdes sont au nombre de quatre : le divin n'est pas à craindre ; la mort est sans risque ; le bonheur peut s'acquérir ; tout ce qui effraie est endurable.

Démocrite disait : « Le coït est une petite apoplexie (*apoplexiè smikrè*). Car un homme sort d'un homme et s'arrache, séparé comme par un coup (*plègè*). » Épicure prit le contrepied de la thèse de Démocrite. Tout plaisir dérive du plaisir de la *sarx* et chaque plaisir a une unité vitale supérieure à l'absence de douleur. La *voluptas* est la seule sensation humaine qui divinise et, sans qu'elle rende immortelle, elle fait de nous plus que l'agrégat d'atomes que nous sommes en effet : elle procure au corps une sensation de soi supérieure. Elle fait de l'âme un *sum* divin. Il n'y a qu'une expérience du « se sentir vivant », c'est le plaisir, parce qu'il unit le corps et l'âme. Le coït qui est la source du corps vivant est la fin du corps vivant dans sa plus extrême santé. C'est là où la vie totalise vraiment le corps humain, là où *Est* devient *Sum*. La volupté peut se définir : l'humain qui fait corps avec la vie. Dans l'étreinte, le plaisir se sent lui-même. Le plaisir qui se sent lui-même, tel est le bonheur. Rien dans la douleur ni dans la pensée ne peut être comparé à cette expérience totalisante.

Solon disait : « Nul ne peut se dire heureux avant son dernier instant. » Épicure déclara : « Tout homme doit remercier du bonheur dans le présent parfait de la présence (dans la présence comblée). » Les Romains dirent : « Toute heure est suprême. » *Supremum* veut dire aussi le « point culminant ».

Ténue et lointaine est la nature simulacrale

des dieux dont la forme universelle est offerte aux hommes dans les songes. Par la structure atomique très discrète et très fluide de leur nature, les dieux sont des corps diaphanes. Ce sont des quasi-peintures. L'épicurisme fut une doctrine de l'atome spatial et de l'atome temporel : il n'y a que des simulacres et des instants (des instants de vie et un instant de mort). L'intensité de l'instant est le seul remède. Il faut travailler la terreur de la mort par la fureur de vivre instantanée et imperturbable.

Atomes de temps, atomes sociaux, les disciples d'Épicure préférèrent la solitude ou du moins des groupements humains de faible amplitude à la ville et aux foules. Épicure disait que toute foule était une tempête. Le mot latin individu traduit le mot grec atome. Épicure opposait à la foule les êtres fiers (*sobarous*) et indépendants (*autarkeis*). L'atomisme sans finalité qui fait le fond de la théorie et qui constitue l'unique matière du monde physique conduisit chaque atome humain à l'« anachorèse » (à l'indépendance thérapeutique, à l'individualisme social). Cet atomisme de la vie quotidienne se condensa dans l'image du jardin : mettre un atome de campagne dans la ville au sein duquel vivre comme un *individuum* de vie voué à un *atomos* d'instant. Cette idée paraissait encore à Pline l'Ancien une incroyable nouveauté. C'est ainsi que la secte d'Épicure prit le nom du Jardin.

*

En 1752 on dégagea des fouilles d'Herculanum une bibliothèque épicurienne de 1700 rouleaux (*volumina*). La lave incandescente qui avait recouvert la cité en avait consumé les bords. Cette demeure fut aussitôt baptisée la villa des Papyrus. Comme ils étaient pétrifiés, desséchés, indéroulables, on découpa chaque *volumen* en colonnes dont on remit ensuite bout à bout les morceaux. La plupart de ces volumes, outre le grand traité physique d'Épicure, appartenaient à l'ami d'un philosophe disciple d'Épicure qui avait vécu sous la République et sous la dictature de César et qui s'appelait Philodème. L'œuvre de Philodème est une suite de petits traités sur les maux, la mort, les richesses, la santé, la colère, la parole franche, la poésie, les signes, les dieux, la piété, la musique. Depuis 1752, tous les volumes retrouvés dans la villa d'Herculanum n'ont pas encore été déroulés, coupés, transcrits et publiés.

« On ne peut même pas posséder en songe le temps qui dépossède », écrit Philodème d'Herculanum (*Sur la mort*, XIV). Il ne faut pas souhaiter longue vie aux humains. il n'y a pas « plus » de temps dans une vie longue ou brève. Seul compte l'instant maximum dans sa présence pleine. Or les instants sont des « increscescibles ». Les *Sentences vaticanes* disent : « Il ne faut jamais différer aucune joie. » Horace dit sous Auguste : *Carpe diem*. (L'image de cueillir chaque jour comme s'il s'agissait d'une fleur unique qui fleurit était alors une image neuve. Il n'y a pas deux jours ; il n'y a pas deux fleurs ; il n'y a pas deux corps ; il n'y a pas deux visages). Il faut dire à tout instant : « Arrête-toi ! » La vie n'est qu'un sursaut de renaissance à chaque fois, qui se reproduit ainsi, qui surgit en chacun de ses points, qui épuise tout son bonheur à chaque fois, de plus en plus décanté des troubles et des craintes. L'homme peut « concentrer » le présent.

Quel est le but de la vie ? La faim, le sommeil, le spasme. *Cibus, somnus, libido, per hunc circulum curritur* (La faim, le sommeil, le désir, voilà le cercle dans lequel on tourne). Le spasme, c'est là d'où nous naissons. La dépression nerveuse court pour se replier dans l'obscurité de l'avantnaissance. La passion érotique au cours de notre vie est la seule fin dernière où notre corps nous voue. Les besoins ne sont pas aussi obsédants que les désirs. Et, au contraire des désirs, la satiété les éteint. Jamais la nourriture, la boisson, la chaleur n'offrent à nos yeux d'objets aussi fascinants. J'appelle « objets fascinants » les objets qui perdurent au-delà de la satisfaction qu'ils donnent, et même à l'intérieur de la joie qu'ils procurent. Épicure dit que le plaisir érotique demeure comme l'étalon en nous de tous les bonheurs. L'acte sexuel rend l'ordre macrocosmique imminent. Aristote disait que le phallos était la forge stellaire où la citoyenneté prenait corps. Le moment érotique est celui où la vie se révèle avec la plus grande force (la force exaspérée et presque douloureuse du membre qui désire) dans l'intensité agréable. Le plaisir est le présent rassasié. Dans le plaisir c'est la vie elle-même qui adhère à elle-même et à son organisme (et même à la mortalité de son organisme) comme la chaleur au feu ou la blancheur dans la neige.

*

Le vide entoure les figures qui sont peintes. Il faut comprendre cette insularité à partir de la physique atomique d'Épicure. Lucrèce croyait que le vide entoure toutes les choses. L'univers est infini, donc dénué de centre. Il est l'inassemblable. Lucrèce se représente l'espace comme un vide illimité où pleuvent indéfiniment les atomes dans un mouvement de haut en bas immuable et éternel. Lucrèce se représente la vie comme un identique jaillissement de semences qui se confond à la pluie des simulacres dans l'espace.

En grec *eikôn*, *eidôla* signifient les images (les icônes, les idoles). En latin, les *simulacra*, les *simul*, sont des étais aux fantasmes (aux images lumineuses). Les dieux étaient surtout des compagnons imaginaires — des *simul*, des doubles, des *personae*, des masques dionysiaques. C'est la *Satura* XV de Lucilius (*Ut pueri infantes*) : « Comme les enfants qui n'ont pas encore le langage croient que toutes les statues en bronze vivent et sont des hommes, de même les gens croient vrais les rêves fabriqués (*somnia ficta*), ils croient qu'un cœur palpite dans la statue de bronze. Mais c'est une galerie de peintures (*pergula pictorum*). Rien n'est vrai (*veri nihil*). Toutes les choses sont feintes (*omnia ficta*). » Strabon ajoutait que toute la peinture ancienne (*Géographie*, I, 2, 9) consistait en des « masques de théâtre pour effrayer des âmes faibles, fabriqués par des sculpteurs et par des peintres que les chefs d'État rétribuaient ».

Aristote disait : « On ne peut penser (*noein*) sans image mentale (*aneu phantasmatos*). » Il ajouta (*De memoria*, 449 b) qu'il n'y avait pas de mémoire sans fantasmes. Le latin *simulacra* traduit non seulement le grec *eidôla* mais aussi le grec *phantasmata*. Il faut penser ensemble les trois sens par lesquels Lucrèce définit les simulacres (*simulacra*) : l'émanation matérielle des corps qui ne sont qu'une pellicule d'atomes et qui forment la totalité du monde, les ombres des morts, les apparences des dieux. Il n'y a que des atomes. Toute sensation est un choc d'atomes. Ce contact brusque est muet, *alogos*, insensé, absolu, infaillible. Toute vision est une éjaculation d'atomes qui rebondit contre une pluie d'atomes dans le vide. C'est par un hasard qui se répète à chaque instant qu'il y a un monde. C'est par un hasard qui se répète à chaque instant que nous pensons. C'est par hasard que nous sommes.

*

Le vide entoure les corps des hommes atomes. Le désir d'être indépendant (*autarkeia*) correspond au souhait d'être le moins malheureux. L'individu mènera une vie plus atomique à l'écart des villes. La haine de la ville et l'éloignement qu'elle enjoint sont les premiers pas de la sagesse. Pline écrit à Minicius Fundanus : « Prenez un à un les jours passés à la ville (*in urbe*), vous croyez retrouver le compte de vos instants. En prenez-vous plusieurs, le compte n'y est plus. Toutes les occupations qui paraissaient indispensables (*necessaria*) le jour où elles se sont présentées, on les sent vides dans le calme de la campagne et alors surgit cette pensée : ces jours étaient perdus. Voilà ce que je me dis une fois arrivé dans ma villa des Laurentes. Je lis (*lego*). J'écris (*scribo*). Je n'entends rien là que je regrette d'avoir entendu (*nihil audio quod audisse*). Je n'y dis rien que je regrette d'avoir dit (*nihil dico quod dixisse paeniteat*). Personne ne vient décrier qui que ce soit à mes oreilles par des discours malveillants (*sinistris sermonibus*). Moi-même je ne blâme personne. Nul désir ne me tend, nulle crainte ne me sollicite, nulle rumeur ne m'inquiète. C'est seulement avec moi-même et seulement avec mes écrits que je parle (*mecum tantum et cum libellis loquor*). Ô mer, ô rivage, ô musée vrai et solitaire, vous dictez ! (*O maris, o litus, verum secretumque mouseion, dictatis !*) »

Ce qu'Épicure avait appelé *autarkeia* (le refus d'être un esclave, la liberté indépendante de toutes choses comme fin assignée à l'homme sage) les Romains le traduisirent curieusement par *temperantia* (au sens du plaisir maximum, c'est-à-dire du plaisir dont la douleur est à chaque instant la limite). Autarcie signifie aussi la possibilité à tout instant d'un retour à l'état de nature. Les Romains après les guerres civiles pensaient l'investissement à partir de l'écroulement soit politique, soit national, soit impérial, soit cosmique. Ils avaient dans la mémoire le souvenir des guerres civiles. Ils avaient devant les yeux les cultures anéanties et les ruines des cités qu'ils avaient eux-mêmes contribué à multiplier à la surface du monde. Chaque personne privée était portée à unifier ses terres en grands domaines latifundiaires privés, dans la crainte de cet instant.

On peignit les lieux anachorétiques non seulement dans les palais des cités mais dans les lieux d'anachorèse eux-mêmes. Même les villas de Campanie, entourées de jardins, représentent sur leurs murs des fresques de jardin. Quand Pline décrit à Romanus les villas qu'il possède, il croit faire de l'esprit en les comparant aux pièces de théâtre des Alexandrins alors qu'il ne fait que retrouver les mises en scène tragiques dionysiaques qui avaient passionné les Romains quatre siècles plus tôt chez les Grecs : « Sur le rivage du lac Larius je possède un certain nombre de villas mais il en est deux entre toutes qui me donnent autant de plaisir que d'embarras. L'une, élevée sur les rochers à la manière de Baïes, regarde de haut le lac ; l'autre, aussi à la manière de Baïes, borde le lac. C'est pourquoi j'appelle la première : tragédie (*tragoediam*), la seconde : comédie (*comoediam*). La première est comme montée sur des cothurnes (*quasi cothurnis*). La seconde comme sur des brodequins (*quasi socculis*). La première, posée sur une croupe proéminente, sépare deux baies. La seconde enveloppe une seule baie suivant une courbe spacieuse. Dans la première, la promenade pour les litières décrit des lignes sinueuses de terrasse en terrasse. Dans la seconde, les litières suivent une longue allée qui longe le rivage. La première est exempte des flots que la seconde brise. De la première on peut voir les barques des pêcheurs. De la seconde on peut pêcher soi-même (*ipse piscari*) et jeter l'hameçon depuis sa chambre (*de cubiculo*), depuis son lit de repos même (*etiam de lectulo*), comme si on était dans une barque (*naucula*). »

*

L'homme n'habite pas seulement à l'intérieur d'une *domus*. La *domus* habite son âme. L'interdiction de l'amour et de la Vénus passionnée qui est faite aux matrones romaines est paradoxalement inséparable de la notion de maison.

Rome avait été un village patricien paysan, une assemblée de chefs de maison (appelés *Patres*) représentant leur clan dans une famille plus large (appelée le sénat), soumis à une religion familiale (les lares, les images des pères morts). Eschyle dans *Les Euménides* dit aux vers 606-657 que les mères n'enfantent pas. Apollon affirme que les mères ne sont que les nourrices d'un germe que la *mentula* des *Patres* devenue *fascinus* dépose au fond de leur matrice. Pour ce qui concerne la sexualité, les femmes sont donc étrangères aux enfants auxquels elles ne font qu'apporter la maison de leur ventre. Seul compte le « Saillissant » (ce qui s'élance, ce qui bondit) qui y dépose la semence. Plutarque rapporte que Caton, un jour où il argumentait pour proscrire l'amour sentimental chez les matrones, dit qu'un homme amoureux « permettait à son âme de vivre dans le corps d'un autre » (Plutarque, *Caton*, XI, 5). Admirable définition qui à la fois éclaire le statut du genius et met en avant la nature démoniaque de cette maladie qu'est l'amour sentimental : il n'est pas seulement antistatutaire, il menace l'identité personnelle. Il est celui qui fait changer de maison.

En Grèce ancienne, puis dans le monde étrusque, puis à Rome même, l'amour et la mort sont la même chose. L'amour emporte dans une autre maison (l'enlèvement d'Hélène dans la citadelle de Troie). La mort emporte dans une autre maison (l'enlèvement de Perséphone dans le monde souterrain des corps brûlés ou inhumés). Éros et Thanatos constituent les deux grands rapts possibles. Tout d'abord ce sont les deux grands dieux qui « délocalisent » socialement (l'un dans la maison de l'époux vivant, l'autre dans la tombe de l'époux mort). Ensuite, physiquement, ces deux ravissements plongent dans le même état : le sommeil intermittent ou définitif. C'est pourquoi Hypnos est lié autant à Hadès qu'à Éros. Dans le râle du désir ou dans le râle d'agonie, ces *raptus* raptent dans la nuit. La psychologie, dans son stade le plus fruste, est restée longtemps la même. Le ravissement dans sa souche élémentaire ne divise pas le *pothos* et l'*éros*. Le désir de l'absent, dans le sommeil ou dans la veille, ne discerne pas l'endeuillé de l'amoureux. Quelle est la *domus* de l'absent ? La tombe, le cœur. Quand Électre porte l'urne de fer qui renferme les fausses cendres d'Oreste devant Oreste vivant qui se tient debout devant elle, la scène est aussi bouleversante que la métaphore saisissante qu'introduit Tacite quand il affirme que le cœur est le « tombeau » de ceux qu'on a aimés. Tacite construit une comparaison dont on a perdu la force aussi simple qu'ancienne. Le cœur est la « domus infernale » du fantasme de celui qu'on aime, comme la tombe est le « cœur vivant » où habitent les « ombres » de ceux qui ont quitté la « lumière » de ce monde dans le feu.

Or cette habitation du genius dans une autre *domus* que le corps personnel est impossible à la matrone. La *domina* (la gardienne de la *domus*) ne peut être l'esclave d'une domiciliation hors caste. Cette ubiquité psychique (ces sandales ailées de Phersu, ces ailes de Cupido) est destructrice à la fois de l'identité des citoyens qui naîtraient d'elle, de la pureté de la caste et du statut de l'épouse. Les Romains pensaient qu'il fallait protéger les citoyens de la passion amoureuse en satisfaisant leurs désirs dans un autre lieu que leur *domus* propre. Plutarque rapporte qu'un jour Caton le Censeur, revenant du Forum, aperçut un jeune patricien qui sortait d'un lupanar. Le jeune aristocrate dissimula soudain son visage sous le pan de sa toge en le voyant arriver. Le Censeur, au lieu de le blâmer, s'écria : « Aie courage, enfant ! Tu fais bien de fréquenter des femmes de néant et de ne pas t'en prendre à des femmes chastes ! » Le lendemain, le jeune aristocrate, fier de l'approbation de Caton, retourna au lupanar et eut soin d'en ressortir exactement à la même heure en marquant de l'ostentation. Caton lui dit : « Je t'ai loué d'aller chez les filles exprimer un surplus de semence. Je ne t'ai pas dit de faire du lupanar ta domus ! »

Ce brouillage des genius et des âmes peut se

lire dans le nom même que les amants inventent pour leur amour et qui a persisté dans les mots français de « Dame » ou de « Madame ». *Domina* était le nom que les esclaves donnaient à la matrone. Elle est celle qui « domine » la *domus.* L'amant en disant *Domina* (Dame, maîtresse) à celle qu'il aime rompt son *status* et devient son esclave. La xe élégie du premier livre de Sextus Propertius en témoigne : « Évite et les paroles magnifiques et les silences prolongés. Pour jouir de ton amour, il faut être toujours plus humble (*humilis*) et toujours plus soumis (*subjectus*). Pour être heureux (*felix*) avec la femme que tu aimes, l'unique femme que tu aimes, il faut ne plus être un homme libre (*liber*). » La réciproque féminine de cette situation même feinte est implosive : une matrone « *domina*-esclave » est une contradiction dans les termes.

Rome se soumit elle-même à un ordre contradictoire : tout faire pour ne pas faire tarir les sources de la vie, de la sève virile, de la victoire sur les autres peuples et tout faire pour ne pas mettre en cause l'ordre de la cité dans l'ébullition de Vénus. Le ruissellement de Vénus surgissant des flots est le fruit des vagues dont elle surgit. Son plaisir est lié au sentiment océanique dont elle est la fille et que les hommes n'éprouvent pas dans la volupté qui leur est propre. Lemnius disait que la femme éprouvait un plaisir multiplié par deux en regard de celui de l'homme : « Elle arrache la semence de l'homme et jette la sienne avec elle. » L'*impotentia muliebris* (l'incapacité des femmes à se maîtriser), la violence où les plonge la passion, la folie contagieuse liée à Vénus, tel est le refrain de Rome. C'est aussi son mythe fondateur, son dionysisme (que n'ont pas connu les Grecs à ce point, d'une part à cause du rituel pédérastique, d'autre part à cause de l'institution sociale du gynécée). Ovide dans son *Art d'aimer* écrit : *Acrior est nostra libidine plusque furoris habet* (Le désir des femmes est plus vif que le nôtre et comporte plus de violence et d'égarement).

Ce qui scandalisa dans les trois livres érotiques d'Ovide (*Amours, Art d'aimer, Héroïdes*) c'est l'idée de réciprocité, l'idée de mélanger fidélité et plaisir, matronat et éros, généalogie et sensualité, la *dominatio* statutaire de l'épouse et la servitude sentimentale et impie du *vir.* Le génial Ovide fut relégué par Auguste sur les rives du Danube. Sa femme, en matrone vertueuse, ne daigna pas l'accompagner. Il mourut seul, dix-huit ans après, sans que son épouse daignât venir une seule fois le visiter.

Antoine auprès de Cléopâtre forma un pacte de mort. La passion amoureuse est éprouvée par les amants eux-mêmes comme une agonie lente. De même Tibulle et Délie. De même Properce et Cynthie. Ces pactes de mort empruntés à l'Orient, ces servages psychiques sont le contraire du pacte de reproduction et de domiciliation du mariage romain. Ils sont le contraire de la *pietas* (de la dépendance irréciproque allant du fils au père).

Pompée tomba amoureux de sa femme (Julia, la fille de César). Il devint un sujet de moquerie aussitôt proverbial et cet amour déclaré fut une des raisons qui lui firent perdre le pouvoir et la guerre. Le pouvoir ne peut être lié à l'amour. Il ne peut être lié qu'au désir. Comment la domination pourrait-elle être dépendante de la dépendance ? La fidélité de Pompée pour sa femme lui ôta son ascendant politique (son pouvoir d'augmenter la vitalité du monde romain, d'accroître Rome de victoires).

*

Au bout de l'anachorèse, l'*ego* devint la *domus* intime. L'idée d'une âme *individuus* a été engendrée par l'épicurisme. L'idée d'une autonomie de l'âme dans le souvenir de la faute se construit chez Ovide à Tomes pour prendre sa consistance définitive (la *conscientia*) chez Augustin à Carthage. L'âme est une chambre intériorisée. Une alcôve secrète et insonore devint l'idéal de l'ermitage épicurien de Pline de Côme. De villa en villa, Caius Plinius Caecilius Secundus ne cessa de mettre au point sa *zotheca*. La peinture se dit en grec *zôgraphia*. La bibliothèque est devenue son âme (*zôtheca*). Ce mot en grec veut dire « lieu où ranger la vie » (alcôve, petite chambre). Pline décrit ainsi sa *zôthèque*, sa « petite chambre », son lieu où serrer sa vie (*Lettres*, XVII, 22) : « Au bout de la terrasse, au bout de la galerie, au fond du jardin, est un pavillon (*diaeta*, diète) qui a tout mon amour (*amores mei*), vraiment mon amour (*vera amores*). C'est moi qui l'ai mis là (*Ipse posui*). On y trouve une étuve solaire ayant une vue sur la terrasse, et une autre sur la mer, les deux fenêtres étant exposées au soleil. Une chambre à coucher donne par une double porte sur la colonnade et par une autre fenêtre surplombe la mer (*prospicit mare*). Le milieu d'une des parois est occupé par une alcôve (*zotheca*) qui s'y enfonce. Au moyen de vitres et de rideaux (*specularibus et velis*), on peut à volonté la réunir à la chambre ou l'en séparer. L'alcôve (*zotheca*) du pavillon contient un lit (*lectum*) et deux chaises (*duas cathedras*). On a à ses pieds la mer (*a pedibus mare*), derrière soi les villas (*a tergo villae*), à sa tête la forêt (*a capite silvae*). Ces vues sont présentées par le même nombre de fenêtres. Ce lieu ne perçoit ni les voix des esclaves (*voces servulorum*), ni le grondement de la mer (*non maris murmur*), ni l'ébranlement des tempêtes (*non tempestatum motus*), ni la clarté des éclairs (*non fulgurum lumen*), pas même la lumière du jour si ce n'est quand les fenêtres sont ouvertes. La profondeur de cette retraite et de cet isolement (*abitique secreti*) s'explique par l'existence d'un corridor (*andron*) entre le mur de la chambre et celui du jardin. Aussi les bruits viennent-ils expirer dans le vide des parois. Contre cette chambre est une toute petite pièce de chauffage (*cubiculo hypocauston perexiguum*) ayant une petite fenêtre étroite (*angusta fenestra*) par laquelle la chaleur venue d'en bas est réglée. Puis une antichambre (*procoeton*) et une chambre à coucher (*cubiculum*) face au soleil jusqu'à midi. Quand je me retire dans ce

1. Stabies, fresque de la villa de Carmiano.

2. Pompéi, fresque de la villa des Vignerons.

3. Naples, Museo Archeologico Nazionale. Mosaïque provenant de Pompéi. Ménade penchée au-dessus du *fascinus* d'un satyre aux oreilles pointues.
4. Naples, Museo Archeologico Nazionale. Fresque provenant de la maison des Épigrammes à Pompéi. Satyre assaillant une ménade qui tient encore son voile.

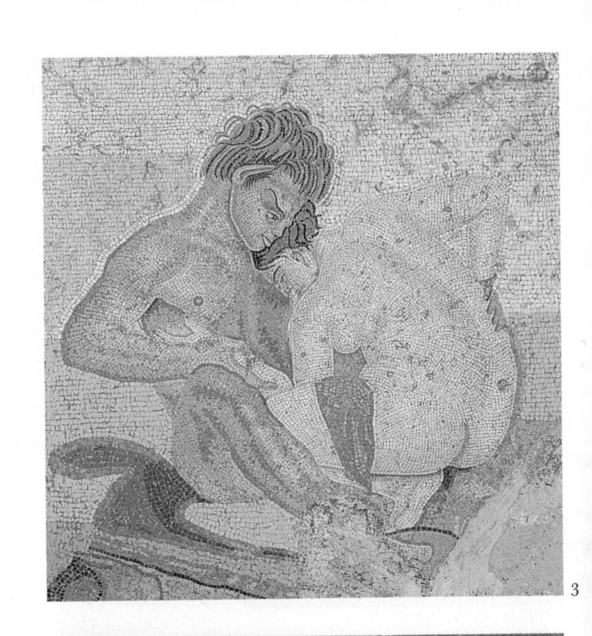

3

4

5

5. Naples, Museo Archeologico Nazionale.
6. Paris, Musée du Louvre. Coupe attique du peintre de Pedieus (détail). *Spintrias.*
7. Naples, Museo Archeologico Nazionale. Homme ôtant le voile dissimulant le sexe d'une femme à la poitrine bandée.
8. Naples, Museo Archeologico Nazionale. Fresque provenant de la maison du Centenaire à Pompéi.

6

7

8

9

10

11

9. Naples, Museo Archeologico Nazionale. Pan saillissant une chèvre.
10. Naples, Museo Archeologico Nazionale. Fresque provenant de la basilique d'Herculanum. Télèphe tétant la biche sur le mont Parthénion.
11. Pompéi, fresque de la maison des Vettii. Les Thébaines devenues ménades s'apprêtant à démembrer et à dévorer cru le roi Penthée.

12. Naples, Museo Archeologico Nazionale. Fresque provenant de la maison des Dioscures à Pompéi. Médée regardant ses enfants avant de les tuer, devant le pédagogue debout.

Crédits photographiques

1, 7, 8, 10 : Dagli Orti. 2 : Scala. 3, 4, 5, 9, 12 : Mimmo Jodice. 6 : Hubert Josse. 11 : Akio Suzuki.

pavillon (*diaetam*) il me semble que je suis loin de ma propre villa (*abesse mihi etiam a villa mea*). Ma volupté surtout est grande à l'époque des Saturnales quand tout le reste de l'habitation s'ébat dans les folies de ces journées de fête et résonne des clameurs de joie. Moi je ne gêne pas les jeux des miens (*meorum lusibus*) et eux ne gênent en rien mon étude. »

*

L'Empire romain n'a pas connu de décadence, ni de déclin, ni de chute. La civilisation du Bas-Empire fut la plus lettrée qui ait été dans l'histoire romaine. À une révolution politique et monarchique répondirent une poussée architecturale continue et une ferveur artistique sans exemple. L'épicurisme fut une anachorèse. Le cynisme fut une anachorèse (encore que le tonneau se trouvât dans la ville). Le stoïcisme fut une anachorèse. Le christianisme fut une anachorèse. Quitter ce monde (comme de nos jours les maisons de campagne de la bourgeoisie, le tourisme des classes populaires, les paradis fiscaux des petits clans aisés) fut le mot d'ordre du monde antique.

Les cités s'accrurent et s'ensauvagèrent. Les ruines s'étendirent. Les domaines se multiplièrent dans le *saltus* (dans la campagne sauvage et les montagnes). La parité aristocratique se renonça. La hiérarchie s'instaura et la passion hiérarchique en naquit. Ce n'est point Constantin qui a fait les évêques et qui a fonctionnarisé le clergé : il a rendu statutaire une passion hiérarchique d'hommes qui avaient épousé les passions de l'empire. De nouveaux Pères transformèrent en toges noires les toges blanches des *Patres.*

Le patronage impérial en s'étendant à la terre s'éloigna d'elle. Tout s'éloigna. Tous s'éloignèrent : ceux que les tyrans exilaient dans les îles, les hommes privés dans les campagnes, les anachorètes dans les déserts. Les pouvoirs municipaux s'émancipèrent. Les dieux qui avaient perdu leur pouvoir en perdant leur sacrifice devinrent des démons. Les cérémonies qui avaient quitté leurs temples s'obscurcirent mais ne disparurent pas. Elles se familiarisèrent. Le *daimôn* personnel, le genius, l'ange gardien, le jumeau céleste, le patronage invisible se mêlèrent. La pyramide sociale devenue intérieure se déporta après la mort et elle-même s'éloigna dans le ciel. Le mot même d'*angelos* vint signifier l'autonomie de la personne intérieure, et non plus l'afflux vital de sa génération que disait l'ancien *Genius* romain, le désenclavant de ce fait de tous les liens de parentèle. On ajouta aux dieux intermédiaires ces dieux spéciaux que sont les martyrs de l'arène ou des crucifixions serviles. On chercha son protecteur dans un patronage invisible selon une unique hiérarchie étageant les plus ou moins lointains : le genius devenu ange gardien, le patron dans le saint, l'empereur dans le patriarche, le Père dans le Dieu, un *imperium* transporté au ciel les ôtant à la terre. L'Église relaya les distributions coutumières de pain et de cérémonies. Les sacrifices sanglants et humains quittèrent l'arène pour se préférer le sacrifice sanglant et humain d'un dieu fait homme et mis en croix comme un serf au cœur d'une *basilica* (d'un marché couvert, d'un souk).

L'*angelos* transformant l'ancienne dépendance familiale en loyauté verticale de l'âme à sa source éternelle, le prochain du chrétien cessa d'être son parent : ce fut Dieu. Telle est la leçon de l'Évangile (*eu-angelon*). Tournant le dos au *genius* qui n'affectait que les *genitalia* des hommes, l'*angelos* personnel est bien ce qu'annonce l'*euangelon*. Ce fut Dieu en tout homme. L'âme personnelle devint elle aussi une villa à l'écart de la cité, un ermitage à l'écart de la sportule et du fisc. Le culte des morts s'interrompit. On cessa de nourrir des ombres. On fit Dieu héritier : dans les faits on fit l'Église héritière de tous les biens de la mort et de l'anachorèse.

L'anachorèse, le recrutement du mouvement religieux ascétique n'eurent pas des motifs extravagants : ils sont inséparables de la dotation des monastères, c'est-à-dire du refus du poids croissant de l'impôt municipal. « Désengagement fiscal », telle est peut-être la vraie traduction du mot *anachôrèsis*. Une anecdote l'indique. En 316, la ferme d'Aurelius fut attaquée. Aurelius déclara : « Bien que mes terres soient assez étendues, je n'ai aucun lien avec les gens du village et moi je reste chez moi (*kata emauton anachôrountos*). » L'*anachôrèsis* est un retrait politique et un désengagement du village (du fisc du village). L'idéal de l'anachorète (de l'ermite) est le même idéal d'autarcie qu'éprouvait le Romain se faisant bâtir une villa hors de Rome, par exemple à Pompéi. C'est le « moine », le *monos* (le seul), l'homme qui ne se conçoit même plus comme un *atomos* politique mais comme un mort social, comme indépendance (*autarkeia*) à l'égard du siècle, comme un solitaire dont l'épicurisme s'est totalement assombri.

CHAPITRE VIII

Médée

Médée est la figure de la passion insensée. Elle est à la source aussi, dans la littérature alexandrine puis romaine, du type de la magicienne (puis de la sorcière). Il y a deux grandes tragédies de Médée : celle grecque d'Euripide, celle romaine de Sénèque. *Médée* fut jouée à Athènes en – 431, juste avant la guerre du Péloponnèse. Euripide n'a pas retenu un épisode de la légende ; il a fait en sorte que tous les épisodes de la longue vie de Mèdeia s'amassent jusqu'à la crise finale. Le conte est celui-ci : Jason était le fils du roi d'Iolcos sur la côte thessalienne. Son oncle Pélias déposséda son père du royaume et envoya Jason conquérir la Toison d'or en Colchide, à l'extrémité de la mer Noire, qui était gardée par un dragon, afin qu'il ne revînt pas.

Jason partit sur le navire Argo, passa les roches

Symplégades, arriva en Colchide, dans le royaume du roi Aiétès.

Aiétès avait une fille, Médée. Hélios, son grand-père, était le soleil. Circé, la sœur du roi, sa tante, était elle-même la magicienne qui transforme dans Homère les hommes en porcs, en lions et en loups, et qu'Ulysse avait aimée, durant un mois de délices, et dont il avait eu un fils, Télégonos (qui fonda Tusculum, où vécut Cicéron, où accoucha et où mourut sa fille Terentia). Quand Médée vit Jason descendre du vaisseau, elle l'aima sur-le-champ d'un amour absolu : « Elle le contemple. Elle tient les yeux fixés sur son visage. Il lui semble dans sa démence que ce ne sont pas les traits d'un mortel. Elle ne peut plus détourner ses regards de lui » (Ovide, *Métamorphoses*, VII, 86).

Alors le roi impose des travaux impossibles à Jason. Médée le sauve à chaque fois de la mort, l'aidant devant les taureaux au souffle de feu, l'aidant à semer les dents de serpents dans le champ d'Arès d'où germent — « de même que l'enfant prend la forme humaine dans le ventre (*alvus*) maternel où s'assemblent les différentes parties de son être et que, parvenu enfin à maturité, il en sort pour vivre dans le milieu de l'air » — des guerriers qui se dressent aussitôt en armes.

Ainsi, grâce à Médée, Jason conquiert la Toison d'or. Au moment d'appareiller le navire pour quitter le royaume, comme son frère Ascyltos les menace, Médée le tue. Elle monte à bord ; elle s'est donnée à Jason dans la « frénésie du désir » ; Jason lui a promis de l'épouser.

De retour en Thessalie, Pélias refuse à Jason de lui restituer le royaume. Alors Médée persuada Pélias d'entrer dans une cuve afin de le rajeunir et le bouillit.

Le meurtre de Pélias dans la cuve les contraignit à fuir Iolcos.

Médée et Jason s'établirent à Corinthe, chez le roi Créon. Le roi Créon offrit la princesse sa fille à Jason. Jason accepta, parce qu'elle était grecque, et il bannit Médée l'étrangère.

Médée regarde les deux enfants que Jason a mis en elle quand ils s'aimaient. Pour lui, elle a trahi son père, elle a tué son jeune frère, elle a tué Pélias, elle lui a donné deux fils et il la répudie. La colère monte en elle. Elle entre dans la chambre des enfants. L'un s'appelle Merméros, l'autre Phérès. Elle dit au pédagogue : « Va. Prépare pour eux ce qu'il leur faut pour chaque jour » alors qu'elle sait que ce seront les objets qui les accompagneront dans la tombe souterraine. Elle les regarde. Elle va les tuer. Voilà l'instant de la peinture.

Dans la fresque de la maison des Dioscures, les enfants jouent aux osselets sous le regard de leur pédagogue. Médée se tient debout sur la droite. Une longue tunique plissée tombe jusqu'à ses pieds. La main droite va chercher la poignée de l'épée que la main gauche tient. Le regard se tourne vers les enfants qui continuent à se livrer à leur *lusus* avec toute la sécurité et l'*illusio* de leur âge : l'un est debout, les jambes croisées, légèrement appuyé sur la table cubique, l'autre se tient assis sur la table elle-même. Tous deux ont les mains tendues vers les osselets qu'ils vont devenir. La rage de Médée est calme. C'est l'immobilité, l'effrayant silence qui précède l'accès de la folie. En latin : l'*augmentum*.

Dans la fresque de la maison de Jason, les regards des enfants et de leur mère sont croisés. Le pédagogue regarde Merméros et Phérès. Il y a deux interprétations possibles de l'attitude et du regard de Médée. Ou bien, se recueillant avant le crime, elle est partagée entre deux sentiments qui sont contraires : la pitié et la vengeance ; en elle la mère et la femme s'opposent ; elle hésite entre l'abstention de l'acte et la férocité d'un double infanticide. Ou bien, se recueillant avant le crime, monte en elle l'irrésistible colère, l'irrésistible acte, l'irrésistible instant de mort. La première interprétation est psychologique. La seconde est non psychologique, physiologique, tragique. C'est la seule interprétation possible parce que c'est celle du texte que les fresques condensent. Parce que c'est celle d'Euripide.

*

La *Médée* d'Euripide de – 431 décrit la désintégration du lien civilisé à partir de la passion de la femme pour l'homme. L'amour devient haine, le désir violent pour un amant se transforme en férocité meurtrière pour la famille et dénude l'« omophagie » sur laquelle se fonde aux yeux des Grecs l'éros.

La passion est une maladie. Jackie Pigeaud a écrit une profonde thèse sur la médecine ancienne. Dans la folie, écrivait Chrisippe, l'âme prend son élan. Le plongeur qui s'est élancé ne peut plus s'arrêter. La course à pied elle-même est une « folie » de la marche et l'homme qui court ne peut s'immobiliser d'un seul coup sans tomber. Aristote disait que c'était une chose impossible aux hommes qui lançaient des pierres de les reprendre. Cicéron dans les *Tusculanes* (IV, 18) écrit : « Un homme qui s'est jeté (*praecipitaverit*) du haut du cap Leucate ne peut pas s'arrêter suivant sa volonté. » La *praecipitatio* est l'action de tomber la tête la première dans l'abîme. Dans le *De ira* (I, 7) Sénèque le Fils reprend l'image de Cicéron de l'homme qui plonge dans l'abîme et commente ainsi le « plongeon de la mort » : non seulement l'homme précipité ne peut revenir en arrière mais il « ne peut pas ne pas parvenir là où il aurait pu ne pas aller » (*et non licet eo non pervenire quo non ire licuisset*).

Médée est une femme qui se précipite dans l'abîme. Il n'y a aucune délibération. Il n'y a pas de déchirement cornélien, de conflit de puissances psychologiques. Comme une plante ou un animal, la folie a une semence, une floraison et une fin. La folie est une croissance ; elle naît ; elle grandit ; elle devient irréparable ; elle pousse vers sa fin heureuse ou malheureuse. « La folie (*insania*) ne peut pas plus se connaître (*scire*) que la cécité (*caecitas*) ne peut se voir (*videre*) », écrit Apuleius et il ajoute : « le destin de toute chose (*fatum rei*) est semblable à un torrent violentissime (*violentissimus torrens*) dont on ne peut ni suspendre (*retineri*) ni précipiter (*impelli*) le cours. »

La fresque traduit le vers le plus célèbre de l'Antiquité que prononce Médée (Euripide, *Médée*, 1079) : « Je comprends quels malheurs je vais oser. Mais mon *thymos* (ma vitalité, ma libido) est plus fort que mes *bouleumata* (les choses que je veux). » Si *euthumia* est le secret du bonheur, *dysthumia* est la source de la folie. Médée voit ce qu'elle va faire : elle voit que la vague du désir envahit sa pensée et va tout emporter. L'instant qu'a choisi la peinture n'est pas psychologique ; l'héroïne n'est pas déchirée entre la folie et la raison. L'instant est tragique : Médée assiste impuissante au torrent qu'elle ne parvient pas à contenir en elle et qui va l'emporter jusqu'à l'action. L'instant est si peu psychologique qu'Euripide apporte une explication purement physiologique : tout le malheur vient de ce que les viscères de Médée, cerveau, cœur et foie, sont trop gonflés. Médée a trop de *thymos*. C'est ce que dit la nourrice : « Que va-t-elle faire, le viscère gonflé (*megalosplangchnos*), mordue par le mal, incalmable (*dyskatapaustos*) ? » Euripide décrit tous les signes de la *phrèn* lourde (*bareia phrèn*) qui accable Médée : elle ne mange plus, elle abhorre la compagnie humaine, les enfants lui font horreur ; elle ne cesse de pleurer ; ou bien elle tient les yeux fixés au sol, ou bien elle a le regard torve du taureau ; elle est sourde au langage : elle entend ses proches qui l'exhortent avec autant d'attention que la roche « les vagues de la mer ». La *Médée* de Sénèque est encore plus précise. Non seulement la pièce concentre à la romaine toute l'action sur le dernier instant mais au terme de l'action Médée prétend qu'elle va « fouiller » ses viscères avec son épée afin de s'assurer qu'un troisième enfant ne s'y trouve pas en gestation, condensant de façon tragique quelle fut la cause de son *furor* (ses viscères), quelle était la cause de son amour (son vagin et le désir physique excessif dont elle fit preuve), enfin quels en furent les fruits (dans l'utérus). Ce sont deux vers extraordinaires (*Médée*, 1012-1013) : *In matre si quod pignus etiamnunc latet, scrutabor ense viscera et ferro extraham* (Si quelque gage se révélait encore caché au fond de la mère, alors je fouillerais mes viscères avec l'épée et je l'extrairais). Elle ramasse les trois causes emboîtées de ses malheurs qui vont « s'augmenter » jusqu'à produire l'acte par lequel ses viscères vengeront sa *vulva* dans les fruits que sa *vulva* a rejetés (le petit Merméros et le petit Phérès). La Médée de Sénèque peut dire enfin : *Medea nunc sum* (Maintenant je suis Médée) et l'explique : *Saevit infelix amor* (Un amour malheureux fait rage).

Il n'y a pas un conflit individuel entre ce que je désire et ce que je veux. Il y a un océan naturel qui rompt sa digue et dont tous les corps sur la fresque forment la vague croissante (augmentant jusqu'à l'*augmentum*). « Je ne sais ce que mon âme sauvage a décidé à l'intérieur de moi » (*Nescio quid ferox decrevit animus intus*). Avec la Médée de Sénèque le Fils on comprend ce que veut dire pour un Romain Vénus « passionnée ». En elle *ira, dolor, amor* et *furor* ne se distinguent pas. Plus encore : en elle maladies et passions se confondent et dansent la bacchanale d'Hadès.

Quel est le regard de *Medea furiosa*? Le regard est fixe, fasciné ou engourdi, les yeux cornus (les yeux de taureau, les yeux torves, les yeux louches sont le signe aussi bien du *furor*, de la folie, que du regard enfiévré de Vénus, de l'*amor*). Le second signe consiste dans la difficulté de pensée. Le latin *mentes* traduisait le grec *phrènès.* La *phrénitis* est d'abord l'embarras de pensée. Traduite en latin la *difficultas* précède l'*anaisthesia* (la perte de la perception de soi-même) que les Romains appellent *furor.* En d'autres termes le regard fixe précède l'orage, l'accès lui-même au cours duquel le frénétique hallucinant dans son regard un rêve, ne voit dans l'action (*facinus*) qu'il commet, ni le crime qu'il est en train de commettre ni le rêve qu'il est en train de poursuivre. Celui qui commet le crime (le *facinus*) est fasciné (*fascinatus*) dans son regard. Il voit un autre spectacle. Dans Pline les sorciers se disent *fascinantes.* Agavé tuant son fils voit un lion. Cicéron use d'une expression très saisissante quand il dit que l'esprit obnubilé (anesthésié) a ses fenêtres bouchées (*Tusculanes,* I, 146). Après l'accès (*augmentum*) les yeux se dessillent au point que le héros Œdipe se les arrache : il ouvre toutes grandes les fenêtres sur l'acte. La folie se guérit elle-même dans l'acte furieux, pour peu que le sujet se reconnaisse et que l'acteur reconnaisse dans son acte sa main. Pour les anciens tout excès dans la pensée (toute frénésie de la *phrèn*) a une limite que l'accès (l'*augmentum*) rencontre et sur laquelle il vient rebondir. L'acte furieux n'est que la floraison extrême qui débouche sur la décroissance et l'apaisement.

C'est ainsi que plus tard Médée part pour Athènes. Elle épouse Égée et a de lui un fils, Médos, qu'elle aime au point de l'aider à tuer Persès afin de lui assurer un royaume.

Posidonius disait que toute maladie avait un germe (*sperma*) et une fleur. La fresque représente la « fleur » de la passion qu'elle concentre et ce n'est que par la suite de l'action qu'elle se révèle « instant de mort ». Horace parle de « cueillir » en l'arrachant à la terre la « fleur » de l'instant. De même qu'Ovide disait que chez la femme mûre la volupté était arrivée à son fruit, chez Médée, l'instant de la peinture est le *furor* dans sa maturité (*maturus*).

C'est pourquoi l'art chez les Anciens s'est toujours cru doté d'une fonction thérapeutique ou cathartique. Il présente le symptôme et, comme il l'isole, il le chasse de la cité comme un *pharmakos*, comme un bouc émissaire. Il ne faudrait pas parler d'esthétique ancienne. C'est éthique qu'il faudrait dire. Qu'on compare une Médée ancienne et une Médée moderne. Rien de dramatique n'est représenté dans le mûrissement concentré que décrivent les fresques : elles montrent un instant qui résume une tragédie et ne dévoilent en aucun cas sa fin. Il se trouve que Delacroix a peint une Médée. Il se trouve que c'est Théophile Gautier qui rendit compte en 1855 du tableau et qui en précise l'esthétique et de ce fait l'oppose, quoi qu'il dise, de façon saisissante à l'esprit de la peinture antique : « La Médée furieuse de Delacroix est peinte avec une fougue, un emportement et un éclat de couleur que Rubens ne désavouerait pas. Le geste de lionne ramassant ses petits avec lequel Médée retient ses enfants qui s'échappent est d'une invention superbe. La tête à demi baignée d'ombre rappelle cette expression vipérine que Mademoiselle Rachel sait prendre aux endroits féroces de ses rôles et, sans ressembler à aucun marbre ni à aucun plâtre, a un caractère vraiment antique. Ces enfants inquiets et pleurants, ne comprenant pas la situation, mais se doutant qu'il ne s'agit de rien de bon pour eux, s'agitent et se révoltent sous le bras qui les presse et brandit déjà le poignard. Leurs efforts pour se dégager ont fait se retrousser leurs petites tuniques et leurs jeunes corps, fouettés de tons roses et frais qui contrastent avec la pâleur bleuâtre et comme venimeuse de la mère, apparaissent dans leur nudité enfantine. » À Paris, ce sont des gestes. À Rome, ce sont des regards. À Paris, des enfants inquiets, pleurants, qui se révoltent. À Rome, des enfants qui jouent et qui s'absorbent dans leurs jeux. À Paris, une Médée hystérique qui exprime la situation. À Rome, une Médée abîmée dans sa rage vindicative et qui la médite plus qu'elle ne la contient. À Paris, l'acte. À Rome, l'instant qui précède. Non seulement l'instant qui précède mais l'ensemble du texte d'Euripide concentré en un instant qui se retient et qui n'indique pas ce qu'il va être.

À Paris, un cri d'opéra. À Rome, le silence *obstupefactus.*

Les Romains voyaient un beau sujet dans la méditation terrible de Médée outragée par Jason et épouvantée par la nécessité où elle se trouve de tuer Merméros et Phérès alors qu'elle les surprend en train de jouer. Toute l'Antiquité a admiré la Médée que Timomaque avait peinte. César la jugeait si belle qu'il l'acquit à prix d'or. Toute l'Antiquité répéta comme un seul homme la cause de l'admiration qu'elle lui portait : c'étaient les deux yeux de Médée. Ce regard était, paraît-il, une merveille. Le bord de la paupière était « enflammé ». La colère était marquée dans le sourcil. La pitié était dans l'œil humide. « Dans le tableau qu'a peint Timomachus, écrivit Ausonius, la menace est dans les larmes (*ira subest lacrimis*) ; l'épée luit dans une main qui n'a pas été tachée du sang de ses petits (*prolis sanguine ne maculet*). » Ausonius ajoute que le pinceau de Timomaque est aussi douloureux que fut douloureuse l'épée que Médée retient dans sa main gauche tandis qu'elle croise les regards de Merméros et de Phérès.

*

Apulée aussi a composé sa Médée. Du moins il a composé un *ludibrium* sur Médée. C'est une Médée étonnante qui, détachant la mort des enfants de la vengeance, lie la scène primitive à la naissance d'une façon plus concrète encore que ne le font les viscères fouillés de la Médée de Sénèque.

C'est la tombée de la nuit ; le héros fatigué par son voyage entre dans un établissement de bain. Il aperçoit assis par terre un ancien ami, Socrate, le teint terreux, maigre comme un clou, semblable à un mendiant qui tend la main pour recevoir une *stips*. Le narrateur s'approche et se fait reconnaître de lui. Socrate aussitôt couvre de son manteau rapiécé son visage rougi par la honte, mettant à nu le reste de son corps du nombril au pubis (*ab umbilico pube*). Le narrateur force Socrate à se lever et l'entraîne au bain, le racle, le lave, lui donne une de ses deux tuniques puis l'emmène dans une auberge. Socrate lui parle de la magicienne Méroé, de son désir insatiable, comme celui de l'illustre Médée (*ut illa Medea*), et de ses prouesses : elle change les hommes en castor, en grenouille, en bélier. Enfin Socrate et le narrateur s'endorment : soudain la porte s'ouvre, ou plutôt est projetée en avant, les pivots arrachés de leur cavité. Le lit (*grabatulus*) du narrateur est renversé et retombe au-dessus du narrateur qui reste étendu sur le sol.

Le narrateur jette de dessous son lit renversé un regard latéral (*obliquo*) : il voit une vieille femme qui porte une lampe allumée (*lucernam lucidam*) et une autre vieille qui tient une éponge et une épée nue (*spongiam et nudum gladium*). Cette dernière est Méroé qui se dirige vers Socrate mais qui montre du menton à son amie le narrateur sous son grabat. L'autre sorcière, du nom de Panthia, propose de dépecer le narrateur comme font les bacchantes (*bacchatim*), ou encore de lui lier les membres et de le castrer (*virilia desecamus*). Mais Méroé n'écoute pas Panthia, plonge son épée jusqu'à la garde dans le côté gauche de Socrate, recueille le sang dans une outre, introduit sa main droite dans la blessure (*immissa dextera per vulnus*), fouille au fond des entrailles (*ad viscera*) et retire le cœur. Panthia aussitôt bouche l'ouverture béante avec l'éponge tout en disant : « Éponge, toi qui es née dans la mer, garde-toi de passer une rivière ! » Alors, avant de se retirer de la chambre, elles soulèvent le grabat sous lequel le narrateur est caché, s'accroupissent les jambes écartées au-dessus du visage du narrateur, soulagent leur vessie et le laissent inondé d'une urine immonde (*super faciem meam residentes vesicam exonerant quoad me urinae spurcissimae madore perluerent*).

Le narrateur écrit alors : « Je restais là, projeté à terre (*humi projectus*), défaillant (*inanimis*), nu (*nudus*), transi (*frigidus*), arrosé d'urine (*lotio perlutus*), tel enfin que l'enfant au sortir de l'utérus de sa mère (*quasi recens utero matris editus*). »

Apulée n'interrompt pas pour autant la progression des comparaisons emboîtées : « Plus encore : j'étais à demi mort (*semimortus*). Plus encore : j'étais mon propre survivant (*supervivens*), le prolongement de mon moi (*postumus*), candidat (*candidatus*) de toutes les manières à la croix déjà dressée (*destinatae jam cruci*). »

Les érudits et les traducteurs restent embarrassés sur le sens de cette dernière phrase d'Apulée (*Métamorphoses*, I, 14, 2). Ils modifient peut-être inutilement le texte. Ce dernier propose trois images : le bébé couvert d'urine qui vient d'être *editus* du sexe de sa mère et projeté tout nu sur le sol, l'homme à moitié mort, enfin le posthume ressuscité vêtu d'une toge blanche ou du moins « candidat » à la croix servile déjà dressée (sans doute pour avoir égorgé son ami Socrate dormant à ses côtés dans la chambre de l'auberge).

Deux inconnus nous bornent : la scène d'origine, l'instant de mort. Ces deux inconnus hantent et s'assemblent soudain. Pythagore a écrit que toutes les âmes étaient « originellement folles à cause de la naissance ». J'ai commenté le fragment 21 d'Anaxagore qui disait : *Opsis adèlôn ta phainomena* (Les phénomènes sont le visible des choses inconnues). Hippocrate (*Du régime*, I, 12) l'expliquait de la sorte : « Par ce qui est visible, l'homme connaît l'invisible. Par le présent, il connaît le futur. Par ce qui est mort, il connaît ce qui est vivant. Un homme s'unissant à une femme a engendré un enfant. Par ce qui est visible, il connaît que l'invisible sera tel. La raison humaine (*gnômè anthropou*) étant invisible (*aphanès*) connaît ce qui est visible (*ta phanera*) et passe de l'enfant (*ek paidos*) à l'homme (*es andra*). Par le présent, elle connaît l'avenir. » Ce texte est difficile. Hippocrate dans le coït originaire « voit » les traits de l'enfant dans le mâle qui étreint la femelle (ou dans les traits des deux amants qui étreignent leurs traits en s'aimant ?) C'est la phrase de Sénèque le Fils : *Natus est* (Il est né) qu'il reprend aussitôt : *Morti natus est* (L'homme est né pour la mort). La naissance est la fin du coït. Naître est un plaisir qui meurt.

CHAPITRE IX

Pasiphaé et Apulée

Durant des siècles l'Italie fut l'Amazonie du monde méditerranéen. Alors il n'y avait pas, sur le sol italique, d'orangers, d'oliviers, de citronniers ni de vignes mais des chênes et des hêtres dont les Grecs vantaient la taille gigantesque : forêts du Bruttium pleines de fauves, forêts profondes du Bénévent qui arrêtèrent les soldats de Pyrrhus, chênaies immenses de la Gaule cisalpine où pâturaient des hordes de sangliers et de porcs à demi sauvages, encore gris, et que bornaient les ormes et les châtaigniers. Toutes ces forêts ont disparu. Seuls les mythes et les noms trahissent encore l'univers où vivaient les habitants de la Rome ancienne : la louve totem, les noms des collines de Rome, Viminal, Querquetual, Fagutal... Les sangliers, les loups, les ours, les cerfs, les chevreuils, les chamois, les mouflons pullulaient. L'histoire romaine ne paraît avoir été traversée que par une passion : la guerre, mais la guerre n'était pour les anciens Romains qu'une chasse particulière, parce que les petites meutes de pâtres qui avaient composé la population primitive étaient tous des compagnons de chasse : chasse à la fronde, chasse au bâton de jet, chasse à la massue, chasse à l'épieu, chasse au filet. Ce n'est que beaucoup plus tard que les Scipion puis les empereurs empruntèrent à l'Orient et à la Macédoine la chasse à cheval avec meute. L'aristocratie romaine affectait de consacrer plus de temps à cultiver les champs et à courir les forêts qu'à s'attrouper au Sénat. Les chasses mimées dans les amphithéâtres lors des *lusus* eurent pour première fonction de renvoyer aux chasses humaines ou animales que la vie urbaine inhibait. Elles en réveillaient la nostalgie.

L'animal n'est pas un étranger en nous.

Nous sommes nés animaux : c'est la « bêtise » dont l'humanité ne s'émancipe pas, quoi qu'il advienne des vœux que ses représentants nourrissent et des lois que les cités édictent pour confisquer leur violence. Rome replongea la Grèce dans l'animalité de l'espèce, dans ce que la Grèce aurait plutôt nommé l'Égypte du genre humain, dans ce que les modernes appellent l'inconscient, qui n'est qu'un mot récent pour dire l'animalité qui fait souche ainsi que la revisitation du corps par les rêves chez les homéothermes. Les Romains figurèrent la bestialité, revivifiant les mythes, les arrachant à ce dégagement hors des formes animales que les Grecs avaient imposé. *Les Métamorphoses* d'Ovide sont le livre universel de cette anthropomorphose si instable et si angoissante qui fait le peu d'humanité de l'humanité. Les grands romans romains de Pétrone et d'Apulée affrontent directement cette angoisse. C'est le mot de Didon en mourant : « Il ne m'aura donc pas été donné de goûter hors des liens du mariage un amour sans crime (*sine crimine*) comme en connaissent les bêtes sauvages (*more ferae*). Non, je n'aurai pas su garder la foi promise aux cendres de Sychée ! » (Virgile, *Énéide*, IV, 550). Martial disait : *Mentiri non didicere ferae* (Les bêtes féroces n'ont pas appris à mentir). Le conte de Pasiphaé est le suivant : L'épouse de Minos, reine de Crète, tombe amoureuse du taureau divin que Neptune a offert au roi. Pasiphaé va trouver le « technicien » Daedalos. Elle lui demande de fabriquer une génisse mécanique, où elle puisse se loger, et d'une conception si ingénieuse que le taureau s'y trompe et introduise son fascinus dans sa vulve. Pasiphaé peut connaître alors la volupté des bêtes (*ferinas voluptates*), les désirs non convenus (*libidines illicitas*). La génisse de Pasiphaé est le cheval de Troie du désir.

*

Apuleius était africain et naquit à Madaure en 124, ville numide. Il devint déclamateur à Carthage. Il épousa une riche veuve, Pudentilla, qui avait eu deux fils d'un premier lit. En 158, Sicinius Emilianus, frère du premier mari de Pudentilla, profitant de la tournée africaine du proconsul Claudius Maximus, accusa Apuleius de sorcellerie augmentée de captation d'héritage au nom de son neveu Sicinius Pudens. L'avocat Tannonius rédigea l'acte d'accusation, se faisant fort de prouver que le philosophe platonicien était en réalité un mage (*magus*) qui avait jeté un sort sur le corps et l'âme de Pudentilla. Des esclaves témoignèrent qu'ils avaient vu Apuleius en train d'adorer des statuettes obscènes dissimulées sous un mouchoir (*sudariolo*), qu'il aimait les miroirs et qu'il hypnotisait les petits garçons. Apuleius écrivit son *Apologia* et la présenta devant le proconsul à Sabrata. Il produisit une lettre de son épouse et prouva que loin d'hypnotiser les petits esclaves il préparait une poudre dentifrice (*dentifricium*). Claudius Maximus innocenta Apuleius du soupçon d'être un *magus* mais ce procès transforma la vie d'Apulée et imposa sa marque sur son œuvre. Il quitta Oea où il vivait avec son épouse dans une magnifique villa qui donnait sur la mer. Il s'installa avec Pudentilla à Carthage. De Pudentilla, Apuleius eut un fils. Ils l'appelèrent Faustinus. Ce premier procès en sorcellerie de l'Antiquité romaine, intenté par Sicinius Emilianus, plaidé par Tannonius, est l'origine de la légende de Faust.

Apulée a écrit un des plus grands romans du monde : les onze livres des *Métamorphoses.* Plus tard, toujours à Carthage, un autre Africain, Augustin, cita ce livre sous le titre d'*Asinus aureus* (*L'Âne d'or*) et réputa définitivement son auteur pour un homme diabolique.

Le sujet des *Métamorphoses* d'Apuleius, repris à l'étonnant et tout petit roman grec de Loukios, est celui-ci : un homme que le désir transforme en bête veut redevenir humain. Pour parler grec : à une brusque thériomorphose succède une interminable anthropomorphose, à l'égal de nos vies. Le narrateur du roman est en quête d'une magicienne. Il veut devenir oiseau : il devient âne. En d'autres termes, il veut devenir Éros, il devient Priapos. Firmianus Lactantius (*Divinarum institutionum*, I, 21) rapporte que Priapos concourut avec un âne. La *mentula* de l'âne se développa davantage que le fascinus éternel du dieu. Priapos tua aussitôt l'âne encore ithyphallique et ordonna aux mortels qu'ils lui sacrifient désormais un âne.

Le narrateur, une fois devenu âne, se cache dans une étable. Des voleurs s'introduisent dans l'étable. Ils emmènent l'âne pour transporter leur butin. Passant de maître en maître, le narrateur passe d'histoires en histoires. Il tombe aux mains de prêtres de Cybèle qui le rendent témoins de leurs *irrumatio* (fellations). Il tombe aux mains de Thiasus, patricien de Corinthe. Une matrone de haut rang et fort riche (*matrona quaedam pollens et opulens*) tombe passionnément amoureuse de son fascinus. Elle offre au gardien de l'âne une forte somme pour passer une nuit avec lui. Elle fait couvrir le sol de coussins gonflés de duvet et d'un tapis. Elle allume des chandelles de cire. Elle se met entièrement nue, « y compris le bandeau (*taenia*) qui emprisonnait ses beaux seins». Elle s'approche de l'âne avec un flacon d'étain rempli d'huile parfumée. Elle l'oint d'huile en lui chuchotant «Je t'aime» (*Amo*), «Je te désire» (*Cupio*), «Je ne chéris que toi» (*Te solum diligo*), «Sans toi je ne peux plus vivre» (*Sine te jam vivere nequeo*), se place sous l'âne, introduit le grand fascinus tendu en elle et jouit de lui tout entier (*totum*).

Thiasus apprend les capacités érotiques de son âne. Il récompense le gardien. Il décide de le produire comme *ludibrium* dans les jeux qu'il va donner, juste après les tableaux vivants représentant le Jugement de Pâris. Le narrateur est conduit avec une délinquante condamnée aux bêtes dans l'amphithéâtre pour coïter devant tous. Il s'échappe de l'arène, arrive sur la plage de Cenchrées et la déesse nocturne l'avertit de se rendre à la fête qui lui sera vouée le lendemain. L'âne se rend à la fête, y mâche des roses (fleurs de Vénus et fleurs de Liber Pater). Il redevient (*renatus*) homme. Il finit ses jours à Rome, sur le Champ de Mars, prêtre de la déesse Isis.

*

Le masque de loup de Phersu est à la source des *lusi* étrusques. Un homme tient par une laisse un loup qui se jette contre un homme dont le visage est encapuchonné dans un sac. La mort est un homme à masque de loup qui « encapuchonne » les vivants dans la nuit définitive. Le « jeu » est la mise en scène de la *praedatio* (de même que le poème de l'*Odyssée* est la mise en scène d'un rapt). Ovide (*Métamorphoses*, I, 533) écrit : « Ainsi l'homme poursuit la femme. Ainsi le dieu poursuit la nymphe. Ainsi apercevant le lièvre (*leporem*) à découvert dans la campagne, le chien des Gaules (*canis Gallicus*) court après sa proie (*praedam*). La proie court après sa survie (*salutem*). Le chien est à l'instant de l'attraper. Il la tient presque. Son museau tendu (*extento rostro*) la frôle. Il serre sa trace (*vestigia*). La proie se croit prise. À l'instant où le chien la mord, elle échappe à la gueule qui allait la saisir. Ainsi Apollon court emporté par l'espoir. Ainsi Daphné court entraînée par l'épouvante. *Amor* donne des ailes à Apollon. Déjà il se penche sur l'épaule de la fugitive. Il effleure de son souffle les cheveux épars sur son cou. Elle a blêmi. » On retrouve l'instant de métamorphose des fresques. C'est l'instant de prédation (et non celui de la métamorphose en laurier). C'est un récit de chasseur. C'est l'œil unique de celui qui vise et qui va soudain débander la corde de son arc dans le son de mort, dans le son qui coïncide avec l'effondrement de la proie. Le verbe romain *excitare* fut d'abord un terme technique pour les chiens définissant les cris qu'on leur lançait pour qu'ils lèvent la proie, la poursuivent et s'acharnent à cette poursuite. Les hommes usèrent du mot *excitare* pour eux-mêmes en se comparant à ces loups qu'ils avaient domestiqués dans le dessein d'améliorer la prédation des proies.

L'homme se sent harcelé par le désir comme par un loup.

Excitare resta longtemps un terme de chasse. Dans Pétrone le narrateur va trouver une vieille sorcière pour qu'elle le guérisse de son impuissance (*languor*). La vieille commence par tirer de son sein un réseau de fils bigarrés dont elle lui emprisonne le cou. Puis elle fait avec sa bouche une boulette de poussière, la pose sur son médius et marque le front du narrateur. Enfin elle chante une incantation (*carmine*) en lui donnant l'ordre de jeter dans son sein des petits cailloux enchantés (*praecantatos*) et enveloppés de pourpre tandis qu'elle sollicite avec ses mains les parties viriles du narrateur. « Plus prompt que la parole (*dicto citius*) le nerf (*nervus*) remplit les mains de la vieille de son énorme soubresaut (*ingenti motu*). Regarde, s'exclame-t-elle, quel lièvre (*leporem*) j'ai levé (*excitavi*) ! »

*

Il y avait trois sortes de chasse proprement italiques : le lièvre au filet, le cerf à l'épouvantail (*formido*) et le sanglier à l'épieu. Pour Ovide, tout est chasse. La chasse est le passage incessant de l'animalité à l'humanité. Aréthuse dans Ovide dit que la femme est un « lièvre tapi sous un buisson qui aperçoit les museaux hostiles des chiens et qui n'ose pas faire un mouvement » (*lepori qui vepre latens hostilia cernit ora canum nullosque audet dare corpore motus*). C'est au cours d'une chasse que Narcisse, se détournant de la quête des proies, pose sa javeline et se penchant sur le filet du ruisseau fait de son visage sa proie. Quand Lucrèce décrit les rêves, il prend spontanément l'image de la poursuite fallacieuse d'un cerf imaginaire, les limiers donnant de la gorge, quêtant sur la piste, remontant le long de la voie dans une atmosphère de peur et d'épouvante fanatique comme il les aime. À Rome le verbe central, à côté d'*excitare*, est un autre verbe cynégétique : *debellare. Debellare* c'est dompter, soumettre, dominer, aimer, imposer sa volonté. La chasse factice et la chasse inversée et humaine, voilà Rome. L'amour et les jeux de l'arène ne sont pas dissociables ainsi que le montre le conte de la matrone de Corinthe. La passion de Sylla était celle d'Actéon. Ce fut Auguste qui demanda que les jeunes patriciens ou les *juvenes* des *municipes* descendissent dans l'arène comme bestiaires. Suétone affirme qu'Auguste fut le premier à composer des spectacles uniquement de chasses. Par le biais de Grottius, le premier « empereur » (*princeps*) apparenta définitivement pour Rome la chasse et la guerre, dans le souci peut-être que les guerres civiles qui avaient dévasté durant un siècle les cités les désertent enfin, et que les hommes, rejoignant les terres abandonnées, assouvissent leur violence dans des guerres animales qui décimeraient plutôt les bêtes que les hommes, et plutôt les forêts que les cités.

Dans la lutte périlleuse contre le fauve, le citadin s'essaie à retrouver en lui la *duritia* du barbare, la fougueuse violence des *duri venatores* du clan primitif, l'élan d'impétuosité violente de l'origine, la menace immédiate de la mort qui fait le héros. Plus encore : l'ensemble des vertus majeures qui définissent le chasseur prescrit son rôle au souverain. Tout empereur est Hercule tuant les monstres. Le monarque, même pour être pacificateur (*eirènikos*), doit être le guerrier de son peuple, intrépide, opiniâtre, endurant. La distraction elle-même du prince doit être la préparation à la guerre. La chasse précède la guerre et la religion puisqu'elle en constitue les deux sources : la destruction de l'autre et le sacrifice en commun.

Virtus veut dire « capable de *victoria* ». Posséder la *virtus*, c'est avoir en soi la force redoutable, posséder le Genius victorieux. La *virtus* se prouve par l'invincibilité (la *felicitas*). L'empereur vertueux est l'empereur dominateur des fauves. C'est pourquoi il est voué à intensifier sa *virtus*, à multiplier la *victoria* dans les représentations de l'amphithéâtre, réassociant par là-même sa force (*vis*), son courage (*fortitudo*) et sa virilité sexuelle (*fascinus*).

*

C'est ainsi qu'à la passion de la chasse s'ajouta à Rome le goût pour la bestialité. On appelle bestialité le coït avec les animaux autres que l'homme. Comme Tibère fut l'empereur « bouc », Néron fut l'empereur « lion ». À l'un l'anachorèse et le cunnilingus. À l'autre la tragédie et l'*impudicitia*. Je rappelle le sens romain du mot pudique : non sodomisé. Dans le portrait qu'il fait de Néron, Suétone ajoute cette confidence : « À ce que je tiens de plusieurs personnes, Néron était absolument persuadé (*persuasissimum*) que nul homme ne respectait la pudeur et ne conservait pure aucune partie de son corps (*neminem hominem pudicum aut ulla corporis parte purum esse)* mais que la plupart des hommes dissimulaient (*dissimulare*). »

Tibère disait : *Cotidie perire sentio !* (Je me sens périr tous les jours !) Néron disait : *Quam vellem nescire litteras !* (Je voudrais ne pas savoir écrire !) Néron prétendit rejoindre le non-langage des bêtes. L'empereur s'employa à faire de la bestialité une espèce de théâtre. Trois sources s'étayent l'une l'autre.

Dans Suétone (*Vie des douze Césars,* XXIX, 1) : « Néron prostitua sa pudeur à un tel point que, après avoir souillé toutes les parties de son corps, il imagina enfin cette nouvelle sorte de jeu (*lusus*) : vêtu d'une peau de bête féroce (*ferae pelle contectus*), il s'élançait d'une cage (*cavea*), se précipitait sur les parties naturelles (*inguina*) d'hommes et de femmes liés à un poteau (*stipidem*) puis, après avoir assouvi abondamment sa lubricité, il se livra à son affranchi Doryphore. »

Dans Dion Cassius (*Histoire romaine*, LXIII, 13) : « Après avoir fait attacher des jeunes garçons et des jeunes filles tout nus (*gumnas*) à des pieux en forme de croix (*staurois*), il se couvrait d'une peau de bête (*doran thèriou*), fondait sur eux, les assaillant avec impudence en faisant des mouvements de lèvres comme s'il mangeait quelque chose (*ôsper esthiôn*). »

Dans Aurelius Victor (*De Caesaribus*, V, 7) : « Il faisait lier ensemble comme des criminels des hommes et des femmes, puis, revêtu d'une peau de bête, il fouillait avec son visage les parties génitales des deux sexes (*utrique sexui genitalia vultu contrectabat*) et, par une infamie plus grande encore, il excitait les couples à des turpitudes plus flétrissantes (*exactor*). »

Ces scènes sadiques de bestialité fictive témoignent d'une véritable mise en scène : poteau, cage, peau de bête, irruption. Néron tragédien joua Canacé accouchant. Il joua Oreste tuant sa mère. Il joua Œdipe devenu aveugle. Il joua Hercule furieux. Il dérobait toujours son visage sous des masques qui reproduisaient ses propres traits (*personis effectis ad similitudinem oris sui*). Théâtre, *lusus*, fresque, anecdote sexuelle, ce sont toujours des instants de mort. Néron portait autour de son poignet droit (*dextro brachio*) la dépouille d'un serpent et la glissait sous son oreiller (*cervicalia*) pour s'endormir. Il est possible que cette mise en scène spectaculaire de l'empereur Néron transformé en bête fauve reflète une séquence du rituel mithriaque qui l'avait un moment séduit. La scène daterait dans ce cas du séjour à Rome de Tiridate en 66. Suétone rapporte que Néron avait déjà montré beaucoup d'intérêt pour les cultes orientaux de Cybèle et pour ceux d'Atagartis. Une légende sexuelle aurait attiré à elle dans un sens julien (vénusien) une scène tout aussi mystique mais d'une autre nature et au cours de laquelle un Jupiter devenu lion (*leo*) avait la charge de purifier les mystes par le feu.

CHAPITRE X

Le taureau et le plongeur

Sophocle le Tragique atteignit l'âge de quatre-vingt-neuf ans. À la fin de sa vie il se disait « trop heureux » d'être délivré de la libido charnelle grâce à son grand âge car il avait « échappé à un maître enragé et sauvage (*luttônta kai agrion despotèn*) ». Dans le premier livre de la *République* (329 c) Céphalos loue la réponse de Sophocle.

Le désir est un assaut de l'animalité en nous. C'est un « chien en nous, un taureau en nous ». Que l'homme imite dans ses étreintes les étreintes des génisses et des taureaux, des louves et des loups, des chiennes et des chiens, des truies et des sangliers est souhaitable. Qu'il porte son regard vers les animaux dont la conformation puise à la même source est aussi inévitable — et presque plus conforme à l'impétuosité de la saillie qui l'assaille lui-même. Les Romains ont laissé plus que d'autres peuples les vestiges de cette stupeur et les représentations de ces métamorphoses qui nous font voir un nous-même encore plus vrai que nous-même dans un taureau ou dans un loup.

La tombe dite des Taureaux à Tarquinia date de – 540. Elle appartenait à la famille des Spurinna. La fresque qui couvre la paroi centrale du fond de la chambre principale de la tombe mêle un taureau excité, deux groupes érotiques humains et une scène tirée des récits troyens. La fresque confond volontairement dans une même couleur rouge, dans une même touche vigoureuse, la sexualité humaine, le rut des animaux, le guet-apens de la mort guerrière.

Le taureau saillissant surplombe l'instant qui précède la mort de Trôïlos. À gauche, accroupi, Achille est aux aguets derrière la fontaine. À droite, Trôïlos s'approche à cheval. Au centre un palmier rouge les sépare. « Rouge » et « palmier » se disent tous deux en grec *phoinix*. Le sang et la mort sont conjoints, comme les deux morts de Trôïlos et d'Achille vont être conjointes dans la même journée, comme sont conjoints l'éros du taureau et celui des hommes, comme sont conjointes la concentration thanatique du guet-apens et la monumentalité érotique et divine du

Taureau divin et ithyphallique qui se rue sur les amants.

L'*Iliade* date du VIIIe siècle. Homère dans l'*Iliade* évoque *Trôilon hippocharmèn* (XXIV, 257). C'est son père, le roi Priam, qui parle de son fils ainsi. L'adjectif est difficile car il renvoie au char de guerre dans le même temps qu'il exprime la joie du combat à cheval. Un oracle disait que Trôia ne pourrait être prise si Trôïlos atteignait l'âge de vingt ans. Un soir que l'enfant conduisait ses chevaux à l'abreuvoir, près des portes Scées, Achille qui se tenait en embuscade derrière la fontaine l'assaillit et le tua.

Sur la fresque, le soleil couchant rouge placé sous les jambes du cheval indique l'heure où fut tué, selon les *Chants cypriens*, le jeune Trôïlos.

Une autre version disait qu'Achille s'était dissimulé derrière la fontaine où Trôïlos menait le soir ses chevaux parce qu'il en était amoureux. Achille surgit de derrière l'abreuvoir. Trôïlos s'enfuit aussitôt. Achille le poursuit. Trôïlos trouve refuge dans le temple d'Apollon Thymbréen. La nuit tombe. Achille le supplie de sortir. Trôïlos refuse. Achille le transperce de sa lance à l'intérieur du sanctuaire.

*

On ne peut faire l'économie du préverbal et du préhumain sur le dos desquels d'une part ce que les Grecs nommèrent le *logos* et les Romains la *ratio*, d'autre part ce que les Grecs tout comme les Romains appelèrent *ego* ne sont que des mouches. Et des mouches porteuses d'étranges virus. On ne peut faire l'économie du prélatin, ni du monde grec, pour entrapercevoir à sa source la fonction que les anciens Romains donnaient à la peinture murale. Je fouille l'*antiquus rigor*. Quand Tacite parle d'*antiquus rigor*, il rappelle que pour un Romain la rigidité précède la beauté et il désigne le lieu où la rigidité et la rigueur sont liées : dans le sexe humain ou taurin que le désir semble pétrifier en l'érigeant.

On ne connaîtra jamais le sens des symboles phalliques dans les tombes pour ceux qui les creusaient et les peignaient. Peut-être la fontaine vers laquelle se dirige Trôïlos à cheval et derrière laquelle Achille est embusqué donne-t-elle le sens immédiat. Faire boire un peu de vie aux morts incinérés ou inhumés pour les retenir dans leur séjour souterrain afin de se préserver du sort que jettent les rancunes des âmes dans l'envie, et en sorte de suspendre sur le mur même de la tombe leur retour vindicatif, tel est peut-être le sens du « guet-apens » que les tombes réservent aux morts. Ou peut-être les scènes homosexuelles entourant le taureau saillissant ont-elles été figurées dans le dessein de leur assurer, sinon une survie ou une renaissance, du moins la compagnie d'une vitalité paroxystique dans le secret et la crypte de la tombe.

L'idée de la mort exaspère la frénésie de vivre. Mais l'évocation de la jouissance ramène irrésistiblement l'esprit vers les énigmes de son origine — qui est finalement le dieu qui lui est plus inconnu que la mort.

Les anciens Étrusques ont toujours lié désir et mort. Pourquoi ces deux versions, l'une si simplement érotique, l'autre si simplement thanatique, de la légende de Trôïlos (le guerrier Achille en embuscade tuant le guerrier Trôïlos arrivant à cheval, ou le jeune guerrier Achille cherchant à violer et assassinant le jeune guerrier Trôïlos alors qu'il s'enferme dans le sanctuaire) ? Pourquoi le peintre a-t-il exécuté la scène homosexuelle devant le taureau saillissant juste au-dessus de cet épisode de la guerre de Troie ? En quoi le guet-apens de la mort peut-il être lié au coït anal ? Dans l'*Iliade* (XIII, 291, XVII, 228) Homère emploie le mot du rendez-vous amoureux (*oarystys*) pour dire l'affrontement du duel à mort des guerriers. Quand Hector, le frère aîné de Trôïlos, entend son père et sa mère le supplier de rentrer à l'abri derrière les murs de Troie, il interroge son cœur. Il songe à se défaire de son bouclier, de son casque, de sa pique, de son armure ; il songe à s'avancer vers Achille pour lui offrir Hélène et les trésors de Troie ; mais ce qui le retient soudain de se rendre, selon le vers d'Homère, c'est qu'alors il serait « nu exactement comme une femme » et qu'Achille le tuerait exactement comme il a tué Trôïlos. Chez Homère le verbe *meignumi*, qui dit le coït, dit aussi la mêlée du combat. Mettre sous le joug une femme est le même verbe que mettre à mort l'adversaire. Éros et Thanatos ont tous deux ce pouvoir de domptage, de nudité passive, de transport dans une autre *domus*, enfin cette même capacité de « rompre les membres ».

La première *domus* est le ventre de la femme. La deuxième *domus* est la *domus* dans laquelle l'homme rapte les femmes pour se reproduire et reproduire la *domus*. La troisième *domus* est la tombe.

L'homme est enraciné dans son désir comme le nourrisson dans sa mère, comme le fascinus dans la *vagina*, comme l'homme mûr est enraciné dans son enfance historique, comme son ontogenèse est enracinée dans la phylogenèse, comme la vie est enracinée dans son appartenance à l'univers, aux saisons, aux rythmes cardiaques, aux rythmes nycthéméraux, aux marées, aux astres qui éclairent.

*

Pourquoi la fresque de Tarquinia présente-t-elle l'image d'un *coïtus a tergo*? Trôïlos vaincu s'offre à la violence. C'est la faiblesse aimant la violence. En latin : l'*obsequium* se donnant à la *dominatio* (l'esclavage se donnant à la souveraineté). C'est un rapport de domination qui dissimule moins l'assujettissement du *servus* au *dominus* que la sujétion de l'*infans* au *Pater* (la *pietas*). Ce ne sont pas les dieux dans les cieux ni les tyrans dans les empires ni les pères dans les familles qui sadisent. Ce sont des génifiés qui réclament des géniteurs. Ce sont les sujets qui réclament la société, les enfants les pères, les femmes les *dominus*, les fidèles la religion, les névrosés la distance de la jouissance. Ce sont les Pères conscrits qui appellent sur eux le dédain de l'empereur Tibère.

Pourquoi le *paedicator*, loin de regarder devant lui le taureau saillissant, tourne-t-il la tête vers l'arrière ?

Nous ne le saurons jamais. À proprement parler, c'est un mystère.

Pourquoi Orphée regarde-t-il vers l'arrière? Dans la scène originaire, c'est l'origine du sujet qui cherche à se voir figurée comme une sentinelle guette ou comme un voyeur étreint entre ses doigts ce qu'il voit par ses yeux. C'est parce qu'ils coïtaient, que nous existons. Au pluriel sexuel au mode imparfait répond « ego » au présent. L'arrière est dans la vue comme le passé vit dans le présent.

La scène première est invisible, inaccessible. Nul n'y a accès puisque dix mois lunaires l'en distancent à jamais. Aucun homme ne peut entendre le cri à l'instant où la semence qui le fait s'épanche. Lors de ce cri, cette semence est encore hasardeuse. La scène invisible est toujours inventée. Elle est la mise en scène des éléments disjoints et individualisés qui lui succèdent. Elle est ce qui donne forme à l'informe, ce qui procure une image de l'absence d'images, une représentation de l'irreprésentable entrée en scène, ou entrée en matière, avant l'origine, avant la conception et avant la naissance (puisque chez l'homme coït, conception, origine, naissance sont ségrégés au cours du temps).

La cogitation du sujet sur son origine se mêle à l'agitation tumultueuse du coït qui a eu lieu pour qu'il l'ait fait. Le sexuel ne peut être écrit au présent. Le sexuel ne connaît rien de contemporain (même pas nous-mêmes). Le sexuel est voué au passé absolu. Le sexuel est aoristique. *Sum : Coitabant.* Comme le rêve est sexuel, cette scène qui hante l'humanité est rêvée et animée comme un rêve. Il s'agit toujours d'une scène animée à partir de la seule « imagination » spontanée dont disposent les hommes : le rêve (qui est la scène animée dont il résulte). Fortuitement la « scène animée » est devenue un art : la « cinématographie ». Le cinéma est une invention technique qui a assouvi d'un coup une attente millénaire, universelle, individuelle, nocturne. Épicure disait que les dieux dans la pluie incessante des atomes célestes étaient des figures dont la composition atomique se renouvelait sans cesse, ce qui engendrait leurs contours diaphanes et provoquait leur animation très rapide. Cicéron disait pour se moquer de l'épicurisme que la chair des dieux épicuriens était une « cascade de gouttelettes ». Lucrèce écrivait au milieu du IVe livre (*De natura rerum*, IV, 768) : « Il ne faut pas s'étonner que les simulacres (*simulacra*) se meuvent (*moveri*), lancent leurs bras, agitent leurs autres membres en cadence parce que c'est ainsi que l'image (*imago*) fait dans le songe (*in somnis*). À peine une image s'est-elle évanouie qu'une autre se substitue à elle dans une autre attitude mais semble n'être avec la première qu'un geste modifié. Cette substitution se fait sur un rythme très rapide, si prompts sont les simulacres des choses et si grand est leur nombre en un seul instant perceptible. » Quand on lit les anciens textes romains, une étrange animation d'images attend un art impossible.

*

À 80 kilomètres de là, traversant la baie à partir d'Amalfi, est enfouie la tombe dite du plongeur de Paestum. Cette tombe date d'au moins huit siècles avant que le Vésuve lance ses pierres ponces et projette sa lave. Le Plongeur est le couvercle du caveau. Le fond est blanc, le trait est noir. C'est encore une « ombre projetée ». C'est ce que les Grecs appellent une *skiagraphia* (mot à mot une ombre écrite) et que Pline traduit : *umbra hominis lineis circumducta.*

Sur la pierre qui fermait la tombe, un petit personnage s'élance du haut d'un bâtiment construit en blocs de pierre pour plonger dans une nappe d'eau verte auprès de laquelle il y a un arbre.

On ignore le *muthos* que condense cette scène. Aristote (*Problèmes*, 932 a) explique que les peintres éthiques distinguent le vert et le jaune pour distinguer l'océan des fleuves. Pindare avertit à deux reprises qu'il n'est pas possible à l'homme de dépasser les colonnes d'Hercule de son vivant. Simonide a dédié à Scopas un poème qui commence par ces mots : « Il est difficile de devenir un homme exemplaire (*agathon*) de façon non oublieuse (*alathéôs*), carré (*tetragônon*) pour les mains, les pieds et la pensée dans la mémoire des autres hommes. » En d'autres termes il est difficile d'avoir de son vivant une statue de kouros. Au VIIe siècle avant Jésus-Christ le kouros est une statue funéraire en marbre, jambes serrées, bras collés le long du corps, que votait la cité à l'un de ses membres. Il est difficile de dépasser de son vivant les colonnes d'Hercule. C'est l'affirmation de Théognis : « Je pense qu'il est beau de ne pas être né mais, une fois né, il est beau de se précipiter pour franchir au plus vite les portes de la mort. » C'est aussi le mot d'Achille aux Enfers, déclarant que le choix des destinées offertes aux hommes est double : ou la vie longue dans une ferme et l'anonymat, ou la vie brève du guerrier et un nom impérissable. Sur le couvercle de la tombe l'homme plonge dans la mort, au-delà des colonnes d'Hercule, dans l'océan de l'autre côté du monde, comme une statue de kouros dans la mémoire des survivants. C'est le choix héroïque. Le mort qui a été enterré sous la pierre de Paestum a préféré laisser un récit de mort dans la mémoire de tous à vivre longtemps et obscurément à l'égal d'un bouvier.

*

Les deux premières peurs ont trait à l'obscurité et à la solitude. L'obscurité, c'est l'absence du visible. La solitude, c'est l'absence de mère, ou l'absence d'objets qui la relaient. Les hommes connaissent ces terreurs : retomber dans l'immense abîme sans forme et noir de l'utérus, la peur de redevenir fœtus, la peur de redevenir animal, la peur de se noyer, l'angoisse de se jeter dans le vide, la terreur de rejoindre le non-humain. La sphinge poseuse d'énigmes à Thèbes, en même temps lion, oiseau et femme, une fois l'énigme résolue par Œdipe, s'élance du haut de la montagne Phikeion dans sa mort. La chute d'Icare a pris la relève imaginaire de la tombe du plongeur.

La création du monde, c'est tomber pour rejaillir. Le saut dans l'abîme, le saut dans la mort constituent le premier temps. Aphrodite resurgit en ruisselant à la surface de la mer. L'oiseau-plongeon ramène dans son bec la terre.

Roheim mourut en 1953. Il avait fait paraître *The Gates of the dream* l'année qui précéda sa mort, ultime ouvrage qu'il avait dédié à Sandor Ferenczi. Roheim disait que tout rêve consistait à sombrer à l'intérieur de soi pour retomber dans le vagin de sa mère. À la naissance, le sommeil presque continu « continue » la vie intra-utérine. Le réel, comme le réveil, n'est qu'un instant de faim, de froid et de douloureux désir. La vieillesse détache peu à peu le corps du sommeil et le « dévulve » dans la mort (dans le sommeil sans rêve).

Chacun de nous est un héros qui chaque nuit

descend dans l'Hadès où il devient son image et son sexe se dresse comme un kouros. Chaque matin son rêve le reconfie tendu à l'aube et ses yeux s'ouvrent sur le jour.

Sans cesse Pompéi est replongé dans le néant. Sans cesse Herculanum est submergé par la lave. Sans cesse quelque chose d'inusable, de vivant, de plus ancien que nous, ne s'interrompt pas de revenir dans l'âme, dans le désir, dans les narrations du désir. Dans aucune civilisation, dans aucune société, jamais rien de contemporain ne l'accueille.

Sans cesse la lave pousse, sans cesse désordonne, sans cesse terrifie.

Mais sans cesse se pétrifie aussitôt à l'air libre. La lave bouche son propre accès à elle-même, se pétrifie dans les œuvres, s'académise dans le langage, noircit et s'opacifie en séchant.

Sans cesse il faut répéter le mot qu'Eschyle confie à Pélasgos dans *Les Suppliantes* : « Oui, j'ai besoin d'une pensée profonde (*batheias*). Oui, j'ai besoin que descende dans l'abîme (*buthon*), tel un plongeur (*dikèn kolumbètèros*), un regard qui regarde (*dedorkos omma*). »

CHAPITRE XI

La mélancolie romaine

Ce qu'est le monde : les traces que laisse la vague quand la mer lentement se retire. Le nom de cette vague jaillissante, dit Lucrèce, est *voluptas* et elle résulte du fascinus que le plaisir de Vénus tranche lors de chaque coït. La peinture est la rive du regret de réalité. *Mortibus vivimus* (Nous vivons de morts). C'est le mot de Musa l'affranchi : « Notre ventre est le tombeau des rivières et des forêts. » À quoi j'ajoute le mot de Terentius Varron : « Les cailloux et les fleurs sont comme les os et les ongles de Dieu. » Le monde n'est pas fini. Sans cesse les femelles des hommes le repeuplent au cours des étreintes. Sans cesse le Toujours-mûrissant du monde lutte contre le Toujours-déchirant du temps. Sans cesse Vénus et Mars s'entretiennent, s'étreignent et se déchirent.

Après l'éjaculation les hommes et les femmes

sont les uns et les autres fatigués et oublieux. Ils ont émis une petite quantité de la qualité la plus grande. Ils ont sécrété l'essence de la vie mais ils la considèrent comme une saleté qu'ils lavent parce qu'elle semble les poisser mystérieusement. Le *taedium*, le dégoût, la période réfractaire n'est que l'ombre que porte le coït réussi sur les corps qui se retrouvent tout à coup désertés par le désir et confrontés au contact de ses traces. Parce que les coïts sont par excellence les scènes vivifiantes de la vie humaine, leur retrait est une petite mort.

Quelque chose de notre âme nous quitte dans le plaisir. La vue se fait moins aiguë. Nous devenons des animaux prostrés.

Le regard de prostration de la mélancolie romaine ne peut être séparé du regard latéral de la pudeur et de l'effroi. Le consul Pétrone a écrit : « Le plaisir (*voluptas*) qu'on a dans le coït est écœurant et bref et le dégoût (*taedium*) succède à l'acte de Vénus. » La volupté n'est qu'une hâte où on veut être conduit comme par enchantement. Son assouvissement plonge dans la seconde qui suit ses spasmes dans une sensation de déception non seulement en regard de l'élancement du désir qui le précédait mais en regard de la lumière, de la tumescence, de la rage, de l'*elatio* (du transport) qui obsédaient les heures qui le précédaient et les jours qui le préparaient. Ovide dit qu'il s'agit d'une mort qu'on fuit dans le sommeil en hâte, « vaincus, étendus sans force ».

Les naturalistes nomment « période réfractaire » la période lors de laquelle les mâles, après qu'ils se sont accouplés, cessent d'être sexuellement réactifs. Les femelles ne connaissent pas de période réfractaire *post coïtum.* Le mouvement dépressif chez les femelles a lieu *post partum.* Les mâles fuient le dégoût dans le sommeil. Ils ne fuient pas : ils courent rejoindre l'autre monde des morts et des ombres. Le *taedium* des mâles fait songer aux femmes, après l'étreinte, à la phase de quiétude et d'inexcitabilité où s'enferme l'enfant après la tétée. Les Romains parlaient de fatigue, du sentiment du mal de mer sans tempête, de l'âme nauséeuse. Telle est du moins l'analyse coutumière du thème du *taedium vitae,* du « dégoût de la vie » chez les anciens Romains.

Il y a un secret plus grave. L'amour n'est pas que guerre prédative ni les baisers seulement carnivores. La nuit ne tend pas vers le jour.

La nuit est un monde.

Quelque chose qui appartenait au bonheur se perd dans l'étreinte. Il y a dans le plus complet amour, dans le bonheur lui-même, un désir que tout bascule subitement dans la mort. Ce qui vient déborder de violence dans la jouissance est surpassé par une tristesse qui n'est pas psychologique. Par une langueur qui effraie. Il y a des larmes absolues qui se mêlent. Dans la volupté, il y a quelque chose qui succombe.

C'est un attendrissement pour l'autre qui angoisse le cœur. C'est une sensation de l'instant qui ne nous est pas possible. C'est une jalousie d'on ne sait quoi dans le passé et qu'on ne saura pas faire revenir. La détumescence pleine de joie s'adjoignant la sensation de l'irrenouvelable confine au désir de pleurer. On conçoit que bien des bêtes meurent au moment où elles fraient ou s'accouplent. Quelque chose est fini. Quand on aime le plus intensément, quelque chose est fini.

Un fond de calme terrible émerge au cœur de la turbulence. Il est possible qu'à chaque fois on meurt dans le plaisir. Il y a là une union si unifiante qu'elle n'est pas consentie. Septimius Florens Tertullianus a écrit dans son *De anima*:

« Dans la chaleur de l'extrême gratification au cours de laquelle l'humeur de la génération est émise, ne sentons-nous point que quelque chose de notre âme nous a quittés ? N'éprouvons-nous pas une prostration en même temps que notre vue se fait moins aiguë ? C'est donc que l'âme produit la semence. On peut dire que le corps de l'enfant qui en résulte est un égouttement de l'âme de son procréateur ». La *voluptas*, dit clairement Tertullien, est une *prostratio* du regard parce qu'elle provoque un « affaiblissement de la vue ». C'est le « flash » du plaisir lui-même qui efface le plaisir en l'éblouissant. En plus de la scène originaire, il n'est pas de plaisir qui ne se consume dans l'invisible. L'instant du plaisir arrache la scène qui a lieu à la visibilité. Le fascinus est le stupéfiant des stupéfiants. Il aveugle.

De là le *stupor* qu'il entraîne sur les visages qui désirent.

*

L'excitation progressive lors de l'accouplement a souvent été associée aux images du carnassier qui dévore sa proie, du rapace qui fond sur la sienne. Les hommes ont toujours envisagé l'excitation comme un feu qui couve et qui consume brusquement l'organisme tout entier. Ce feu d'artifice — l'orgasme, la culmination de la jouissance brûlante — n'est pas un épiphénomène, un bénéfice subsidiaire, mais l'achèvement du désir. Les hommes ne désirent pas pour soulager une tension insupportable. Ce n'est pas la chute de l'excitation qui est recherchée. Ce n'est en aucun cas le *taedium vitae*, le dégoût de vivre qui est recherché dans l'amour. C'est le feu d'artifice neurologique qui consume toute image, toute peinture, tout cinéma, tout fantasme. C'est le rapt de l'abîme. C'est la capture de l'inconnu qui précède le plaisir.

Que veut dire lorgner ? Regarder de côté ce qu'on ne doit pas voir. C'est la Lorelei. Ce sont les Nériades.

Que veut dire reluquer ? *Lure*, c'est fixer en épiant. *Lauern*, c'est faire le guet lors de l'embuscade. C'est Achille à la fontaine lorgnant Trôïlos. Le cauchemar « lorgne » la même scène que le rêve : la scène du coït qu'on ne peut voir terrifie comme elle excite. Quel est le loup de la mort qui dévore ? C'est l'agressivité de l'étreinte. Les lèvres qui s'aiment sont aussi les lèvres qui déchiquètent et mangent. La description de

Lucrèce est précise : le coït est une chasse, puis un combat, enfin une rage. Ce sont les lèvres qui se retroussent sur les dents des carnassiers et qui aboutissent au rictus sanglant, ce qu'on nomme le rire. Ce sont les lèvres qui rappellent la chasse sauvage et la dévoration du sacrifice qui la conclut.

La terreur dans la jouissance, plus que la lassitude dont elle est faite, plus que le tarissement de Fascinus et le ratatinement de Muto sous forme de pénis, plus que le « voyage à l'étranger » du désir, est liée au sommeil où elle plonge. Le sommeil, dont on craint de ne se réveiller jamais, est le premier monde des morts. Les corps qui se sont étreints regagnent dans le sommeil l'image invisible. C'est Hypnos qui est au cœur d'Éros et de Thanatos.

La jouissance menace le désir et il est normal que le désir puisse haïr la jouissance, puisse éprouver une totale aversion à l'encontre de la détumescence (c'est le puritanisme mais c'est aussi l'art). Le désir est le contraire de l'ennui, de l'épuisement, de la satiété, de l'endormissement, du dégoût, de la flaccidité, de l'*amorpheia.* Tout conte, tout mythe, tout récit vise l'exaltation du désir et porte son combat contre la jouissance. Le roman érotique ou la peinture pornographique (par définition il n'y a pas de roman pornographique ni de peinture érotique) ne cherchent en aucun cas à faire jouir mais à faire désirer : ils cherchent à érotiser le langage ou le visible. Ils cherchent à abréger la période réfractaire. Ils livrent la guerre au *taedium*.

Voilà pourquoi le *taedium vitae*, le dégoût qui suit la jouissance s'attache les arts comme les branches des arbres s'attachent à leur tronc. L'art préfère toujours le désir. L'art est le désir indestructible. Le désir sans jouissance, l'appétit sans dégoût, la vie sans mort.

*

Homère a mis en scène le premier mélancolique dans le personnage de Bellérophon. « Objet de haine pour les dieux, il errait tout seul, sur la plaine d'Aléion, le cœur dévoré de chagrin, évitant la trace des hommes » (*Iliade*, VI, 200). *Thymon katedôn*, mangeant son cœur, dit Homère. L'épithète homérique décrit magnifiquement la mélancolie : l'autophagie du corps par l'âme. Le malheureux est un Narcisse que son reflet dévore.

Parrhasios peignit Héraklès. Parrhasios peignit

Philoctète. Le conte est celui-ci : Quand Héraklès voulut mourir, Philoctète accepta d'allumer le feu de son bûcher. Pour le remercier, Héraklès lui donna son arc et ses flèches. Plus tard Philoctète tomba lui aussi amoureux d'Hélène et il partit pour Troie. Un serpent le mordit au pied et il s'éleva de sa blessure une odeur de pourriture si infecte que les chefs grecs ne purent la supporter. Ulysse les convainquit de reléguer Philoctète sur une île qui était déserte.

Philoctète est le premier Robinson Crusoe. C'est le premier « relégué sur une île », bien avant les lois de l'empereur Auguste. C'est le premier ermite. C'est le premier Tibère.

Les Anciens disaient que Parrhasios avait fait son chef-d'œuvre avec son Philoctète. La souffrance de Philoctète était telle sur le tableau de Parrhasios qu'il était clair qu'il « ne connaissait plus le sommeil ». Le peintre avait peint une « seule larme » fixée dans l'œil desséché. On le voyait rampant avec effort vers la proie qu'il a abattue comme un homme pris de rage vers la source qui doit le désaltérer. Il est près de sa grotte. Il fait retentir les rochers de sa plainte solitaire, plus irrité contre les hommes qui l'ont trahi que contre la plaie qui le dévore. Il mêle ses larmes amères au sang noir qui découle des lèvres de sa blessure putride. « Sa chevelure est hérissée et sauvage. Sous la paupière aride une larme s'est figée » (Planude, *Anthologie*, IV, 113).

*

Sénèque a écrit : « Il n'est pas d'animal plus ombrageux (*morosius*) que l'homme. » Sénèque le Fils, premier ministre de l'empereur Néron, fut la haine de tout ce qui est vivant. Il haïssait le plaisir. Il haïssait la nourriture. Il haïssait la boisson. Il adorait l'argent et la peur de souffrir. En tout il fut l'opposé de son père. Il mourut millionnaire. Sénèque, c'est la maigreur brûlante, dépressive, hantée du langage et du pouvoir. Il est le premier à s'être baptisé le « pédagogue du genre humain ». C'est le puritain. « La mort te retire de la proximité d'un ventre dégoûtant et puant. » Ce n'est pas saint Paul qui a écrit cette phrase. C'est Sénèque le Fils qui l'écrit à même date, alors qu'il décide pour l'ensemble du monde romain.

Sénèque le Fils écrit à Lucilius (LIX, 15) : « L'un demande sa joie (*gaudium*) au festin et à la débauche (*luxuria*). L'autre demande sa joie à l'ambition ainsi qu'à l'assiduité d'innombrables clients. Celui-ci demande sa joie à une maîtresse. Celui-là demande sa joie aux occupations ostentatoires et vaines de l'homme d'étude ou au travail littéraire qui ne guérit de rien. Autant d'amusements trompeurs et courts (*oblectamenta fallacia et brevia*) dont tous sont les dupes. Comme l'ivresse à qui nous payons par un long dégoût (*taedio*) une heure d'allégresse et de folie (*unius horae hilarem insaniam*). Comme la faveur des applaudissements, des ovations populaires, laquelle, acquise au prix de notre inquiétude, s'expiera au même prix. »

Cette page de Sénèque semble tout contenir. Nourriture, plaisir érotique, ambition, pouvoir, science, art — il n'y a pas de valeurs. On se croirait soudain plongé au XXᵉ siècle.

Caelius dit que le *taedium vitae* est un abattement (*maestitudo*). Sénèque dit que le *taedium*, la maladie des humains, vient de la connaissance qu'ils ont d'avoir un corps compris entre deux limites ignobles, que lui assignent le coït dont ils proviennent et le pourrissement de la mort où ils se corrompent. Avec la mélancolie (*tristitia* traduit *melagcholia*) apparaît aussitôt le cortège des dégoûts et des haines. *Phobos* signe la *melag-*

cholia (l'effroi signe le dégoût de la vie). La *tristitia* latine rassemble dans une même notion la *dusthumiè* (le mal-être), la *nausea,* l'attraction de la nuit, la haine de l'entourage (*anachorisis*), l'ensevelissement dans la terreur pour des riens, enfin le dégoût du coït. Un autre symptôme est la « mordication qui grimpe au milieu des épaules ». Lucrèce subsume les symptômes sous cinq catégories : souci, chagrin, crainte, oubli et remords. Il les caractérise comme anticipation de la mort, léthargie, maladie de la mort. Il ne mentionne jamais pour lui-même l'embarras de pensée (la *difficultas*) sur lequel Caelius est seul à insister. Lucrèce brosse ainsi le portrait du mélancolique : *Perturbata animi mens in maerore metuque triste supercilium, furiosus voltus et acer* (L'esprit égaré, plongé dans la douleur et dans la crainte, le sourcil farouche, le regard sombre et furieux, *De natura rerum,* VI, 1183). Enfin c'est Sénèque le Fils qui associe définitivement nausée, mélancolie et génie (*De tranquillitate animi,* XVII, 10) : « C'est quand l'esprit a méprisé le jugement de tous (*vulgaria*) et l'accoutumé (*solita*) qu'il peut avoir un chant trop grand pour une bouche mortelle (*grandius ore mortali*). »

*

Toute la peinture romaine est faite d'instants éthiques triviaux ou solennels. Pline a décrit un tableau d'Antiphilos où on admirait un jeune garçon soufflant sur le feu et illuminant sous son souffle son visage. C'est un illusionnisme de l'instant. C'est un « instantané ».

La vie frissonne de lumière sur fond de mort.

Philostrate peignit un crâne de mort. C'est, à l'opposé des Vanités du monde vivant, un *Carpe diem* funèbre : il s'agit de cueillir la fleur de ce qui va périr tout à la fois dans l'*individuum* de temps que dit Horace et dans l'*atomos* de lumière que dit Lucrèce. Dès lors les fresques sont des « listes de course du monde » (*praedatio*) : les fruits à l'instant de les cueillir, les poissons à l'instant où ils sortent de l'eau, le gibier qui vient d'être chassé.

Une branche de pêches duvetées est posée près d'un vase de verre rempli d'eau. Le vase scintille.

Un coq cherche à prélever dans la corbeille une datte. Une poule sultane s'approche d'une aiguière renversée.

Un oiseau picore un fruit. Dans une lumière rougeâtre (qui vient de l'appui de la fenêtre sur laquelle est posée une pomme rouge et luisante), un gros lapin accroupi ronge les grains d'une grappe de raisin.

Les figues, les pêches, les prunes, les cerises, les noix, les raisins et les dattes, les seiches, les langoustes et les huîtres, les lièvres, les perdrix et les grives sont les mêmes maintenant qu'alors. Les récipients qui les contiennent sont quasi les mêmes. Il y a une monotonie — comme il y a une sempiternité dans la faim qui assujettit les hommes — dans le regard de la faim qui rêve une saison de fruits qu'elle « re-cueille » en son absence. Les fresques pariétales des grottes de la préhistoire assuraient le retour du gibier que la chasse avait arraché à la vie. Un vers isolé d'Afranius dit ceci : *Pomum, holus, ficum, uva.* (Des pommes, des légumes, des figues, des raisins.)

Sénèque lui répond dans l'épître LXXVII : *Cibus, somnus, libido, per hunc circulum curritur* (La table, le sommeil, le désir, voilà le cercle dans lequel on tourne). Ce n'est pas seulement le courage ou le malheur qui inspirent la volonté de mourir : « le dégoût ou la monotonie (*fastidiosus*) de la vie le peuvent ». Les offrandes d'aliments et les libations offertes par les âmes moins lasses aux morts (aux dieux) comme la part qui leur revient devinrent peu à peu des effigies offertes à des effigies. Étrangement, à aucun moment on ne s'éloigne du fantasme sadisant de Parrhasios peignant l'esclave d'Olynthios. Ni de celui d'Aristide représentant la morte allaitante. Ce qui est montré dans ces tableaux de nature, non pas morte, mais mourante, c'est toujours la souffrance pathétique et passive des choses avant leur dévoration.

Les prunes prêtes à tomber sont comme le surmulet qui soubresaute sur le pavement devant les convives qui vont le manger dès que le cuisinier l'aura saisi et qu'il l'aura cuit. Le surmulet est comme l'esclave olynthien qui est lui-même comme la datte que le coq picore, comme le raisin que ronge le lapin. Ces ex-voto cultuels mettent en scène l'*obsequium* (l'obéissance totale du *servus* au *dominus*). Ce qui est montré, ce sont des visages (des *vultus* et non plus des *prosôpa*) pétrifiés devant leur destin d'être consommé. Ce sont des natures coites mais il ne s'agit pas seulement de silence ; il y a une obséquiosité sexuelle dans la cerise sous le bec du merle. C'est une douleur obséquieuse plus encore que silencieuse.

Athènes au IIIe siècle avant Jésus-Christ, Rome au Ier siècle après Jésus-Christ, la Hollande du XVIIe siècle connurent la même crise urbaine, le même retranchement à l'égard de la cité, le même retour à la campagne, la même célébration de la nature, la peinture de chevalet illusionniste, là où l'animal familier semble persister, là où la précarité de la saison enfuie s'immobilise dans sa représentation, là où les victuailles abondent dans un souci de rassasiement et d'éternisation superstitieuse, se détournant du public vers le privé, se détournant de la mégalographie pour la rhopographie (peindre des menus objets) puis vers la rhyparographie (peindre des détritus et des objets viles : ce fut le génie de Sôsos de Pergame). Hegel disait de la peinture hollandaise qu'elle avait été le « dimanche du monde ». La peinture romaine fut le *xenion* du monde (le présent d'hospitalité retourné à l'hôte, à la Nature, à Vénus). Le peintre Galatôn avait composé un tableau de chevalet représentant Homère vomissant (*emounta*), tandis que les autres poètes puisaient leur inspiration dans ce que sa bouche avait rejeté (*ta emémesména*).

*

Martial est le poète qui a recherché la *concretio.* Il a élu tout ce qui pouvait être écrit ou vu de plus fruste, de plus sexuel, de plus concret, de plus précis. Un baroque concret. Il décrit les bolets, les vulves de truie, les cornets à dés, la *mentula* pleine de sperme des patrons qui l'insèrent entre les lèvres des *pueri,* les levrauts, les premiers *codices.* Il décrit les fleurs du troène. « Le turbot est toujours plus grand que le plat qui le porte », écrit-il. Il montre les morceaux de neige pilée déposés dans les coupes. Il met en scène les collectionneurs d'antiques, de vieilles assiettes, de vieux vins, de tapisseries datant de Pénélope. Dans le livre X il compare son art au vert-de-gris qui ronge le bronze. Il rêve d'anachorèse, d'étangs, de pigeonniers en Espagne, de roseraies. Il rêve de quitter Rome, de quitter même sa maison de campagne à Nomentum, de rejoindre la ferme de son enfance, de rejoindre Bilbilis.

À l'arrivée de Nerva, à l'adoption de Trajan, il quitte enfin son troisième étage au Quirinal. Il part pour l'Espagne natale.

Pline le Jeune lui paie le voyage. Il retrouve

Bilbilis. Il éprouve tout d'abord un plaisir fou à ne se lever qu'à neuf heures, à ne plus revêtir sa robe, à se chauffer au bois de chêne. Ensuite l'ennui de se retrouver à la campagne, entre une roseraie et un étang fermé, combat difficilement la haine de vieillir et l'ombre de la mort dans son « pigeonnier blanc ».

Martial : c'est une littérature qui fuit la cité.

Cent ans plus tôt il n'en allait pas de même. Horace était fils d'affranchi et Virgile fils de potier. L'idée qu'ils se faisaient de leur art était servile c'est-à-dire qu'elle consistait à plaire. C'est une littérature de cour. Ils ne s'adressaient plus à leur cité mais au palais.

Martial ne s'adresse plus ni à l'Urbs ni au palais du prince mais à son ermitage dans sa province.

*

Les Romains étaient hantés par le jour qui précède la mort. Properce liait l'amour et la mort (*Élégies*, II, 27) : « L'heure inconnue de la mort (*incertam funeris horam*), voilà, mortels, ce que votre regard cherche anxieusement partout. Notre maison prend feu (*domibus flammam*), notre maison s'écroule (*domibus ruinas*). Cette coupe que nous portons à nos lèvres va peut-être tuer. L'heure et le visage de la mort, seul un amant les connaît (*solus amans novit*). » Le premier livre disait déjà : « L'amour le plus long (*longus amor*) n'est jamais assez. Ma terreur la pire : que ton amour me manque à l'instant de mourir. Pour moi ma cendre (*meus pulvis*) même conservera ton souvenir. Nous, nous aurons joui d'une lumière brève. Une nuit nous attend, un lourd sommeil sans rêve. Dans la maison des ténèbres à mon tour descendu, vaine image (*imago*) de moi-même, je serai toujours l'homme qui est à toi. Un grand amour (*magnus amor*) franchit jusqu'au rivage de la mort. »

Sénèque le Père rapporte une magnifique discussion grammaticale qui porte sur l'instant qui précède la mort. Cornelius Severus avait mis en scène des soldats dînant à la veille d'une bataille (*in posterum diem pugna*). Les soldats s'étendent sur l'herbe (*strati per herbam*). Ils disent : *Hic meus est dies* ! (Ce jour est encore à moi !) Deux discussions en naissent. La première est éthique : ces soldats doivent être condamnés parce qu'ils ont désespéré du lendemain (*crastinum desperent*). Leur plainte était défaitiste. Ils n'ont pas

« sauvegardé la grandeur d'une âme romaine » (*romani animi magnitudo*). N'importe quel soldat lacédémonien doit leur être préféré parce qu'il n'aurait pas envisagé l'insuccès. Le soldat lacédémonien aurait dit : « Demain est à moi. »

La seconde discussion est grammaticale. Porcellus reprochait à Cornelius Severus, comme un solécisme, d'avoir dit en faisant parler plusieurs personnes : *Hic meus est dies* et non *Hic noster est* (Voilà « notre » dernier jour). Mais Sénèque le Père intervient dans la discussion : il reproche à Porcellus son propre reproche. Car la beauté de l'expression, dit-il, vient que les soldats étendus sur l'herbe à la veille de leur mort, n'ont pas parlé comme un chœur de tragédie (*in choro*) mais que chacun a pris pour son compte la mort qui les menaçait tous, et que c'est ainsi que chacun (*singuli*) a prononcé : *Hic meus est dies* (Ce jour est encore à moi). Et il conclut que la peur de la mort, pour être héroïque, est nécessairement personnelle.

C'est séparément que les soldats plongent dans l'abîme. C'est le mot d'Horace : *Nescit vox missa reverti.* Chacune de leur voix est une voix perdue.

*

Le *taedium* des Romains s'étendit au Iᵉʳ siècle. L'*acedia* des chrétiens apparut au IIIᵉ siècle. Réapparut sous la forme de la mélancolie au XVᵉ siècle. Revint au XIXᵉ siècle sous le nom de spleen. Revint au XXᵉ siècle sous le nom de dépression. Ce ne sont que des mots. Un secret plus douloureux les habite. Il y a de l'ineffable. L'ineffable, c'est le « réel ». Le réel n'est que le nom secret du plus détumescent au fond de la détumescence. À vrai dire, rien n'est langage que le langage. Et tout ce qui n'est pas langage est réel.

Le *taedium vitae* n'est pas lié seulement au retour du réel. Il brise le temps.

Avoir désiré et voir le sexe masculin flaccide emportent toujours avec eux une extase étrange : « décalage horaire avec le paléolithique ». Le désir et la peur proviennent d'une même souche.

Il a peur. Il est rempli d'angoisse. Il se tient comme une statue.

Il désire. Il est comme une statue.

Le plaisir comme la mort « fascinent » leur proie de la même manière pétrifiante. Le moineau que le faucon menace se précipite dans le bec du prédateur et ainsi dans la mort. Telle est la fascination : ce qui précipite dans la mort pour échapper à l'angoisse qu'elle lève.

Le désir est la peur.

Pourquoi, durant des années, ai-je écrit ce livre ? Pour affronter ce mystère : c'est le plaisir qui est puritain.

Le plaisir rend invisible ce qu'il veut voir.

La jouissance arrache la vision de ce que le désir n'avait fait que commencer de dévoiler.

*

L'*acedia* est décrite par les Chrétiens comme un *vitium* (un péché mortel). C'est l'incapacité d'être attentif. C'est l'absence d'intérêt pour tout, même pour le bien, même pour le prochain, même pour Dieu. C'est la léthargie diabolique. C'est la fascination du suicide. C'est la dépression amplifiant aux yeux des Romains devenus chrétiens les traits du *taedium*, de la complaisance sans limites à la peste intérieure, à la régression de la force, à l'anéantissement de la volonté, à la perte d'attrait de tout, culminant dans la volupté du déplaisir infini, la haine de vivre qui s'entête contre son créateur (non plus le fascinus biologique mais le deus théologique).

Dans son *Secretum,* Pétrarque a écrit : « Le *taedium vitae* (le dégoût de la vie) est la seule passion âpre, douloureuse et terrible à l'état pur. » Pétrarque développe alors le thème extraordinaire des larmes sans raison. C'est l'extrême affaiblissement de la vie dans l'*acedia,* dans la tristesse pure et la haine de l'incarnation. C'est bien la mort elle-même qui hypnotise dans le geste de repousser le fascinus. Les deux Renaissances, soucieuses de retraduire en grec ce sentiment, relancèrent le mot de mélancolie et effacèrent pour des siècles ces deux étapes monumentales et autonomes que furent le *taedium* des Romains et l'*acedia* des chrétiens.

Les Anglais ont repris le vieux mot latin d'*addictio* pour décrire l'état de dépendance auquel se voue le toxicomane une fois mise de côté la toxicité de la drogue qu'il a choisie. L'*obsequium* peut se traduire par l'addiction à la dépendance elle-même. C'est de l'*obsequium* qu'a dérivé ce sentiment impensable pour la Rome ancienne : le péché. Le sentiment du péché, je le définirais ainsi : un lien ravageur à la dépendance. La sensation de culpabilité intérieure qui le nourrit s'accroît jusqu'au manque panique dès l'instant où une vieille dépendance d'esclave fait défaut.

CHAPITRE XII

Liber

Elle médite. Le style touche les lèvres. Elle appuie légèrement la pointe de son style sur le gras de la lèvre. La jeune fille est surprise dans un moment de concentration où son regard s'égare. Elle ne cherche pas à plaire : elle est tellement pensive. Elle tient dans sa main gauche quatre tablettes de cire nouées entre elles.

Après qu'elle a appuyé la pointe du *stylus* sur le bourrelet de sa lèvre, la jeune patricienne s'est arrêtée pour songer, avant de se mettre à écrire Ses yeux sont absorbés dans ce qu'elle va écrire. C'est un visage plein du songe de l'autre.

Son regard adhère à l'invisible vers qui son âme se transporte. Ses yeux se détournent du lieu où elle vit et s'absorbent dans l'autre monde où elle voit qui elle désire voir. Je songe à la lettre où Postumiamus décrit saint Jérôme travaillant dans sa cellule anachorétique : *Totus sem-*

per in lectione. Totus in libris est. Non die non nocte requiescit... (Toujours plongé dans son livre, absorbé dans sa lecture, sans se lasser jamais...) De même que la *voluptas* engage le *taedium* et attire dans le *somnus*, de même la lecture attire dans l'autre monde. L'écriture est une même transportation dans l'âme de l'autre qu'elle cherche à convaincre. C'est la domiciliation hallucinée que Caton interdisait aux femmes, un retranchement du monde connu, un temps passé ailleurs qu'ici, une anachorèse.

*

Liber était l'un des noms du dieu fascinant. Le vin, pour les anciens, n'est pas d'abord l'ivresse qui en résulte jusqu'à la *nausea* mélancolique qui l'achève. Le vin (*Liber*) définit d'abord ce qui tend le sexe de l'homme (Silène, Bacchus). Ensuite le vin noir et épais (qu'on mêlait d'eau chaude) renvoie à la bile noire artificielle (la *mélagcholia,* le vin triste, le vin qui augmente l'*éthos* de chacun, qui dévoile le caractère). *Non facit ebrietas vitia sed protrahit* (L'ivresse ne crée pas le vice, elle le produit au jour). Par le vin Dionysos met au jour le sexe et entraîne le cortège du Fascinus porté par des hommes dont la tunique est retroussée par l'*olisbos* artificiel attaché à leur ventre le jour de la cérémonie de Liber Pater. Il met au jour le *furor* (la folie conçue comme le fruit de l'âme parvenu à maturité). Le dieu Liber « libère » : il enfle le sexe ; il outre le caractère. Apulée dans son Panégyrique de Carthage (*Florides,* XX) classe différemment les quatre fonctions de Liber : « La première coupe est pour la soif (*ad sitim*) ; la seconde pour la joie (*ad hilaritatem*) ; la troisième pour la volupté (*ad voluptatem*) ; la quatrième pour la folie (*ad insaniam*). »

Mais Liber n'était pas que le nom du dieu du fascinant et du vin. Liber était aussi le nom des livres.

Ils lisent dans le silence. Ce que lisaient ces lecteurs étaient des mots latins. *Mortibus vivimus* (nous vivons de morts). Le passage tellement critiqué par ses contemporains de Musa l'affranchi est plus beau encore : « Tous les oiseaux qui volent çà et là, tous les poissons qui nagent, toutes les bêtes féroces qui bondissent, trouvent leur tombeau (*sepelitur*) dans notre ventre. Cherche maintenant pourquoi nous mourons si subitement (*moriamur subito*) Nous vivons de morts. » Les Grecs marquaient beaucoup de pudeur (d'euphèmie) pour dire le phallos : ils le surnommaient *Physis* (la nature), *Charis* (la joie), *Pragma* (la chose) ou *Deina* (le terrible-merveilleux). Artémidore dit que le nom que les femmes donnaient couramment au membre viril était *to anagkaion* (le contraignant). Mais nous-mêmes, nos fauves morts, nos désirs, nos natures mortes, au fond de l'âme, ce sont les mots latins. Le feu couve sous la langue. *Gaude mihi* (Réjouis-moi) devint « godemiché ». *Cunnus*, con, *quoniam*, *casus*, cas, *causa*, chose, sont morts au XVIIIe siècle mais les termes qui les ont remplacés ont conservé de façon étonnante une forme latine : pénis, phallus, utérus, hymen. Sans cesse la langue souche, la langue protomaternelle est celle de l'outrage, c'est-à-dire est la langue où l'obscénité se désire le plus. La sépulture de Musa n'est jamais refermée. C'est la langue latine. Ce qui est avant notre langue renvoie à ce qui est avant notre naissance. La couche la plus ancienne (le latin) dira la scène la plus ancienne.

Ce que, enfants, nous lisions dans les cabinets de bois de la cour de récréation, dans le froid et le dégoût, ce que nous gravions à l'intérieur des portes des cabines de bain des piscines, ce que nous murmurions avec angoisse dans les fourrés, en rougissant dans la pénombre, en avançant les mains, en tremblant, fait naître la matière d'une langue antérieure qui a tout l'embarras, toute la curiosité, tout le pédantisme de cet âge de violence et d'angoisse. Pourquoi nos sociétés notent-elles par écrit dans les livres de science ou même dans les livres érotiques sous leur forme latine les mots non équivoques et âcres que l'on apprend à la puberté avec un air avide, faux, le cœur battant, chuchotant dans la chambre dans l'ombre ? Parce qu'il serait impie de rendre décents ces mots nés pour être indignes et dont l'indignité rapatrie à l'autre monde où le langage n'était pas. On ne saurait les débarrasser de leur forme crue et décalée sans les trahir. Les mots obscènes sont les mots amoureux parce qu'ils sont hostiles à la détumescence du langage. Gêne et abjection sont leurs nimbes. Grossier, lourd, empli de honte — de même que le sexe masculin n'est amoureux que difforme, pesant, empli de vie et de honte — tel doit être le seul mot capable d'atteindre le centre d'une passion. Tout ce qui viendrait de l'ordre du dicible, de l'ordre du *status*, trahirait ce qui serre la gorge à le dire, serait périphérique au désir, insulterait à ce que l'autre a la générosité de dévoiler de lui-même. C'est le caractère *horridus* qui définit les vers fescennins. En 475, l'empire étant devenu chrétien, Sidonius Apollinaris, gendre de l'empereur Avitus, évêque de Clermont, oppose encore au style fluide, flasque, coulant, transparent la prose *torosa et quasi mascula* de la beauté (nerveuse et pour ainsi dire mâle). La violence du mot de Fulvie à Auguste : *Aut futue aut pugnemus* (Ou tu me baises, ou c'est la guerre) ne cesse pas. Le choix est toujours le même et toujours le plus simple qui soit : Vénus ou Mars. Laclos a renversé la scène en mettant la demande de Fulvie dans la bouche de Valmont et la réponse d'Auguste dans celle de Mme de Merteuil. Alors Mme de Merteuil répond : « Eh bien, la guerre ! »

*

Il y a un mot de Septumius énigmatique et terrible : *Amat qui scribet, paedicatur qui leget* (Celui qui écrit sodomise. Celui qui lit est sodomisé). L'*auctor* demeure un *paedicator*. C'est le vieux *status* de l'homme libre romain. Mais le *lector* est *servus*. La lecture rejoint la passivité. Le lecteur devient l'esclave d'une autre *domus*. Écrire désire. Lire jouit.

Tout homme, toute femme sont passifs quand arrive la jouissance. L'amante relève les bras dans la passivité originaire. Il y a un effroi qui erre dans la passivité originaire. La jouissance féminine est un effroi qui jouit de ce qui fait intrusion. Le plaisir est toujours intrus. La volupté surprend toujours le corps qui désire. Sa surprise est la surprise. La jouissance ne distingue jamais absolument la terreur de la pâmoison.

Platon faisait de l'effroi le premier présent de la beauté. C'est la familiarité de quelque chose d'inconnu. Cette expérience est comparable à celle de l'homme découvrant le corps de la femme. À cette différence près que désirer n'est pas laisser resplendir l'inconnu. N'est pas immobiliser l'effroi à l'instant du regard et du dévoilement.

C'est parce qu'Actéon n'a pas eu d'effroi devant la divinité nue qu'il s'est transformé en bête. Il s'est transformé en bête veut dire : le bas de son corps a désiré la déesse. Mais c'est parce que la beauté était une chasseresse ôtant son voile qu'il s'est transformé en bête. Parce que la définition de la chasseresse est ce qui désire une proie. À Braurôn, en Attique, les petites filles d'Athènes entre cinq et dix ans, dans l'espoir de se marier, devaient se séparer des leurs et se « faire ourses » dans le sanctuaire d'Artémis. Les petites recluses mimaient l'ourse (la déesse) et s'apprivoisaient dans son sanctuaire.

De la femme à l'homme, comme de la matrone au père, ce ne sont que des échanges d'effroi.

La *lectio* est un *obsequium.* La vie redouble, dans l'inactivité sexuelle, c'est-à-dire dans la période réfractaire où l'assouvissement du désir la contraint, la jouissance qu'elle a d'elle-même en la revigorant dans des récits ou en la représentant dans des peintures. Le récit, plus que le sexe, dit sans arrêt : « Encore ! » Car son plaisir propre est le désir et non la *voluptas.* Son désir est son origine. Son désir est la plus vieille scène tumescente — celle dont il fallait bien qu'elle fût tumescente pour qu'elle se révélât féconde — et qui invente l'intrigue narrative elle-même bien avant le langage, qui engendre l'intrication successive des séquences. L'intrigue, c'est ce qui offre le temps, c'est ce qui permet d'instaurer l'instant entre l'avant et l'après en répétant sous forme de scènes rêvées la scène invisible qui hante. L'instant

« récapitulatif » de l'intrigue, tel est toujours, sans exception, le sujet de la peinture romaine. La fresque est le *spatium* de cet instant condensé.

Quand, au IVe siècle après Jésus-Christ, saint Augustin décrit ses extases dans les *Confessions*, ce sont encore des fresques romaines, des scènes récapitulatives avec peu d'éléments d'attribution : un arbre, un banc, un livre. Augustin est descendu au jardin avec Alypius. Il quitte Alypius. Il pose son livre (*codex*) sur le banc. Il va s'étendre sous le figuier (*fici*). Il entend une voix d'enfant qui chantonne de l'autre côté du mur du jardin : *Tolle, lege. Tolle, lege* (Prends, lis. Prends, lis). Alors il pleure en regardant d'un regard latéral son livre sur le banc.

*

Pline l'Ancien — ou encore Pline de Vérone — était lui-même grand lecteur. Levé avant le jour, lisant même en mangeant, lisant même en se promenant, lisant même au bain, lisant même dans la quadrirème en s'approchant des cendres du Vésuve.

Pline le Jeune — ou encore Pline de Côme — reprit la passion de son oncle. Pline protégea

Suétone. Il aida Martial. Il fut l'ami de Tacite. Gaston Boissier disait de la fin de l'Empire : « Je ne crois pas qu'il y ait une autre époque où l'on ait autant aimé la littérature. » Caius Sollius Apollinaris Sidonius, lors de l'arrivée des Vandales, après le sac de Rome par Genséric, écrivit : *Ego turbam quamlibet magnam litterariae artis expertem maximam solitudinem appello* (J'appelle solitude absolue une foule, pour grande qu'elle soit, d'hommes étrangers à l'étude des lettres).

J'ai montré Pline dans l'alcôve chauffée et insonorisée qu'il s'était fait construire dans sa villa de Toscane, pareil à Marcel Proust dans son liège à Paris. Voici comment il travaillait. Son emploi du temps était si chargé de lecture qu'il souffrait des yeux (peut-être cette ophtalmie était-elle due aussi à la pluie de cendres et aux rejets de soufre lors de l'éruption du Vésuve). Il confie à Cornutus quelles précautions il lui faut prendre pour ses yeux : « Je suis venu dans une voiture complètement close, autant dire une chambre (*quasi cubiculo*). Au style, et même aux lectures, j'ai renoncé. Je ne travaille plus que des oreilles (*Solis auribus studio*). Dans mes appartements, au moyen de rideaux opaques je tamise la lumière. Soit les esclaves lisent, soit je dicte. »

À Fuscus il indique : « Mes fenêtres restent fermées (*Clausae fenestrae manent*). Débarrassé, on ne saurait croire à quel point, par l'obscurité et le silence de tout ce qui distrait, libre (*liber*) et laissé à moi-même (*mihi relictus*), je mets non pas mon âme au service de mes yeux mais mes yeux au service de mon esprit (*sed animum oculis sequor*). Je compose de tête. Je compose comme si j'écrivais. Je choisis les mots, les corrige, je raccourcis, j'allonge, autant que la mémoire le peut. Alors j'appelle un secrétaire (*notarium*) ; je fais ouvrir ma fenêtre ; je dicte ce que j'ai préparé ; ce secrétaire part ; il est rappelé ; il est renvoyé. Quand arrive la quatrième ou la cinquième heure suivant le temps qu'il fait, je me rends sur la terrasse ou sous la colonnade voûtée, je continue à méditer et à dicter. Je monte en voiture. Dans la voiture, même façon de travailler qu'à la promenade ou sur mon lit. Je dors un peu. Puis je me promène. Ensuite je lis à voix forte un discours grec ou latin pour mon larynx et pour ma poitrine. Je me promène encore ; on me masse ; je fais mes exercices ; je prends un bain. Pendant mon repas, si je n'ai avec moi que ma femme et quelques convives, un esclave lit un livre pendant que nous mangeons. Après le dîner, séance de comédie ou un joueur de lyre. Puis je me promène avec mes esclaves lettrés. Grâce à des conversations variées et instruites, si longs que soient les jours, la clôture en vient vite. S'il m'arrive de chasser, je ne pars jamais sans mes tablettes de buis. »

Une lettre de Pline à Tacite évoque ce mixte si spécifiquement romain entre la prédation des livres et la prédation des bêtes fauves : « Tu vas rire, Tacite. J'ai pris trois sangliers superbes (*tres apros pulcherrimos*). C'était dans une forêt de l'ancienne Étrurie. J'étais assis en arrière des filets. Près de moi j'avais mon épieu (*venabulum*) et mon dard (*lancea*) : c'étaient mon style (*stilus*) et mes tablettes (*pugillares*). Je ruminais des pensées (*meditabar*) et je prenais des notes. Je me disais : Je reviendrai peut-être les mains vides mais je reviendrai la cire pleine. Il ne faut pas mépriser ma façon de travailler. L'esprit est mis en éveil par les allées et venues des corps. Les forêts (*silvae*), leur solitude (*solitudo*) et jusqu'à ce grand silence (*illud silentium*) qu'exige la chasse incitent mieux que tout à la pensée. »

Dans le dessein d'écrire dehors, à cheval ou en chassant à l'affût, Pline avait même inventé des tablettes à manchons pour l'hiver.

*

À l'époque de Pline les statuts périclitèrent. Les aristocrates devenus les chiens de garde de l'administration impériale se dévoyèrent dans les mœurs des classes affranchies et serviles, adoptèrent leurs nouveaux dieux, agglutinèrent aux anciens démons des Grecs et aux anciens genius des Pères les nouveaux *angelos*. En 470 le nouveau préfet de Rome, Sollius Sidonius Apollinaris, écrit à Johannès : « Car maintenant que n'existent plus les degrés de la dignité qui permettaient de distinguer les classes sociales de la plus humble à la plus élevée, le seul indice de noblesse sera désormais la connaissance des lettres » (*Epistulae*, VIII, 2).

En 65, sous l'empereur Néron, dans la ville d'Antioche, le médecin Luc a transcrit un récit qui se passe à Jérusalem, que lui avait rapporté Cléopas : Le premier jour de la semaine, à l'aurore, Maria de Magdala, Joanna et Maria Jacobi, comme elles se rendaient au tombeau de Jésus avec des aromates, trouvèrent la pierre roulée, les bandelettes déroulées au fond de la tombe, plus aucun corps mortel.

Alors les deux femmes aperçurent deux

hommes revêtus d'habits éblouissants qui se tenaient debout sur le bord du tombeau.

Les deux anges (*aggelos*) dirent aux trois femmes.

— *Quid quaeritis viventem cum mortuis?* (Pourquoi cherchez-vous chez les morts ce qui est vivant?)

Le même jour, deux disciples (l'un d'eux étant Cléopas dont Luc rapporte le récit) qui avaient quitté Jérusalem pour se rendre à soixante stades de là, dans un village appelé Emmaüs, alors qu'ils devisaient entre eux en marchant, virent un homme presser le pas et s'approcher d'eux afin de prendre part à la conversation qu'ils étaient en train de tenir.

Cléopas parlait du prophète nazaréen crucifié trois jours plus tôt par les légionnaires de Rome. Bien qu'il eût été enterré, le sépulcre avait été retrouvé vide le matin même par Maria de Magdala.

Ils cheminèrent. Quand ils arrivèrent à Emmaüs, le soir tombait et l'inconnu fit semblant d'aller plus loin (*et ipse se finxit longius ire*).

Mais les deux disciples pressèrent l'inconnu de demeurer avec eux et lui proposèrent de dîner ensemble dans une auberge. Cléopas dit :

— *Mane nobiscum quoniam advesperescit et inclinata est jam dies* (Reste avec nous car la nuit tombe et le jour est arrivé à son terme).

L'inconnu accepta.

Ils entrent dans l'hôtellerie. Tous trois se couchent sur les lits. Ils s'accoudent.

Ils se lavent les mains.

L'inconnu prend le pain qui est sur la table. Il le rompt et il leur en donne un morceau.

Et aperti sunt oculi eorum, et cognoverunt eum : et ipse evanuit ex oculis eorum (Alors leurs yeux se dessillèrent, ils le reconnurent et il disparut devant eux). Le récit grec de Luc est plus précis : et il devint « invisible » (*aphantos*) devant eux.

*

Aimer, dormir, lire est ce « voir l'*aphantos* ». Lire, c'est suivre des yeux la présence invisible. Celui dont vous parlez se tient à vos côtés. Il a vis-à-vis de vous plus de proximité que les proches eux-mêmes n'y aspirent. Il se tient ainsi : « devant vous invisible ». Celle qu'on ne peut étreindre (c'est-à-dire la femme de l'étreinte de laquelle on procède) suit le corps plus près que l'ombre et on raconte que son fantôme hante le cerveau et erre dans le monde sublunaire et passionné avant de désigner l'élue. Celui dont on lit l'histoire est plus près de soi que soi-même. Il est plus près de celui qui lit que la main qui tient le livre que sa vue elle-même oublie en le lisant. Il est dans la vision comme la prunelle des yeux. Prunelle se dit en latin *pupilla*, la petite poupée. Petite poupée car au fond de la pupille est dessinée la petite figure de la mère, avec laquelle jouent toutes les petites filles de tous les temps. Celui qui aime passionnément se penche au-dessus des yeux de l'aimée. Celui qui se penche au-dessus des yeux de l'aimée y découvre un visage plus ou moins personnel et plus ou moins disparu qui fait peur.

Platon écrit (*Alcibiade*, 133 a) : « Quand nous regardons l'œil de quelqu'un qui est en face de nous, notre visage (*prosôpon*) se réfléchit dans ce qu'on appelle la petite fille (*korè*) comme dans un miroir. Celui qui regarde y voit son image (*eidôlon*). Ainsi quand l'œil fixe son regard sur la partie la meilleure d'un autre œil, c'est lui-même qu'il voit. »

Les modernes appellent « gardien narcissique » le double qui vient rassurer l'enfant qui se contemple dans un miroir pour la première fois.

C'est le genius romain, c'est l'*angelos* grec qui permet d'approuver le reflet personnel. C'est « l'ange gardien » du miroir et c'est le « bon génie » du corps. Les modernes ont repris de même aux anciens Grecs le mot de *phantasma* pour désigner le Genius ou la Juno qui vient secourir les hommes et les femmes qui touchent leurs parties génitales quand ils sont seuls dans la sieste ou dans l'aube. Ils hallucinent un double d'eux-mêmes dans un rêve qui n'est pas plus volontaire qu'il n'est tout à fait involontaire et qui porte son assistance à la *voluptas* qu'ils escomptent au terme de leur songe.

L'ange qui garde les femmes et les hommes à leur joie esseulée, et la fait s'épanouir, est un ange sans nom. Une œuvre de Crébillon, qui date de 1730, est consacrée tout entière au fantasme masturbatoire. Comme Socrate en – 399 avait décidé d'appeler *daimôn* la voix intérieure, Crébillon en 1730 décida d'appeler « sylphe » ce démon de la main solitaire. Le *Sylphe* compte parmi les livres les plus déroutants qui aient été notés sur les hommes.

CHAPITRE XIII

Narcisse

Je ne sais pas où les modernes ont pris que Narcisse s'aimait lui-même et qu'il en fut puni. Ils n'ont pas trouvé cette légende chez les Grecs. Et ils ne l'ont pas empruntée aux Romains. Cette interprétation du mythe suppose une conscience de soi, une hostilité à la *domus* personnelle du corps, ainsi que l'approfondissement de l'anachorèse intérieure que le christianisme entraîna. Le mythe est simple : Un chasseur est médusé par un regard, dont il ignore qu'il est le sien, qu'il perçoit à la surface d'un ruisseau dans la forêt. Il tombe dans ce reflet qui le fascine, tué par le regard frontal.

Pourquoi Narcisse sur les fresques romaines n'est-il jamais penché sur son reflet ?

C'est l'*augmentum.* C'est l'instant qui précède la mort. S'il se penche, dès l'instant où son propre regard le fascine, il sera englouti.

Où tombe-t-il en plongeant dans le regard tourné vers lui ? Il tombe dans la scène elle-même : il est né du viol d'une rivière par un fleuve. Les Anciens sont précis : ce n'est pas l'amour qu'il a de sa copie, qui le tue. C'est le regard.

Il y a trois versions des légendes de Narcisse. En Béotie le *muthos* était le suivant : Narkissos habitait Thespies. Narkissos était un jeune homme qui aimait chasser sur l'Hélicon. Il était follement aimé par un autre jeune chasseur qui s'appelait Ameinias. Narkissos ne le supportait pas, le repoussait sans cesse, le rebutait au point qu'un jour il lui fit envoyer comme présent une épée. Ameinias reçut l'arme, l'accepta, la saisit, sortit de chez lui, alla devant la porte de Narkissos toujours l'épée à la main et se tua en invoquant, par le sang qui allait couler sur la pierre de la porte, la vengeance des dieux. Quelques jours après le suicide d'Ameinias, Narkissos étant allé chasser sur l'Hélicon, il désira boire dans une source. Son regard s'arrêta sur le reflet du regard qu'il voyait et il se suicida.

Pausanias rapporte la leçon suivante : Narkissos aimait une sœur jumelle qui mourut dans son adolescence. Il en ressentit une douleur si grande qu'elle l'empêchait d'aimer les autres femmes. Un jour qu'il se vit dans une source, il vit sa sœur et les traits de ce visage consolèrent son chagrin. Il n'y eut plus de source ou de rivière sur son chemin qu'il ne désirât se pencher sur leur rive afin de retrouver cette image qui le consolait de son deuil.

Cette version rationalisante de Pausanias a l'avantage de la clarté : le héros ne songe pas une seconde à s'admirer lui-même dans le miroir que l'eau présente à son visage.

Ovide écrit le conte suivant : Narcissus était le fils du fleuve Céphise et de la rivière Liriopé. Le dieu Céphise avait sailli la nymphe par violence. Dès que l'enfant fut né, la nymphe Liriopé partit en Aonie interroger le devin Tirésias sur le destin que la vie réservait à son fils. Tirésias était aveugle ; il avait eu les deux yeux condamnés à la « nuit éternelle » (*aeterna nocte*) parce qu'il avait connu le plaisir à la fois sous la forme de femme et sous celle d'homme. Tirésias aveugle répondit à Liriopé : *Si se non noverit* (S'il ne se connaît pas).

Âgé de seize ans, Narcissus devint si beau que non seulement les jeunes filles, non seulement les jeunes garçons, mais les nymphes le désirèrent, particulièrement une nymphe qui s'appelait Écho. Il les repoussa tous. Aux jeunes filles, aux jeunes gens, aux nymphes, il préférait les cerfs qu'il chassait dans la forêt.

Écho se désespérait dans l'amour. Elle allait jusqu'à répéter tous les mots que disait celui dont elle était amoureuse. Frappé de stupeur (*stupet*), Narcissus jetait des regards de tous les côtés en entendant la voix.

— *Coeamus !* (Réunissons-nous !) cria-t-il un jour à la voix mystérieuse dont il ne connaissait pas le corps et qui le poursuivait. La voix mystérieuse répondit :

— *Coeamus !* (Coïtons !)

Prise sous le charme de ce qu'elle venait de dire, la nymphe Écho sortit soudain de la forêt Elle se précipite. Elle enlace Narcissus. Aussitôt il la fuit. Dédaignée, Écho se retire dans la forêt. Accablée de honte (*pudibunda*), elle y maigrit. Bientôt il ne resta plus de l'amoureuse que la voix et les os. Les os se transformèrent en rochers. Alors il ne resta plus d'elle que sa voix gémissante. *Sonus est, qui vivit in illa* (Un son, voilà tout ce qui survit en elle).

Les filles méprisées, les garçons méprisés, les nymphes méprisées demandent vengeance au ciel.

Narcissus part chasser un jour de grande chaleur. Las de la chasse, assoiffé par la chaleur du jour, il vient se coucher sur l'herbe, son épieu à la main, près de la fraîcheur d'une source. Il veut apaiser sa soif, se penche. Tandis qu'il boit, voyant son image, il tombe amoureux d'une illusion sans corps (*spem sine corpore amat*). Il prend pour un corps ce qui n'est que de l'eau (*corpus putat esse quod unda est*). Il demeure stupéfait, le visage immobile (*immotus*), semblable à une statue taillée dans le marbre de l'île de Paros (*ut e Pario formatum marmore signum*). Il contemple ses yeux qui lui paraissent deux astres. Sa chevelure est aussi belle que celle de Bacchus (*dignos Baccho*).

Quid videat, nescit; sed quod videt uritur illo (Ce qu'il voit, il l'ignore; mais ce qu'il voit le consume). *Atque oculos idem qui decipit incitat error* (La même erreur qui abuse ses yeux les excite).

Per oculos perit ipse suos (Il périt lui-même par ses propres yeux).

Ovide poursuit plus avant encore le mythe : Arrivé aux Enfers, sur la rive du Styx, Narcissus se penche encore et contemple l'eau noire qui traverse l'enfer (*in Stygia spectabat aqua*).

*

Ovide est si sûr de la fascination meurtrière qui a lieu de regard à regard que lui-même, le conteur, apostrophe son héros et lui fait la leçon : « Crédule enfant, pourquoi t'obstines-tu vainement à vouloir prendre dans tes bras une image fugitive (*simulacra fugacia*) ? Ce que tu recherches n'existe pas. L'objet que tu aimes, tourne-toi et tu le perds. Le fantôme (*umbra*) que tu aperçois n'est que le reflet (*repercussio*) de ton image (*imago*). » Mais Narcisse ne veut rien entendre de ce que lui dit son auteur et reste sidéré par les deux yeux qu'il a devant lui.

Ovide note que Narcisse voit dans son reflet une statue de Bacchus. Le reflet ne dit pas la ressemblance. L'ode d'Horace à son jeune amant que Ronsard a reprise à l'adresse de Cassandre le manifeste : « Ce teint que t'envierait une rose pourprée disparaîtra sous une barbe épaisse, ô Ligurinus. La longue chevelure qui flotte sur tes épaules tombera. Tu diras en voyant dans le miroir un autre (*in speculo videris alterum*) : Que n'ai-je aujourd'hui ma face d'autrefois ! Que n'ai-je autrefois pensé comme aujourd'hui ! » (*Odes*, IV, 10) L'apparence des hommes est aussi labile que l'eau qui passe et leur identité aussi peu personnelle que son écoulement et son remous. Pour les Anciens, ce n'est pas l'amour qu'il a de son apparence sur l'eau qui tue Narcisse : c'est le regard de la *fascinatio*.

C'est le regard qu'évite la peinture romaine.

Comment les peintres romains représentent-ils Narcisse ? Juste avant l'instant de mort, comme Médée contemplant ses enfants en train de jouer aux osselets. Narcisse sur les fresques n'est pas encore fasciné par le reflet qui se trouve à ses pieds. Il fait chaud. C'est une clairière dans la forêt. Le jeune chasseur tient encore son épieu à la main. Il n'a pas encore vu l'eau qui coule à ses pieds. Il ne s'y est pas encore penché. Il n'a pas encore vu sa *repercussio*, que nous-mêmes voyons à peine et qui est peinte délibérément à la hâte.

Il faut éviter le regard direct. Mais Narcisse n'a pas prémédité les ruses de Persée pour éviter le regard de Méduse. Il ignore le face à face mortel. Il ignore qu'existe un *apotropaion* pour éviter le regard d'envie : le fascinus. L'eau du ruisseau dans la forêt est toujours le miroir du temple de Lycosoura où, dans le bronze obscur, le fidèle ne voyait pas son visage mais contemplait un dieu ou un mort dans le monde des enfers.

Tel est l'avertissement que l'Éros adressait à Psychè concernant son corps : *Non videbis si videris* (Tu ne le verras plus si tu le vois).

Il est interdit de regarder devant soi (Persée, Actéon, Psychè). Il est interdit de regarder derrière soi. C'est ce qu'Ovide le conteur dit à Narcisse en interrompant son récit, et qu'il lui dit curieusement dans les termes qui s'imposeraient pour s'adresser à Orphée bien plus qu'à Narcisse : *Quod amas, avertere, perdes* (L'objet que tu aimes, si tu te retournes, tu le perdras). Pourquoi Narcisse songerait-il à se retourner ? Le regard latéral des femmes romaines, ou bien s'arrache au face à face, ou bien entame un retournement qu'elles n'achèvent pas.

Psychè ne dénude pas le corps d'Éros : dans la nuit de la chambre, en approchant la lampe à huile de son visage, elle le brûle à l'épaule. Il disparaît sous forme d'un oiseau. Le comte de Lusignan, portant son œil unique de voyeur au trou de la paroi en plomb, voit Mélusine nue dans sa cuve : elle disparaît sous forme d'un poisson.

Œdipe s'arrache les yeux. Tirésias pour avoir connu les plaisirs des deux sexes est aveuglé. La Gorgone est victime de son reflet dans le miroir que lui tend Persée, miroir comparable à l'eau maternelle que la nymphe Liriopé tend à Narcisse. L'Éros Phanès des Orphiques possède, avec les deux sexes de l'homme et de la femme, deux paires d'yeux. Dionysos enfant, entre sa toupie, son rhombos et ses osselets, tombe dans son miroir (le monde) où il est découpé en morceaux par les Titans. Le miroir de Dionysos est le miroir de Narcisse — qui est aussi le miroir d'Auguste. Comme les Romains reprirent à peu près tout aux Grecs sous sa forme théâtrale, Auguste, le dernier jour de sa vie, « réclama un miroir » (*petito speculo*). Suétone rapporte l'instant de mort de l'empereur (*Vie des douze Césars*, XCIX) : « Il fit arranger ses cheveux. Il fit relever ses joues pendantes. Puis il fit introduire ses amis et il leur demanda s'il leur paraissait avoir bien joué jusqu'au bout la farce de sa vie. Même, il ajouta en langue grecque la conclusion traditionnelle : "Si la pièce vous a plu, donnez-lui vos applaudissements et tous ensemble manifestez votre joie (*charas*)." Alors il les renvoya. Juste après, il eut une peur soudaine (*subito pavefactus*). Il se plaignit d'être entraîné par quarante jeunes gens (*quadraginta juvenibus*) et il mourut. »

*

Actéon ne savait pas qu'il allait surprendre la nudité de Diane. Les chiens ont dévoré le regard face à face. Le regard subit la passion de ce qu'il ignore. Le désir de voir est l'inconnu. Auguste reçut Ovide, le frappa de relégation selon la loi qu'il avait promulguée « en quelques mots sévères et tristes », pour avoir vu ce qu'il ne devait pas voir et que nous ne saurons jamais. Ce sont les vers 103 du IIe livre des *Tristes* : « Pourquoi ai-je vu quelque chose ? (*Cur aliquid vidi ?*) Pourquoi ai-je rendu mes yeux coupables ? Pourquoi n'est-ce qu'après mon imprudence que j'ai compris ma faute (*culpa mihi*) ? » Ovide propose lui-même la comparaison avec Actéon (*inscius Actaeon*). « La divinité ne fait point grâce à l'offense involontaire. Du jour où m'entraîna une fatale erreur (*mala error*) date la perte de ma maison (*domus*). »

Auguste exila Ovide au bout du monde : sous « l'axe glacial » de la vierge Parrhasia. « Personne ne s'est vu assigner une terre qui fût plus lointaine. Au-delà de moi : rien. L'eau de la mer pétrifiée par les glaces. » Ce sont les premières pages de la conscience de soi. « Je suis celui qui veut en vain devenir pierre. Dans mes écrits c'est de moi que je parle. Je m'efforce de ne pas mourir en silence. Écrire des livres est une maladie que menace la folie. » Il y a une relation d'échange qui ne peut s'interrompre entre l'objet perdu, l'objet sans prix, le *monstrum*, la chimère, le prodige, l'art. « Deux fautes m'ont perdu : mes vers et mon égarement (*Perdiderint cum me duo crimina : carmen et error*). Sur la seconde faute je dois me taire (*silenda culpa*). »

*

Julius Bassus disait : « Nous agissons avec plus d'assurance quand nous ne voyons pas ce que nous faisons. Et l'atrocité de l'acte (*atrocitas facinoris*) a beau n'être pas moins grande, notre effroi (*formido*) est moins grand » (Sénèque le Père, *Controverses*, VII. 5).

Les corps n'ont pas de distance à ce qu'ils sont. Les corps ne possèdent pas vraiment leurs organes. Nous nous enfonçons dans le corps dans le plaisir, nous ne le possédons jamais. De même quand nous lisons passionnément nous n'avons pas de livre entre les mains et nous cessons d'être une présence, nous cessons d'être un corps affecté par lui-même. Le corps personnel n'existe dans la *conscientia* que comme corps souffrant ou comme apparence dans les yeux d'autrui. Le drame des amants est de ne pas se donner suffisamment au bout de leur corps dans l'amour. L'amour est puritain. Ils n'évoquent pas l'étreinte qui les a réunis parce qu'ils ne l'ont jamais assez vécue. Vivre l'étreinte jusqu'au bout du corps est le plus difficile de l'amour. Nous ne sommes jamais assez appliqué à notre corps. Nous ne sommes jamais assez *immeditatus*. Le plaisir ne s'y prête pas, lui préférant l'oubli, la hâte à s'assouvir.

Narcissus raconte l'impossible autoscopie, l'impossible *gnôthi seauton*, l'impossible regard en arrière sur le passé. Orphée, sur les cordes de sa lyre, tentait d'adoucir la blessure qu'il ressentait dans le souvenir d'une femme qu'il avait aimée et qu'il avait perdue. « Solitaire, sur le rivage abandonné, il chantait. Le jour recommençait et le jour finissait, il chantait toujours. Il descendit aux gorges du Ténare. Il traversa le bois sacré qu'enténèbre la brume noire de la peur. Il aborda les Mânes et leur roi redoutable. Il chanta : et du profond Érèbe, remuées par ce chant, s'avançaient, vaines images des êtres privés de la lumière (*simulacra luce carentum*), les ombres impalpables (*umbrae tenues*). Elles étaient sans nombre. Elles étaient aussi pressées que des oiseaux réfugiés dans les feuillages des arbres ou des buissons quand le soir tombe ou quand l'orage gronde et les chasse des monts. On voyait des mères, des époux, les fantômes des héros, des enfants. Autour d'eux la boue noire, l'effrayant marais à l'eau croupissante, les roseaux repoussants du Cocyte les enserraient. Le Styx aux neuf cercles les retenait prisonniers. Le vent s'arrêta. Cerbère aux trois gueules resta à béer. La roue d'Ixion s'arrêta. Déjà il revenait avec Eurydice. Proserpine avait imposé qu'elle se tînt derrière lui. Il approche l'air, il aperçoit la lumière quand une folie soudaine s'empare de lui. Il s'arrêta (*Restitit*) — déjà ils atteignaient les rives lumineuses, Eurydice était sienne — mais oubliant tout (*immemor*), vaincu dans son âme, il se retourna (*respexit*). Il fait face. Il lance ses yeux sur elle. Alors trois fois on entendit, montant du marais de l'Averne, un bruit (*fragor*) effroyable. Eurydice parla : "Orphée, quelle folie m'a perdue ? Quelle folie t'a perdu ? Une deuxième fois je retourne là-bas. Une deuxième fois le sommeil noie mes yeux et les emporte dans l'immense nuit." Comme se fond dans les airs impalpables une fumée, elle échappe à sa vue subitement (*ex oculis subito*). Orphée s'évertue en vain à étreindre des ombres. Orphée ne put plus jamais repasser le marais. Le nocher d'Orcus ne le permit plus. Déjà elle voguait, glacée, dans la barque infernale. Sept mois entiers déroulèrent leur cours. Il pleura près des flots du Strymon désert, au pied de la montagne. Dans les antres les tigres pleuraient en entendant ses malheurs. Les chênes frémissaient sous son chant. Aucun amour, aucune union ne purent fléchir son âme : il pleurait Eurydice raptée (*raptam*) et les dons inutiles de Dis. Sa fidélité humilia les autres femmes (*matres*) du pays des Cicones. Lors des mystères, au milieu des orgies de la nuit en l'honneur de Bacchus, elles s'emparent du jeune homme, déchirent son corps, éparpillent ses membres dans la campagne. Sa tête arrachée à son tronc, lancée par Oeagrius Hebrus, roula au milieu des flots qui tourbillonnent. Alors on put entendre sa voix et sa langue appeler Eurydice. Sa bouche dans son dernier soupir formait encore son nom. Les lèvres répétaient : "Eurydice !" Et les rives le long du fleuve répétaient : "Eurydice !" » (Virgile, *Géorgiques*, IV, 465).

*

De l'autoscopie à l'*omophagie*, il n'y a qu'un pas. La haine de soi progressa. Durant les guerres civiles, un légionnaire trancha la tête d'un concitoyen. La tête, comme elle venait de tomber sur le pavement de la rue, eut le temps de dire à son assassin : *Ergo quisquam me magis odit quam ego?* (Quelqu'un me hait donc plus que moi-même?) C'est le premier chrétien de l'histoire, soixante ans avant que le Christ fût là.

La réponse de Tirésias à Liriopé est claire : « On vit si on ne se connaît pas. » Les Narcisse meurent. L'*ego* est une machine à mourir. De même que le fascinus (le *facinus* en latin, c'est l'acte lui-même, le crime) assujettit à la fascination érotique, le regard que Narcisse tourne vers soi (*sui*) est la fascination sui-cidaire (le *fascinus* devient le *facinus*). Dans les Narcisse romains, l'image réverbérée est un détail au bas de la fresque, parfois rongée dans la marge de la fresque. Dans les Narcisse renaissants le reflet spéculaire est une peinture qui requiert tout le soin du peintre et qui investit le centre de la toile. Les simulacres dans les œuvres sont toujours plus fascinants que les modèles dont ils s'inspirent parce que les œuvres sont moins suspectes de vie et de métamorphose. L'ankylose rigide de la beauté s'est approchée d'elles : la mort les a gagnées. Il y a une part plus noble que les chimères de l'esprit qui font leur source — plus ignoble à leur jugement — et qui intègre un animal qui n'est pas distinct de nous et qui est moins soumis au regard qui l'arrache à lui-même et le détache du corps. Ceux qui aiment la peinture sont suspects. La vie ne se regarde pas. Ce qui anime l'animalité de l'animal, ce qui anime l'animalité de l'âme est sans distance à soi. L'*ego* veut le reflet, la séparation entre dedans et dehors, la mort de ce qui va et vient continûment de l'un à l'autre. Aussi l'ignorance dont nous ne pouvons pas sortir, il faut l'aimer comme la vie elle-même qui s'y continue. Tout homme qui croit savoir, il est séparé de sa tête et du hasard originaire. Tout homme qui croit savoir, sa tête est tranchée au-dessus de son corps. Sa tête tranchée est restée dans l'eau du miroir. Ce qui le voue à la fascination (au trouble érotique) est aussi ce qui le protège de la folie.

Les patriciennes romaines quittèrent la fascination. Les patriciennes romaines commencèrent de se séparer du continu du vivant, distinguèrent entre le désir et l'effroi, scindèrent l'*éros* du *pothos*, séparèrent le coït et l'amour (le délire tyrannique et puritain qui est propre aux sentiments appartient à la politique et ne ressortit en aucun cas à l'éros. Tout sentiment, au contraire du désir, établit un pouvoir sur l'autre, table sur lui c'est-à-dire noue un lien *feodalis* et le leste d'un intéressement dans l'économie sociale où viennent se confondre propriété de l'utérus et capital généalogique et patronymique). Les hommes, comme un pare-feu devant le « foyer » lui-même, parvinrent à placer l'écran du dégoût de la vie devant la volupté, puis devant la nudité du corps. Les femmes se vouèrent à la garde de la piété — à la garde de l'image du dieu mort, du dieu dont les parties sont voilées, du dieu dont le Père a sacrifié la vie et elles abandonnèrent ce capital en mourant aux basiliques et aux villas érémitiques qu'elles faisaient héritières. Ce n'est plus Énée qui porte son père mourant sur ses épaules dans Troie en flammes : Dieu le Père retourne la piété contre son Fils qu'il sacrifie comme un *servus*. Le christianisme est un phénomène immobilier colossal né des successions des patriciennes romaines divorcées ou veuves ou exhérédant leurs fils. Le christianisme est un fils mort que les mères portent sur leurs épaules. La première haine contre le désir est liée à ce besoin infanticide ou du moins continent qui assurait l'avenir et qui l'assimilait à l'extension du parc immobilier. Ni l'Ancien Testament ni le Nouveau Testament n'avaient prêché un instant l'arrêt de la reproduction, ni le legs testamentaire des patrimoines fonciers, ni l'anachorèse anti-fiscale et anti-municipale, ni le *taedium vitae.*

La sexualité romaine n'a pas été réprimée par la volonté d'un empereur ou par une religion ou par des lois. La sexualité romaine s'est autoréprimée. La sentimentalité est cet étrange lien où c'est la victime elle-même qui tyrannise. Les sujets asservis, dans l'habitude de la servitude, se sont complu dans l'impuissance et se sont mis à adorer comme un dieu le lien qui les entravait. Ils se sont commis à le resserrer davantage. Ils se sont précipités à encenser la dépendance à la femme et à dignifier cette servitude à force de cérémonies, de bénéfices secondaires et stoïciens dans le dessein d'apaiser cet effroi devenu angoisse.

La nouvelle noblesse de service amplifia la

notion d'obligation. De même que le fonctionnaire est l'obligé du *princeps*, de même un sentiment d'obligation entre l'époux et l'épouse infère un sentiment d'élection mutuelle qui réorganise et paraît rendre volontaire (sentimentalement amoureux) le lien autrefois obligé et irréciproque qui allait de la femme au mari. Le père de famille aristocrate, autocrate, chef de clan, résigna la lutte clanique et devint le père de famille fonctionnaire d'empire, serviteur du prince. Il n'y a pas loin de l'obéissance obséquieuse à l'autodiscipline. L'autoscopie de Narcisse rejoignit l'autophagie de Bellérophon.

La nudité avait éprouvé de l'effroi sous le regard de l'autre. Puis elle éprouva de l'effroi sous le regard de Dieu. Enfin elle éprouva de l'effroi sous son propre regard. Ces nouvelles dépendances réciproques aboutirent à une promiscuité entre l'époux, l'épouse et les enfants. Dans le même temps l'inceste entre la mère et le fils fut peu à peu voué à l'exécration ; il rompait la foi devenue conjugale ; il devint *horror*. L'avortement rituel, politique, commode, sous les trois formes de la sodomie, de l'avortement et de l'exposition, commença à être montré du doigt. La coutume qui excluait les matrones de l'allaitement fut remise en cause sans que cependant elles s'y soumissent. Favorinus d'Arles enjoignit en vain aux mères chrétiennes d'allaiter. Le désir cessa de démarcher la servitude, et les serfs eux-mêmes par contagion, non contents d'être fidélisés de force aux domaines, se fidélisèrent entre eux et se marièrent comme faisaient les hommes libres. L'homosexualité de ce fait, faute d'offre, puis faute de demande, devint peu à peu marginale comme tout ce qui avait cessé d'être statutaire. La décence, la maîtrise du désir, l'autarcie, la continence sont des notions qui, sans être liées entre elles à l'origine, s'unirent en faisceau. Le stoïcisme aima tant l'autosuffisance que le désir parut un manque fruste. L'amour de la femme, des enfants, des amis pouvait être toléré chez le sage, faute qu'il fût capable de s'abstenir. Le mot de Paul aux Romains en 57 aurait pu être un mot de stoïcien : *Melius est enim nubere quam uri* (Mieux vaut se marier que brûler).

Apparurent les premiers contrats de dot. Suivirent de peu les clauses des contrats de dot par lesquelles l'époux s'engageait à ne prendre ni concubine ni *pais.* Quoique ces contrats matrimoniaux n'entraînassent aucune cérémonie légale, ce furent les premiers contrats de mariage de l'Occident. C'est ainsi qu'on vit l'empereur Marc Aurèle, disciple de la secte d'Épicure, s'honorer dans ses notes personnelles de n'avoir pas touché à une servante (qui s'appelait Benedicta) et même à un esclave (qui s'appelait Theodotos) quelque désir qu'il en eût. Cette autocensure intérieure (déjà presque psychologique) déboucha sur le thème du *subjectus et obsequens maritus.* Docile, obéissant veulent presque dire passif. Les Romains du temps de la République auraient jugé cet époux comme *impudicus.* L'homme passa sous le joug de Juno Juga. L'amour *genialis* devient *conjugalis.* L'amour conjugal est le mythe par lequel l'obéissance due à la force (l'*obsequium* dû à la *virtus*) devient psychologique et religieuse (*pietas* et *fides*).

C'est ainsi qu'entre l'époque de Cicéron et le siècle des Antonins, les relations sexuelles et conjugales se sont métamorphosées indépendamment de toute influence chrétienne. Cette métamorphose était achevée depuis plus d'un siècle quand ia religion nouvelle se répandit. Les chrétiens reprirent à leur compte la nouvelle morale obséquieuse qui avait pris essor lors de l'installation de l'Empire sous l'empereur Auguste et sous son gendre Tibère.

Les chrétiens n'ont pas plus inventé la morale chrétienne qu'ils n'ont inventé la langue latine : ils adoptèrent l'une et l'autre comme si Dieu les leur avait prodiguées.

La morale sexuelle cessa complètement d'être une affaire de statut. Cette transformation n'entraîna aucune modification dans les lois de l'Empire puisque ce sont ces dernières qui l'établirent. Cette évolution n'engendra aucune transformation de l'idéologie et de la nouvelle théologie impériales instaurées par Auguste, Agrippa, Mécène, Horace, Virgile, puisqu'elles furent non seulement préservées mais accentuées. Ce fut un lent processus foncier volontaire dont la garde fut confiée à l'angoisse. Mais l'angoisse humaine n'a rien à garder puisque l'angoisse n'est rien d'autre que ce qui garde du désir. Comme l'angoisse se garde du désir, elle ne garde qu'une carence. À la limite elle garde la frustration en augmentant l'effroi. Elle ne garde à proprement parler « rien » : elle garde la non-vie, des parties voilées, un corps à ce point refusé qu'il est mort et qu'on le retient éternellement immobilisé par des clous.

CHAPITRE XIV

Sulpicius et les ruines de Pompéi

À vingt-deux kilomètres de la ville grecque de Neapolis (Naples), le golfe était osque. Pompéi elle aussi fut fondée par les Grecs sur les rives du Sarno, comme Herculanum au nord. Les Étrusques soumirent Osques et Grecs. Les Samnites conquirent Cumes et Pompéi en – 420. Les Romains soumirent Pompéi à la fin du IIIe siècle. Au Ier siècle Pompéi se rebella contre Rome et Sylla l'assiégea. Les Romains colonisèrent la cité de vingt mille habitants jusqu'à ce que le Vésuve fasse valoir ses droits incontestables de propriété sur une terre qu'il avait soulevée au milieu de la mer.

Alors le cratère du Vésuve n'était qu'un sommet. Ses flancs étaient couverts de bois, de vignobles, de buissons et de champs. Le volcan était éteint depuis les débuts de l'époque historique. Sous le règne de Néron, par une journée d'hiver lumineuse, le 5 février 62, les villas tremblèrent. Les habitants furent évacués. La tintinnabulation ayant cessé, ils revinrent.

Dix-sept ans plus tard, Titus étant empereur, le 24 août 79, ce fut l'éruption. Les Pline étaient là. L'oncle y trouva la mort. Une lettre de Pline le Jeune à Tacite rapporte ce plongeon dans la mort.

Pline l'Ancien était extrêmement gras. Il se trouvait à Misène où il commandait la flotte. « Le 9 avant les calendes de septembre, aux environs de la septième heure, ma mère lui apprit qu'on voyait un nuage extraordinaire par sa grandeur et son aspect. Mon oncle venait de prendre un repas, allongé sur son lit, où il était resté à lire et à dicter. Il demande ses chaussures (*soleas*). » Une nuée s'était formée ayant l'aspect d'un arbre (*arbor*). Dans le ciel elle faisait penser à un pin (*pinus*) déployant ses rameaux.

Pline l'Ancien ordonna aussitôt qu'on fît armer un bateau liburnien à deux rangs de rames. Il demanda à son neveu s'il éprouverait du plaisir à venir avec lui. Pline le Jeune lui répondit qu'il préférait rester à lire et à retranscrire les livres de Titus Livius. L'oncle alla embrasser sa sœur (la mère de Pline le Jeune). En sortant, on lui remet un billet de Rectina, épouse de Cascus, effrayée du danger (sa villa était située en bas, près de la mer). Elle suppliait qu'on l'arrachât à une situation d'épouvante. « Mon oncle change son plan. Il fait sortir des quadrirèmes. Il gagne précipitamment la région que tous fuient, met le cap droit sur le point périlleux et obscur, si libre de crainte que toutes les phases du mal, à mesure qu'il les percevait de ses yeux, étaient notées sous sa dictée, malgré la cendre épaisse et chaude qui tombait sur le pont du navire. »

Il arrive. La pierre ponce pleuvait et aussi des cailloux noircis, brûlés, effrités par le feu. Déjà des rochers écroulés forment un bas-fond qui interdit l'accès au rivage. Pline s'adresse au pilote et dit : « Mets la barre sur l'habitation de Pomponianus. » Pomponianus habitait de l'autre côté du golfe, à Stabies. « Pomponianus tremblait quand mon oncle l'embrassa. » Pomponianus lui dit qu'il a fait charger tous ses paquets sur des bateaux au cas où le vent tournerait. Pline lui demande un bain. Puis ils dînent en feignant la gaieté.

Dans l'obscurité de la nuit le mont Vésuve brillait sur plusieurs points. La couleur rouge était avivée par la nuit (*excitabatur tenebris noctis*).

Des villas abandonnées brûlaient dans la solitude (*desertas villas per solitudinem ardere*).

« Alors mon oncle se livra au repos et dormit d'un sommeil qui ne peut être mis en doute. Mon oncle était énorme. Il avait la respiration des corpulents : grave et sonore (*gravior et sonantior*). Ceux qui allaient et venaient dans la terreur devant sa porte n'avaient pas besoin de prêter l'oreille pour l'entendre dormir. »

La cour par laquelle on accède à son appartement est remplie de cendres mêlées de pierres ponces au point qu'en restant plus longtemps dans sa chambre Pline l'Ancien court le risque de ne plus pouvoir en sortir. On le réveille. Il vient rejoindre Pomponianus. Tous avaient veillé et tenaient conseil. Resterait-on dans un lieu abrité ? Des tremblements de terre amples et fréquents agitaient les murs des maisons qui s'écroulaient. Serait-on plus en sûreté dehors ? Les pierres ponces et les roches qui tombaient du ciel étaient redoutables. Ils décident de se mettre des oreillers (*cervicalia*) sur leur tête, qu'ils attachent avec des linges. Ce fut leur protection contre les fragments de pierre qui tombaient du ciel.

Déjà le jour se levait. Autour d'eux ce n'était

qu'une nuit plus nocturne et plus dense que toute nuit (*nox omnibus noctibus nigrior densiorque*). On résolut d'aller sur le rivage et de voir de près si on pouvait reprendre la mer : elle était trop grosse. « Mon oncle était si gros que sa respiration était oppressée. Il avait le larynx naturellement délicat et étroit (*angustus*) ; l'air épaissi par la cendre l'obstruait. On étendit sur le rivage un linge (*linteus*) et mon oncle se coucha. Il demanda à plusieurs reprises de l'eau fraîche et en but. Les flammes et les odeurs de soufre font fuir ses compagnons. L'odeur de soufre (*odor sulpuris*) le réveille. Il s'appuie sur deux esclaves pour se lever et retombe immédiatement. »

Quand le jour revint, trois jours plus tard, son corps fut retrouvé intact, et « recouvert des vêtements qu'il avait revêtus quand il nous avait quittés, ma mère et moi. Son aspect était celui d'un homme endormi (*quiescenti*) plutôt que d'un homme mort (*defuncto*). »

Pline le Neveu termine en disant à Tacite : « À vous de faire des extraits à votre choix. Une lettre n'est pas une histoire. » Ce n'est peut-être pas une histoire. Mais c'est encore une peinture. C'est l'instant de mort. De même que la peinture figure l'*augmentum*, l'accès de la maladie, l'instant de mort, l'instant tragique de la métamorphose, de même la page de Pline sur l'ensevelissement de Pompéi est une fresque. Ce n'est pas un reportage : c'est l'instant pris sur le vif. Ce qui fait le plus vivant du vif pris sur le vif, c'est l'instant qui précède la mort.

Le « mort vif » est une notion éminemment romaine. C'est même un rituel propre à la cuisine romaine. Le cuisinier apportait le poisson vivant devant ceux qui étaient attablés dans la salle à manger. Les convives assistaient aux progrès de l'agonie. Quand ils avaient vu la chair du surmulet vif tourner au vermillon, puis pâlir, quand les derniers soubresauts du surmulet sur le pavement avaient fini de le raidir, alors le cuisinier pouvait l'emporter pour le préparer dans les cuisines. Une femme dans Plaute (*Asinaria*, 178) décrit de la sorte les hommes : « Un amant est comme un poisson. Il ne vaut rien s'il n'est pas fraîchement pêché. Frais, il a du suc. » Les convives regardant sauter le surmulet qu'ils vont manger contemplent l'instant de la métamorphose dans la mort. C'est le spectacle de la « passion » du dieu mourant. C'est le plongeon de Paestum. C'est l'arène. C'est Pompéi ou Stabies ensevelis. C'est Parrhasios peignant le vieil esclave d'Olynthe.

*

Il y a une seconde lettre de Pline à Tacite. Tacite lui demande ce que lui, le neveu, a éprouvé le 24 août 79 à dix heures quinze du matin, tandis qu'il était resté à lire un livre de Tite-Live (*librum Titi Livi*) sur son lit et à en noter des extraits.

Arrive un Espagnol qui l'insulte en le voyant lire quand le monde s'enflamme et meurt. Pline le Jeune lève les yeux, les reporte sur la colonne d'écriture, continue de lire, déroulant avec son pouce le *volumen.*

La lumière, dit-il, était comme malade (*quasi languidus*). Les bâtiments se lézardaient. Les esclaves s'affolaient. L'Espagnol était déjà parti. Pline le Jeune et sa mère se décident enfin à quitter la villa. Ils s'associent à la foule frappée de stupeur (*vulgus attonitum*) qui presse et accélère leur marche. Une fois en dehors des endroits bâtis, ils voient le rivage élargi, la mer retirée, une foule d'animaux marins échoués sur le sable mis à sec. La nuée noire et effrayante (*atra et horrenda*) a envahi le ciel. Pline tient le bras de sa mère alourdie par l'âge, l'embonpoint et l'effroi. « La cendre tombait drue. Je me retourne (*Respicio*) : une traînée noire et épaisse s'avançait sur nous par derrière semblable à un torrent qui aurait coulé sur le sol à notre suite. »

Ils s'assoient sur le bord du chemin dans la nuit. Pline précise : « la nuit comme on l'a dans une chambre fermée toute lumière éteinte » (*nox qualis in locis clausis lumine exstincto*). On entendait les gémissements des femmes, les vagissements des bébés, les cris des hommes. On ne pouvait percevoir les visages. On cherchait à reconnaître les voix. Il y en avait beaucoup qui, par frayeur de la mort, appelaient la mort. Beaucoup qui élevaient les mains vers les dieux. Beaucoup, plus nombreux encore, disaient qu'il n'y avait plus de dieux et prétendaient que cette nuit serait éternelle et la dernière du monde. La cendre en abondance était lourde. « Nous nous levions de temps en temps pour la secouer. Je ne geignais pas : je pensais que je périssais avec toutes les choses et que l'immense monde mourait en même temps que moi. »

*

Le temps presse. La mort frémit dans toute chose. La perception mélancolique et presque psychologique (ou du moins quasi privée) des ruines fut inventée par le patricien romain Servius Sulpicius dans une lettre à Cicéron datée du mois de mars – 45 à l'occasion de la mort de la fille de Cicéron, Tullia, âgée de trente et un ans, expirant tandis qu'elle accouchait dans la villa de Tusculum. La douleur de Cicéron fut si véhémente que tout Rome lui écrivit. César lui écrivit d'Espagne. Brutus, Lucceius, Dolabella ne furent pas les derniers à s'associer à sa douleur. Sulpicius, qui gouvernait alors la Grèce, lui fit parvenir une lettre qui contenait un argument alors complètement nouveau. C'est une des premières traces mélancoliques du « tourisme » dans notre civilisation (*Ad familiares*, IV, 5) : « Lors de mon voyage de retour de l'Asie, alors que je faisais voile d'Égine vers Mégare, je me mis à regarder les paysages qui m'entouraient. Égine se trouvait derrière, Mégare devant, le Pirée sur la droite, Corinthe à ma gauche. Toutes ces cités étaient autrefois célèbres et florissantes. Ce n'étaient plus que des ruines éparses sur le sol et qui s'étaient ensevelies peu à peu sous leur propre poussière. Hélas, me disais-je à moi-même, comment osons-nous gémir de la mort d'un des nôtres, nous dont la nature a fait la vie si courte, alors que nous sommes entourés de cadavres de cités ? Crois-moi, Cicéron, cette méditation m'a redonné des forces. Fais-en l'essai. »

C'est l'ode du *Vixi* héritée des stèles étrusques du *Lupu.* Horace a repris ce thème du « J'ai vécu » qu'aucune mort ne menace, qui fait du souvenir de l'heure fugitive l'étai de chaque instant, capable d'arracher ce qu'on est en train de vivre à la précarité fallacieuse ou imaginaire de l'avenir bien plus qu'à l'ombre de ce qui a été englouti dans la mort. « *Immortalia ne speres* (N'espère rien des choses immortelles). C'est le conseil que donnent l'année et la saison et l'heure. Sans cesse nous rejoignons les anciens rois de Rome et les volets s'ouvrent sur l'aube. Sans cesse l'instant fait la rive éternelle. *Pulvis et umbra sumus* (Nous sommes de sable et d'ombre). L'absence des bourrasques un instant nous porte et fait de nous une figure qui ressemble à un visage qui s'avance dans la lumière. Que l'âme, contente pour le présent, ait en haine l'inquiétude pour ce qui vient ensuite. »

Dans le Ve livre des *Tusculanes*, Cicéron raconte qu'un jour où il se promenait dans la campagne qui entoure la ville de Syracuse, accompagné de quelques amis et d'une troupe d'esclaves, il aperçut parmi les ronces, non loin de la porte d'Agrigente, une petite colonne avec un cylindre et un cercle perdus entre les mûres. Qui a réussi à inscrire une sphère dans un cylindre ? Archimède. Qui a une tombe ? Un mort. C'est la tombe d'Archimède. Aussitôt Cicéron commande aux esclaves de s'armer d'une serpe et de nettoyer la tombe du savant. Il dicte une épitaphe : « Il fallait qu'un pauvre citoyen d'Arpinum vînt révéler aux Syracusains la présence du tombeau du premier des génies que leur cité a engendrés ».

Possidius rapporte qu'Augustin vieillissant (*Vita s. Augustini*, XXVIII) aimait à citer le mot de Plotin (que Plotin avait pris lui-même chez Épictète) : « Ce n'est pas être grand que de tenir pour grand-chose la chute de morceaux de bois et de blocs de pierre (*ligna et lapides*), et la mort des mortels ». Pourtant, lors du siège de Rome par le roi des Lombards, Agilulf, saint Augustin pleura sur du bois incendié, sur des pierres écroulées, et sur la destruction des destructibles.

L'amour des ruines fit la passion des reliques

comme il développa les grands sermons mélancoliques qui ouvrent le Moyen Âge. Fulgence commence : « Que la mémoire de ce que nous sommes ne soit pas absorbée par la terre... » Jérôme poursuit : *Ego cinis et vilissimi pars luti et jam favilla* (Moi je ne suis que cendre, motte du plus grossier limon, déjà poussière). Orentius termine : « Au moment où nous parlons nous commençons à mourir dans une course dont le glissement silencieux nous abuse. Nous précipitons sans cesse un dernier jour (*urget supremos ultima vita dies*) ».

Namatianus raconte le voyage qu'il fit en bateau, en 417, le long de la côte tyrrhénienne : il ne voit que des ruines. Le christianisme fit sien ce tourisme sentimental et nécrophage issu du gouverneur Servius Sulpicius. Lors du siège de Rome par Totila en 546, les citoyens affamés firent des pâtés avec les orties qui poussaient dans les ruines. En janvier 547 Totila déporta tous les Romains et l'Urbs fut entièrement déserte pendant quarante jours. Martial disait cinq cents ans plus tôt (*Épigrammes*, IV, 123) : « Il n'est point de dieu et le ciel est vide » (*Nullos esse deos. Inane caelum*).

*

La *villa* avait désigné la ferme. L'espace privé devint un *mouseion.* L'incinération devint inhumation. Les portraits personnels se multiplièrent sur les sarcophages. Les lettres privées, censurées, non politiques, les reprirent. Les récits autobiographiques en résultèrent. L'individualisme romain d'Ovide à Pline le Jeune, c'est la divinisation de la villa, la plongée dans les livres, la transformation de l'âme en tour fortifiée, flanquée d'enceintes et de remparts, non plus seulement atomique par rapport à la cité, mais insulaire par rapport à la société, l'opposition dure, irréparable de la *villa* à la *polis* grecque, à l'*urbs* romaine. Le destin même du mot français de « ville » (puisque *villa* voulait dire ferme) énonce le destin dévolu par leurs habitants eux-mêmes aux anciennes cités.

Il n'y a jamais eu d'effondrement du monde classique ou lettré. Les lettrés (*eruditi*) sous Clovis (*Chlodovecchus*) vivaient mieux que sous l'empereur Julien et beaucoup mieux que sous Auguste. Le pessimisme rigide avait toujours été la pose romaine. Il fallait être sérieux jusqu'à l'austérité, solennel jusque dans le désir luxurieux et sarcastique, calme jusqu'à la lenteur, grave jusqu'à la tristesse. La crainte d'être dupe, la méfiance totale envers la raison (envers le *logos* des Grecs) les désignent encore et constituent le fond de leur crudité et de leur réalisme. Ils croyaient au « progrès négatif ». Ils croyaient qu'il y avait un progrès de la cruauté dans les tyrannies. Ils croyaient que le temps, vieillissant à force de progresser, accroissait la hideur de la terre et augmentait l'horreur au fond des âmes. Cette croyance à l'empirement désastreux de tout et le devoir de s'en séparer dans l'anachorèse des jardins et l'autarcie des *villa* ou des *insula* ou des déserts (*eremus*) constituent la clé de leur conservatisme. Tout changement était un empirement. Même les hypothèses les plus sombres étaient toujours des hypothèses démenties.

Pline le Jeune fuyait la ville dans ses *villa* comme il avait fui sa *villa* lors de la nuit de l'éruption du Vésuve. Au sud, sous la route qui menait à la mer, il y avait une petite *villa* de vignerons. On la retrouva au XVIIIe siècle. Rocco Gioacchino de Alcubierre la fouilla, fouilla Herculanum en 1754, fouilla Stabies en 1754. En 1763 la *civita* ancienne sur la colline retrouva son nom de Pompéi. « Un puits que le prince d'Elbeuf fit creuser à une médiocre distance de sa maison — écrivit Winckelmann avant de mourir assassiné en 1768 — donna lieu à la découverte actuelle. Ce seigneur avait fait bâtir cette maison pour en faire son séjour. Elle était située derrière le couvent des Franciscains. Le puits en question avait été creusé auprès du jardin des Augustins déchaussés. Il fallut percer à travers les laves jusqu'au tuf et aux cendres. La découverte de vestiges donna occasion de défendre au prince d'Elbeuf de continuer la fouille qu'il avait commencée et l'on fut plus de trente ans sans y penser. Le colonel du corps des ingénieurs de Naples reprit les fouilles sur l'ordre de son maître. Cet homme avait aussi peu de rapport avec les antiquités que la lune en a avec les écrevisses. Il découvrit une grande inscription publique : il fit arracher les lettres du mur sans avoir fait copier auparavant l'inscription ; on les jeta toutes pêle-mêle dans un panier et elles furent présentées au roi de Naples dans cette confusion. On demanda d'abord ce que ces lettres pouvaient signifier et personne ne se trouva en état de le dire. Exposées pendant plusieurs années dans le cabinet, chacun pouvait les arranger à sa fantaisie. »

En 1819, le conservateur Arditi regroupa 102 pièces choquantes retirées lors des fouilles de Pompéi commencées en 1763 et créa le « Cabinet des objets obscènes ». En 1823, la collection de ces pièces interdites changea d'appellation et devint le « Cabinet des objets réservés ». En 1860, nommé par Giuseppe Garibaldi, Alexandre Dumas le baptisa la « Collection pornographique ». C'est ainsi que Dumas retrouva subitement ce mot dont l'inventeur, 2300 années plus tôt, s'appelait Parrhasios.

CHAPITRE XV

La villa des Mystères

Il faut céder à son secret jusqu'au point où la vue n'en est point empêchée. Le sommeil est seul à le dévoiler au rêveur, lui-même seul, sous la forme d'images. On ne partage jamais son rêve. On ne le partage même pas avec le langage. La pudeur concerne le sexe comme secret. Ce secret est inaccessible au langage non seulement parce qu'il lui est antérieur de bien des millénaires, mais avant tout parce qu'il est, à chaque fois, à son origine Le langage en est à jamais dépossédé. Comme l'homme qui parle en est à jamais dépossédé puisqu'il est à jamais sorti de la *vulva*. Puisqu'il n'est plus un *infans* mais un *maturus*, un *adultus*. Puisqu'il est devenu langage. C'est d'abord pourquoi ce secret « qui ne parle pas » (*infans*) trouble aussi rarement son langage. C'est ensuite pourquoi l'« image » de ce secret trouble à ce point l'homme. Au point qu'il rêve. C'est pourquoi la vision de cette scène l'immobilise dans le silence et l'ensevelit dans la nuit.

Plutarque montre Apollonios expliquant à Thespesion que, si l'imitation fabrique ce qu'elle voit, l'imagination peut fabriquer le non-visible. Alors Apollonios dit brusquement : « Si la *mimèsis* souvent recule, effrayée, la *phantasia* jamais » (Flavius Philostrate, VI, 19).

Cicéron a écrit qu'il redoutait plus que tout au monde le silence qui se fait dans le sénat au moment où chacun attend que la voix s'élève.

Quand on entre dans la villa des Vignerons au sud de Pompéi le silence précède l'effroi. Platon disait que l'effroi est le premier présent de la beauté. J'ajoute que le second présent de la beauté est peut-être l'hostilité au langage (le faire silence). Dans la fresque silencieuse, un enfant lit. Nul ne l'entend même dérouler le rouleau qu'il tient dans ses deux mains.

Je ne crois pas qu'on a jamais noté l'invraisemblable pudeur de cette fresque. À certains égards cette fresque aurait pu être appelée la pudeur. Tout à fait à gauche, une matrone se tient dans son fauteuil. Puis l'enfant lit dans le silence de la petite pièce. Au centre, un objet est voilé. Les trois murs exposent à la vue des hommes le mystère de la pudeur affectant les femmes, les enfants, les hommes, les démons et les dieux.

Dans l'orgie dionysiaque, que les Romains appelaient bacchanale, les Romains estimaient que la pudeur était une impiété. La *bacchatio* consistait à castrer un homme, puis à le démembrer avant de le manger cru. Seul le désir irretenu et phallique pouvait « vénérer » le corps de Vénus.

Et pourtant ces trois petits murs dans l'ombre sont la pudeur. Les figures même nues sont des condensations immobiles et solennelles. L'enfant lit. C'est une mémoire. C'est la mémoire du « souvenir sans souvenir » en nous.

Un enfant lit et ce qu'il lit est ce qui est montré. Il lit, lourd d'effroi. Tous les humains qui participent à la scène sont lourds d'effroi. Sur la *chôra* du mur, le peintre les entoure de majesté épouvantée et silencieuse.

Toute fresque ancienne est tournée vers le récit en son entier et est suspendue à l'instant crucial, à l'instant mortel qu'elle ne dévoile pas. La peinture récite tout le rituel en « un » instant. C'est l'instant qui prépare l'*augmentum*, l'accès, la crise, la présence du continu, l'*anasurma* du fascinus, la bacchanale, la mise à mort et l'*ômophagia*. Aussi, quand le texte fait défaut, toute peinture romaine prend-elle l'apparence d'une énigme.

L'effroi est le signe du fantasme. Effroi, peur, angoisse ne sont pas des termes synonymes. L'angoisse attend le danger auquel elle croit se préparer. La peur suppose une source connue à sa crainte. L'effroi quant à lui désigne l'état qui survient quand on tombe dans une situation périlleuse à laquelle rien n'a pu préparer. L'effroi est lié à la surprise. En ce sens la chambre des mystères de la villa des Vignerons est la chambre de l'effroi devant le fantasme.

Le mystère surgit quand, à l'effroi, vient s'ajouter la fascination. Pour qu'il y ait fascination, il faut la présence d'un fascinus. Le fascinus est au centre, recouvert d'un linge sombre, dans sa corbeille sacrée de jonc. Le sentiment d'effroi religieux ou terrible accouple la sensation d'être débordé à celle d'être dominé. Ce couple pétrifie le sujet dans ce que les Romains définissaient aussi bien comme le *tremendum* que comme la *majestas*. La sensation de domination s'ajoutant à la fascination est exactement la sensation de la créature devant son créateur, de l'enfant par rapport au couple de la *dominus* et de la *domina*, du regard par rapport à la scène d'origine.

La scène invisible derrière la fresque visible est la dénudation masculine suivie du sacrifice humain lors de la bacchanale.

De gauche à droite, quand on entre dans le *tablinum* de la villa, vingt-neuf personnages sont présents.

Assise dans son fauteuil statutaire, se tenant à l'écart, soustraite au regard quand on pénètre dans la chambre, la *domina* préside à la cérémonie.

La tête couverte du voile nuptial, revêtue d'un *peplos* grec, une jeune femme écoute la voix qui lit.

L'enfant nu, chaussé de hautes bottes, lit le rituel, déroulant le *volumen*.

Une jeune femme assise pose la main droite sur l'épaule de l'enfant qui est en train de lire. La main gauche, portant l'*anulus*, tient un livre enroulé.

Une ménade couronnée du laurier porte dans ses mains un plateau rond rempli de gâteaux.

Près de la table une prêtresse, vue de dos, soulève un voile sur une corbeille dont le contenu est dérobé au regard.

Une assistante verse une libation sur le rameau d'olivier que lui tend sa maîtresse.

Un silène gratte du plectre les cordes de sa lyre.

Un satyre aux oreilles de chèvre apprête sa syrinx.

Une faunesse donne le sein à une petite chèvre qui tète.

Une femme debout, la tête rejetée en arrière, se recule épouvantée, la main gauche repoussant ce qu'elle voit. Le voile que sa main droite retient s'arrondit au-dessus de sa tête à cause de la résistance que l'air lui oppose et qui s'y engouffre.

Un vieux silène couronné de lierre tend à un satyre un vase plein de vin pour qu'il le boive.

Derrière eux, un jeune satyre lève une *persona* (un masque de théâtre)

Un dieu s'appuie sur une déesse. La fresque est à jamais altérée. (Peut-être Bacchus s'appuie-t-il sur Ariane ; peut-être sur Sémélè.)

À genoux, les pieds déchaussés, une femme en tunique, son manteau ayant glissé sur ses cuisses, commence à dévoiler le fascinus qui repose dans le *liknon* (le van d'osier).

Un démon féminin debout, aux grandes ailes noires, brandit une cravache.

Une jeune femme agenouillée, prenant appui sur les genoux d'une assistante assise, portant la coiffe des nourrices, reçoit le fouet.

Une femme debout en vêtement sombre, le visage encadré de bandeaux, tient à la main le *thyrsus* sacrificiel.

Une danseuse vue de dos, debout, nue, les mains levées, les bras en rond, tournoie sur elle-même en frappant les cymbales.

Une femme assise se coiffe.

Une servante debout l'assiste dans sa toilette.

Un petit Cupido aux ailes blanches tend à la femme qui se coiffe un miroir qui réfléchit les traits de son visage.

Un petit Cupido aux ailes blanches tient l'arc

*

Les mystères ont gardé leur secret. Jamais les *Orgia* d'Éleusis ne nous seront connus. Aristote a expliqué que les mystères comprenaient trois parties : *ta drômena, ta legomena, ta deiknumena* (les actions mimées, les formules dites, les choses dévoilées). Drame, parole exhibition Théâtre, littérature, peinture Ces choses « mystérieuses » (c'est-à-dire « réservées aux mystes ») concer naient la sexualité et le monde des morts. Nous ne les connaîtrons jamais (mais nous les connaissons en nous perpétuant, autant par le désir que par la mort).

On était accoutumé à dater la villa des Mystères de – 30. En raison de sa ressemblance avec un tombeau macédonien les érudits ont proposé la date de – 220. On appelait hiérophante la personne qui procédait au dévoilement sacré de l'effigie. On appelait *liknon* la corbeille sacrée où reposait le *phallos* qu'on allait montrer. Les *legomena* sortent de la bouche de l'enfant nu et flaccide lisant le *fatum*. Toute la fresque exhibe côte à côte les *drômena*.

« Les rhombes (*rhombi*) ont cessé. Nul chant magique (*magico carmine*) ne scande plus la rotation de leur rouet. Le laurier (*laurus*) gît dans le feu qui s'est éteint. Et maintenant c'est la lune qui refuse de quitter le ciel » (Sextus Propertius, *Élégies*, II, 28).

La cérémonie n'a pas de sens et il ne faut surtout pas lui en chercher : elle va accomplir le jeu divin insensé de la bacchanale. On ne peut parler ni d'intériorité ni de sincérité. Ce sont autant de rôles absorbés par le jeu. Plus l'effroi qui est comme l'air entre les *individuus*, comme le vide entre les *atomos*. C'est le jeu sacré. C'est le *lusus*, l'*illusio*, l'*in-lusio*, l'entrée dans le jeu. Ce sont autant de Merméros et de Phérès qui jouent aux osselets sous le regard maternel. Tout jeu absorbe « ailleurs ». La cérémonie n'a qu'un dessein : séparer celui qui va être initié (le myste) de celui qui ne l'est pas (le non-mystique). Le rituel du mystère ne requiert en aucune façon la foi. Il agrège ceux qui y participent et écarte les autres — à l'instar de nous-mêmes qui les contemplons dans leur silence.

Cette *megalographia*, cette peinture en pied, monumentale, solennisante, placée au-dessus de la ligne « orthographique » qui lui sert d'estrade, empruntée à la statuaire autant qu'au théâtre tragique, amplifie la densité charnelle des corps (ce que les Romains appelaient le *pondus*) en estompant délibérément les effets de matière dans les vêtements, en homogénéisant les effets de lumière sur les visages et sur les bras, en obscurcissant les objets, en simplifiant chaque personnage à la limite de son corps, à « l'extrémité » de son *extremitas*, donnant l'illusion de la présence finie, immobilisant le geste grave, soulignant la solitude intérieure concentrée.

Dans la peinture romaine, l'énergie concentrée dans les corps ne se répand pas autour d'eux, sous forme d'une action qui communique entre les corps suspendus. Le mouvement y est arrêté. C'est peut-être cela les *termata technès* (les termes de l'art) que mit à jour Parrhasios : l'*extremitas* arrêtée des corps. Quintilien a écrit que le peintre doit espacer les figures pour que les ombres ne tombent pas sur les corps afin que la silhouette délinéée puisse s'associer le volume dans l'espace (*Institution oratoire*, VIII, 5). Xénophon expliquait que l'espace de la peinture était une profondeur et non un vide, plus exactement : une *chôra* au sens d'un milieu traversé par une ligne et dont le volume est peu occupé (*Économiques*, VIII, 18).

Une vraisemblance irrésistible attire malgré le rite inconnu. Elle tient à la fois aux regards d'effroi et au dit fatal (l'enfant qui lit le *fatum* en déroulant le *volumen*) devenu silencieux. Le mouvement d'ensemble de la fresque n'est pas de la lenteur. C'est du présent éternel. Présent éternel, cela veut dire pétrification. Le rite répète un parcours où la métamorphose est immuable. C'est un théâtre sans public. Le seul public est le dieu qu'il fait revenir. C'est Bacchus. La fresque représente l'instant qui précède la *bacchatio* en l'honneur de Bacchus.

*

Si la fresque date du IIIe siècle, le Fascinus dans son *liknon*, sous son *sudariolus*, n'est pas Priapos. C'est le dieu Liber Pater lui-même. Aurelius Augustinus, fils d'un décurion nommé Patricius, écrit dans le VIIe livre de *La Cité de Dieu* (VII, 21) : « Ce membre turpide, les jours où l'on fêtait Liber, était placé en grande pompe sur un chariot et on le promenait d'abord à la campagne, de carrefour en carrefour, puis jusqu'au milieu de la ville. Dans la cité (*oppido*) de Lavinium un mois tout entier était consacré à Liber et, pendant ce mois, tous les jours, chacun employait le langage le plus obscène (*verbis flagitiosissimis*), jusqu'à ce que le *membrum* fût porté à travers le *forum* en procession solennelle et déposé dans son sanctuaire. Sur ce membre déshonorant (*inhonesto*) une mère de famille parmi les plus honorables (*mater familias honestissima*) déposait publiquement une couronne. C'était la manière de se rendre le dieu Liber favorable pour l'heureux succès des semailles (*pro eventibus seminum*) et afin d'éloigner le mauvais œil (*fascinatio repellenda*). »

Liber Pater était le dieu de toute génération. C'était le jour de sa fête que les jeunes gens prenaient la toge virile et entraient à leur tour dans la classe des *Patres*. Jeunes filles et jeunes gens s'assemblaient pour boire, pour chanter, pour se lancer les vers alternés obscènes, stimulateurs, appelés fascinants. La religion dionysiaque s'étendit à l'Italie dès la fin du IIIe siècle avant Jésus-Christ avec ses phallophories, ses cortèges de bacchants et leurs déguisements satyriques : les hommes couverts d'une peau de bouc avaient noué autour de leurs reins, pointant sur le ventre, un *olisbos* de bois ou de cuir appelé lui-même *fascinum*. Ses mystères relayant les orgies de *gens*, très vite Liber Pater fut assimilé au Dionysos des Grecs dont les cérémonies faisaient appel de la même façon à des *phallos*. Dans l'ancienne Étrurie, Fufluns fut d'abord le nom étrusque de Dionysos puis le dieu porta le nom de Pacha. Pacha et ses Pachathuras rayonnèrent à Bolsena. Peu à peu ils s'étendirent à Rome où Bacchus devint le nom romain de Dionysos et Bacchanalia le nom de ses mystères. C'est l'affaire des Bacchanales en – 186 et la terrible répression sénatoriale qui en résulta.

Il se trouve qu'en – 186 les Romains avaient célébré les rites des bacchanales au pied de l'Aventin, dans le bois sacré de la déesse Stimula. De nuit, les bacchantes avaient couru, échevelées, portant leur torche, jusqu'au Tibre. Une courtisane au nom très fescennin, Hispala Fecenia, rapporta au consul que son jeune amant, Aebutius, avait failli mourir après que sa mère eut décidé de le faire sacrifier par les sectateurs de Bacchus au terme d'une orgie sacrée (une *bacchatio*). Le sénat ouvrit une enquête et provoqua les délations. Les prêtres de Dionysos furent arrêtés, les orgies condamnées, les mises à mort d'hommes, au cours du rite, interdites aussi bien dans l'Urbs que dans les campagnes.

Le sénatus-consulte de – 186 ne fut pas suivi d'effet. La religion dionysiaque s'étendit aux classes patriciennes. Sous l'Empire, elle devint la religion mystique la plus populaire. Priapos remplaça dans les jardins et dans les vignes l'antique fascinus de Liber Pater.

*

Les tragédies (en grec les « chants du bouc ») étaient des contes représentés au cours des grandes fêtes dédiées à Dionysos en Grèce devant toute la cité. Les tragédies durèrent de – 472 à — 406. Durant le crépuscule des tragédies à la fin du Ve siècle en Grèce, Gorgias spécula sur l'écrit. Il est difficile de mettre en valeur l'audace de Gorgias. Il est le premier à avoir médité le langage comme aptitude à construire une réalité autonome au sein du réel. Il est le premier « écrivain ». Le monde est sans réalité, écrivait Gorgias, et s'il avait une réalité, ajoutait-il, nous ne la connaîtrions pas. Et si nous pouvions la connaître, concluait-il, nous ne pourrions la dire. Euripide le Tragique admirait Gorgias le Sophiste. Euripide reprit les thèmes de Gorgias. Il écrivit une Hélène comme la sienne, en faisant un songe. La guerre de Troie comme toutes les guerres n'était que du sang qui avait ruisselé au nom d'un fantôme. Il écrivit les *Bacchantes.* Il y a un désordre inexprimable sous l'ordre social, disent les *Bacchantes* d'Euripide. Une cité ne se fonde que sur la mise à mort violente d'une victime qui devient l'émissaire arbitraire de sa violence.

Les *Bacchantes* d'Euripide reposent sur le *muthos* suivant : Bacchus (Dionysos) accompagné de ses ménades se rend à Thèbes pour rendre hommage au tombeau de sa mère, Sémélè, la femme foudroyée par Zeus. Sur la tombe de Sémélè, Dionysos a fait pousser une vigne éternelle. Les femmes de Thèbes s'associent au culte funéraire de Dionysos, accompagnées par Tirésias et par Cadmos. Penthée, le roi de Thèbes, interdit l'orgie rituelle. Il fait enfermer les femmes thébaines. Il fait arrêter Dionysos. Le dieu parvient à faire revêtir au roi la robe des bacchants en le touchant au front, au ventre et aux pieds. Le roi Penthée se met à courir vers le Cithéron où sa mère et les ménades le dénudent, le déchirent avec leurs mains et le mangent cru.

C'est la *bacchatio* de la victime masculine. C'est l'*ômophagia* des mystères.

Il n'y a que déchirement entre hommes et femmes. La société civile n'est qu'un voile léger au-dessus de la férocité et de l'omophagie. Les coutumes et les arts civilisés ne sont que des griffes rognées qui repoussent sans cesse. *Ômophagia* : la mère dévore cru son fils qui fait retour ainsi, par le sang, dans le corps de celle qui l'a expulsé. Telle est l'extase sanglante qui fonde les sociétés humaines. Toute mère confie, au sortir de sa vulve, son enfant à la mort. Ménades (*mainades*) veut dire en grec « femmes folles ». Elles tournaient la tête et tournaient sur elles-mêmes jusqu'à tomber.

Tel est le sujet de la fresque de la villa. Une ménade tourne sur elle-même. Une myste est flagellée. C'est l'instant qui précède la *bacchatio.*

Dans la pièce d'Euripide, le roi Penthée prétend en vain entraver la bacchanale, prétend en vain enfermer Bacchus au fond du palais. Euripide fait dire à Penthée : « J'ordonne de fermer les portes partout. » Le poète tragique fait répondre à Dionysos : « À quoi bon ? Les murs arrêtent-ils les dieux ? »

Dionysos, le dieu du sacrifice tragique du bouc, le dieu qui ravit par ses masques animaux les spectateurs, le dieu qui fait tournoyer dans la danse et qui fait délirer dans le vin, est le dieu qui rompt le langage. Il court-circuite toute sublimation. Il refuse la médiatisation des conflits. Il déchire tout vêtement sur la nudité originaire.

Sur la fresque de la chambre des mystères la nudité va être dévoilée. Bacchus est déjà ivre. Il appuie son bras qui tremble.

*

Messaline passa pour la femme la plus amorale de la Rome ancienne : parce qu'elle tomba amoureuse. Juvénal décrit la toute jeune impératrice penchée sur Claude dans l'attente de son endormissement. L'impératrice revêt aussitôt un manteau de nuit (*cucullos*), avance dans les rues de Rome sous une perruque rousse cachant ses cheveux noirs (*nigrum flavo crinem abscondente galero*), pousse le vieux rideau, entre dans le bordel tiède (*calidum lupanar*), s'allonge dans une cellule vide (*cellam vacuam*), où elle prend le nom grec de Lycisca.

On reste à Rome : *Lycisca* veut dire en grec « petite louve ».

Messaline retourne au palais « triste, brûlant encore d'un spasme qui tend ses sens » (*ardens rigidae tentigine voluae*), lassée de l'homme mais non rassasiée (*lassata viris necdum satiata*) le teint blafard et souillé par la fumée de la lampe (*fumoque lucernae*). Elle glisse dans le lit impérial (*pulvinar*) un corps qu'elle n'a pas nettoyé de la puanteur du bordel (*lupanaris odorem*).

Mais ce n'est pas par ses sorties nocturnes que l'impératrice adolescente parut amorale : c'est parce qu'elle aima un homme. Le sentiment (une impératrice devenant la serve d'un homme) était interdit aux matrones plus que la débauche.

Messalina aima Silius. Tacite dit que c'était le plus beau des Romains (*juventutis romanae pulcherrimum*). Il était sénateur. Pour vivre avec Messaline il consentit à rompre son mariage avec une femme de la plus ancienne aristocratie, Junia Silana. Messaline choqua parce qu'elle n'acceptait pas de partager un homme. Elle se donna à son amour sans aucune prudence et avec une intransigeance qui scandalisa. Claude d'abord ferma les yeux. Mais Messaline ne l'entendit pas ainsi : elle vint chez Caius Silius sans se cacher, aux yeux de la ville entière, accompagnée de sa suite d'esclaves. Elle faisait transporter la vaisselle ou le mobilier impérial pour les fêtes qu'elle donnait chez Silius. La descendante d'Antoine recommençait la « vie inimitable » entre Antoine et Cléopâtre (sans qu'on ait la preuve qu'elle renouvela le pacte de mort sur lequel la « vie inimitable » de son grand-père avait été conclue).

Silius entrevit le pouvoir au terme de l'amour que lui portait l'impératrice. Il proposa à Messaline d'adopter ses enfants. Elle craignit aussitôt que Silius ne l'aimât plus elle-même. Elle eut le soupçon qu'il l'entourait moins d'amour qu'il ne flattait le moyen par elle d'accéder à l'Empire. Elle décide de prendre la situation de court. Ne trouvant plus de ressources que dans l'audace (*audacia*), dit Tacite (*Annales*, XI, 12), elle décide de renoncer à l'Empire. Elle décide d'épouser Silius. Toute femme romaine possédant le droit absolu de répudier son mari, les auspices furent pris, les sacrifices furent offerts, le contrat fut dressé, les témoins se présentèrent, le mariage eut lieu.

Rome fut pétrifiée. L'empire était la dot de Messaline. Ou Silius, ou Claudius.

Le 23 août 48, le jour où commençaient les fêtes des vendanges, Messaline décida de célébrer des *Bacchanalia*. Les femmes, déguisées en bacchantes, avaient revêtu des peaux de bêtes féroces, honoraient le raisin, le pressoir, le moût, Liber et Bacchus, en dansant. Silius s'était déguisé en Bacchus. Messaline, les cheveux flottants (*crine fluxo*), brandissant le thyrse (*thyrsum quatiens*), s'était déguisée en Ariane, aux côtés de Silius, couronné de lierre (*hedera vinctus*), les cothurnes aux pieds (*gerere cothurnus*).

Claude était à Ostie en train de rédiger son *Histoire des Étrusques* (l'empereur Claude lisait l'étrusque). Il donna l'ordre d'exécuter son épouse. Quand les centurions que Narcisse avait mandés arrivèrent, elle s'était écartée de la fête. Elle se trouvait dans ses jardins, qu'elle aimait moins que Silius mais qu'elle goûtait plus que tout autre lieu au monde (c'étaient les jardins qui avaient appartenu autrefois à Lucullus). Sa mère, Lepida, se tenait auprès d'elle. Messaline était toujours déguisée en Ariane. Elle avait fait appeler une vieille vestale, la vestale Vibidia. Elle avait lâché le thyrse (*thyrsus*) pour un style (*stilus*). Elle méditait. Le style sur le bourrelet de sa lèvre, elle était en train de rédiger une lettre à Claude. Elle avait vingt ans. Elle voulut se tuer elle-même avec son style quand elle aperçut les soldats de Narcisse derrière les arbres mais ils la devancèrent et c'est le tribun de garde qui les commandait qui la transperça de son épée au milieu du jardin de Licinius Lucullus en silence.

*

Les yeux qui ont peur éloignent qui les voit.

Une cérémonie à l'évidence réglée, grave, précise, illusive, souveraine, immanente, énigmatique, angoissée et fatale entoure celui qui voit. Il faut rendre des actions de grâces au dieu violent qui préside à la cérémonie qu'il ait enseveli cette villa de vignerons sur la route qui mène de Pompéi à Herculanum. Je songe au monologue que Sénèque le Fils met dans la bouche de Phèdre : « Je délaisse le métier à tisser, invention de Pallas. Si je prends la laine, elle glisse de mes mains. Je n'ai plus goût à rien. Honorer les temples, leur porter mes prières et mes dons, secouer avec les initiées les torches sacrées (*sacris faces*) suivant des rites qu'on doit taire, je ne m'en soucie plus. La nuit ne me donne plus le sommeil. Mon mal grossit, grandit et me brûle intérieurement (*ardet intus*) comme bouillonne dans le cratère de l'Etna la flamme (*vapor exundat antro Aetnaeo*). » Cette scène s'est augmentée de son bouillonnement et de son ensevelissement fatal. Le Vésuve, relayant l'Etna, fut aussi un brusque masque de Méduse pétrifiant une présence grouillante de vie sidérée, érigée dans l'instantanéité catastrophique.

Cette fresque elle-même est figée dans l'instantanéité catastrophique qu'elle prépare.

Ce qui n'est pas beau, ce qui est terrible, ce qui est plus beau que le beau, ce qui obsède la curiosité qui fait chercher des yeux, tel est le fascinant. Voit-on le sexe qu'on ne le voit pas. Il est arraché à sa visibilité dans l'attraction du désir qui l'avait accru, qui l'avait enflé. Il est arraché à la vision dans l'attraction du plaisir qui le démorphose dans la jouissance.

Dans le plaisir un dieu ravit les femmes. Dans le plaisir un dieu augmente les hommes. L'art ancien était invigoration, ascendant, puissance, grandeur. L'art était pouvoir du pouvoir. L'art était ce qui accroissait le pouvoir du dieu dans sa statue colossale, ce qui éternisait le pouvoir des hommes dans la pierre, ou dans le portrait de chevalet, ou dans les fresques, comme jadis dans la mémoire des cités la mention du nom héroïque dans les vers de l'aède.

Un but toujours ambivalent fut assigné par les Anciens à l'art : un mixte de beauté (grec *kallos*, latin *pulchritudino*) et de domination ou de grandeur (grec *megethos*, latin *majestas*). Les Anciens reprochaient à Polyclète de manquer de *pondus* (de gravité) : trop de beauté et pas assez de *pondus*. Le latin *pondus* traduit le grec *semnon*. Majesté, dignité, lenteur, grandeur, tels sont les attributs des dieux ou de ceux qui portent dans leur corps le pouvoir. Telle est la pesanteur éthique qui doit s'allier à la fascination esthétique. Un court-circuit de *pulchritudino* et de *majestas.* Racine, reprenant Tacite, disait qu'il était en quête d'une « tristesse majestueuse ». Aulu-Gelle précisait : une « tristesse majestueuse sans humilité ni cruauté mais pleine d'effroi, de crainte révérencieuse » (*neque humilis neque atrocis sed reverendae cujusdam tristitiae dignitate*). C'est le *voltum antiquo rigore* de Pline : l'antique rigidité sexuelle des corps et des visages. Érudits acharnés, les acteurs américains de Hollywood étudièrent avec soin les livres de Varron, de Quintilien et de Vitruve. John Wayne pose les pieds sur la ligne *orthographia* de l'écran surélevé avant qu'il soit là ; il ne se précède jamais mais arrive toujours avec ce retard imperceptible à quoi on reconnaît qu'il y a épiphanie d'un dieu ; il parle après s'être mû ; il demeure impassible. On ne dit pas : « John Wayne joue. » On dit : « John Wayne corrige Polyclète. »

Fescennin vient de fascinus. Les vers fescennins, la langue protubérante, agressive, ithyphallique étaient dits irréguliers (*horridus*). Quand Sénèque le Père critique violemment le style d'Arellius Fuscus, il indique le rêve de beauté propre à la Rome ancienne : *Nihil acre, nihil solidum, nihil horridum* (Aucune vigueur, aucun fond, aucune âpreté). Virilité, gravité, grandeur.

C'est le mot de l'empereur Caligula sur le style de Sénèque le Fils : « Du sable sans mortier ». Le goût de Tibère — grand collectionneur des peintures exécutées cinq siècles plus tôt en Grèce — peut toujours être vérifié dans l'île de Capri, dont il devint le desservant fanatique au point de s'y retirer durant onze annees. Quand on vient de la côte amalfitaine en bateau, une immense falaise escarpée, rouge et noire, s'élève dans la mer. C'est le meilleur exemple du sens de *horridus.* On lui donnait le nom de « Terre des Sirènes ». *Capreae* est un colosse de pierre ruiné et abrupt. Dans le Tassili n'Ajjer à l'est du Hoggar s'élèvent de grandes roches au bas desquelles des sociétés de pasteurs il y a vingt mille ans ont peint des combats, des bœufs qui vont être abattus, des hommes qui pénètrent debout des femmes penchées en avant. La roche de Capri a ce caractère sauvage, érigé, escarpé comme un dieu *horridus* dans la mer. Les peintures préservées dans la lave de Pompéi sont ces scènes du Tassili peintes au pied des roches et qui ont été sauvegardées par le sel, cachées dans la pénombre des abris, méditant dans le silence millénaire qui les a entourées, dans l'absence de vent qui les a épargnées, dans l'ombre qui protégeait leurs teintes, dans l'isolement du monde et le dédain des hommes où elles survivent sans se soucier d'aucun regard.

*

Il y a un lieu connu de tout homme et inconnu : le ventre maternel. Il y a pour tout homme un lieu et un temps interdits qui furent ceux du désir absolu. Le désir absolu est ceci : l'existence de ce désir qui n'était pas le nôtre mais dont notre désir résulte. Il y a pour tout homme une utopie et une uchronie. Il y a un temps du mystère. La fougue de la tétée chez le nouveau-né « continue » le spasme de la conception. L'afflux du lait chez la mère « continue » l'émission du sperme neuf mois plus tôt. Il y a un grand Fascinus dont l'érection dure éternellement et qui gouverne le cycle des lunaisons, des années, des naissances, des coïts et des morts.

Il y a toujours dans son van un objet atopique et anachronique qui fascine ses « enfants » et qui se dissimule toujours sous le voile du langage humain. C'est en quoi le fascinus est toujours le secret. L'objet sexuel reste toujours le maître du jeu érotique. Le sujet sexuel, surtout le sujet masculin, perd tout (l'érection dans la *voluptas*, l'élation dans le *taedium*, le désir dans le sommeil).

Ce qui est plus caché que le caché, c'est ce secret.

Apelle se dissimulait derrière ses tableaux (*ipse post tabulas latens*) pour entendre ce que ceux qui les contemplaient en disaient. Il y a toujours un enfant derrière la porte de la chambre secrète (de la chambre à « coucher », de la chambre « mystique ») à l'écoute de ce qu'il ne peut voir. La musique est ce qui refuse ce son. De même que le peintre est toujours accroupi derrière le tableau, il y a toujours une scène derrière le discours. Renan disait qu'on ne pouvait citer dans le passé des hommes une grande chose qui se fût faite d'une façon avouable. De même qu'on ne peut voir Dieu sans mourir. De même on ne peut envisager l'animalité de l'homme sans être puni. La vision du sexe masculin est terrifiante, même dans les sociétés où son ostension la rend banale, et sa fréquence dérisoire.

Les inventions de la tragédie dionysiaque et de la pornographie (les *tabellae* nommées *libidines*) étaient dues aux Grecs. Les Juifs et les Romains se disputaient l'invention du caleçon (*subligaculum*). Un jour Noé, ayant planté sa vigne, ivre de vin, se dénuda et s'endormit sous sa tente (*nudatus in tabernaculo suo*). Son fils Cham pénétra dans la tente pendant qu'il dormait. Il voit pendre aux bas du ventre de son père les *virilia patris* qui l'ont fait ; il voit la *mentula* dans son repos ; il est maudit (*maledictus*) ; il devient l'esclave des esclaves (*servus servorum*) de ses frères (*Genèse*, IX, 21). En Occident, le caleçon a deux origines : une origine judaïque malédictrice et mortelle. Une origine romaine effrayée et mélancolique (dès la République le consul Cicéron prône le port du *subligaculum* sous la toge).

*

Les hommes ne regardent que ce qu'ils ne peuvent pas voir.

Le regard que les Romains voulurent latéral adhère au regard fatal. Le regard fatal est le regard du *fatum* (du dit que prononce l'enfant en déroulant son rouleau de papyrus, absorbant son regard dans la lecture, déroulant la mort et la renaissance *de natura rerum*). Le regard fatal n'entraîne pas la conscience. Il entraîne la persévération de l'incident qui a déclenché l'enchaînement catastrophique du destin (le coït originaire). Il rassemble la cruauté des instants qui se suivent et qui adhèrent jusqu'à la croyance (*fides*) dans le suspens du sens qu'on ne domine pas. C'est comme l'instant imprévisible où la jouissance attendue nous arrache pourtant à nous-mêmes et nous détermine dans le dépit ou le bonheur. Ce qui arrive a une telle avance sur nous, dit Rilke, que nous ne pouvons pas le rejoindre dans son visage. Les causes viennent après ce qui a pris de court. La raison ne fait que consoler dans le langage le réel d'avoir été réel et conjurer la suite des jours d'une nouvelle improvisation qui n'est jamais dans les mains du langage.

« Nul ne détient son propre secret. » Telle est l'erreur de Narcisse dans le texte d'Ovide. Il ne faut pas se connaître. Tout ce qui dépossède de soi est secret. On ne peut distinguer entre son secret et son extase.

Ce n'est pas un temple : c'est une petite chambre d'une villa dans l'ombre, avec une fenêtre qui donne sur les arbres. La porte s'ouvre sur le fascinus dans son van, voilé, dans l'ombre.

Passer par une porte étroite dans une pièce immense, tel est le rêve de base. C'est la *regressio ad uterum.* Tout rêve est une *Nékuia.* Un monde libidinal indépendant, telle est la définition du rêve. C'est aussi cette chambre. C'est la chambre.

CHAPITRE XVI

Du taedium à l'acedia

La légende dit que Tibère, collectionneur des peintures pornographiques de Parrhasios, parla peinture avec sainte Véronique. Ce n'est pas moi qui invente cette scène. C'est Jacques de Voragine qui porte une pierre à cet amas de ruines que j'ai désiré rassembler, et une preuve à mon délire. Parce que toute interprétation est un délire.

Jacques de Varazze à Gênes (*Legenda aurea, De passione Domini,* LIII) dit que Tibère tomba gravement malade à Rome (*Tyberius morbo gravi teneretur*). L'empereur, s'adressant à Volusianus, un de ses intimes, lui dit qu'il avait entendu parler d'un médecin qui guérissait tous les maux. L'empereur déclara à Volusianus

— *Citius vade trans partes marinas dicesque Pylato ut hunc medicum mihi mittat* (Va vite outre-mer et dis à Pilate de m'envoyer ce médecin)

Il s'agissait de Jésus qui guérissait tous les maux avec une seule parole. Quand Volusianus fut arrivé auprès de Pilatus et lui eut communiqué l'ordre de l'empereur, le préfet Pilatus ressentit de l'effroi (*territus*) et demanda un délai de quatorze jours. Volusianus rencontra alors une matrone (*matronam*) qui avait été familière de Jésus. Elle s'appelait Veronica et il s'enferma avec elle.

— J'étais son amie, dit-elle. Trahi par jalousie, Jésus a été tué par Pilate qui l'a fait attacher à une croix.

Alors Volusien fut très chagriné d'apprendre que le médecin avait péri.

— *Vehementer doleo* (Je suis bien en peine), lui dit-il. Je suis malheureux de ne pouvoir exécuter les ordres de mon maître.

La matrone Veronica répondit :

— Alors que mon ami parcourait le pays en prêchant, comme j'étais privée bien malgré moi de sa présence, j'ai pris la décision de faire exécuter son portrait (*volui mihi ipsius depingi imagi nem*). Le peintre m'a dit d'acheter telle toile et telles couleurs. Il se trouva que j'étais en train de porter au peintre ce qu'il m'avait demandé quand je vis passer Jésus qui allait mourir. Mon ami me demanda où j'allais avec cette toile et ces couleurs. Je lui expliquai le dessein que j'avais eu en pleurant parce qu'il était en train de porter sa croix. « Ne pleure pas », me dit-il et il prit la toile et y appliqua son visage. « Voilà comment on peint », dit-il et il s'en alla mourir. Si l'empereur de Rome regarde avec dévotion les traits de cette image, aussitôt il recouvrera la santé.

Volusianus lui repartit :

— Puis-je acheter avec de l'or ou de l'argent ton image ?

— Non, répondit-elle. Seulement avec une ardente dévotion. Je partirai avec toi. Je montrerai ce portrait à César pour qu'il le voie et je reviendrai.

Volusien revint alors en bateau à Rome avec Véronique et dit à l'empereur Tibère :

— Pilate a livré Jésus aux Juifs qui l'ont attaché à une croix par jalousie. Mais une dame est venue avec moi qui porte l'image de Jésus à l'instant de mourir. Si vous regardez ce portrait avec dévotion, vous obtiendrez à l'instant votre guérison et recouvrerez la santé.

Alors Tibère fit étendre un tapis de soie (*pannis sericis*), reçut sainte Véronique, et ils parlèrent peinture. Puis il commanda qu'elle lui découvrît le portrait : il ne l'eût pas plus tôt regardé qu'il recouvra sa santé première. Tibère fit présent d'un tableau ancien à Véronique la putain (un « tableau-de-prostituée » de Parrhasios ?) et ordonna qu'on mît à mort Pilate parce qu'il avait tué Jésus. Mais Pilate ne l'entendit pas de cette oreille et, saisissant avec sa main son épée, il se tua. À l'instant de mourir, Pilatus regarda sa main qui tenait son épée. En expirant il dit :

— La main que j'ai lavée me tue.

*

À Tarse, en Cilicie, coule toujours le Cydnus. C'est à Tarse que Sardanapale s'était fait dresser une statue où était inscrit le précepte d'Épicure : « Jouis du plaisir tant que tu es vivant. Tout le reste n'est rien. » C'est à Tarse que Paul, citoyen romain, naquit. Il était juif de la tribu de Benjamin. À la synagogue, il étudia auprès des plus grands rabbins du Ier siècle. Il vint à Jérusalem et il étudia aux pieds de Gamaliel. Il devint rabbin. Tout à coup, Paul de Tarse se convertit au christianisme, sur la route de Damas, tombant de cheval, en 32. En 32, les villas autour de Pompéi, d'Herculanum et de Stabies tenaient encore debout. En 57, Paul ecrivit aux Romains : « Ceux qui vivent selon la chair (*secundum carnem*) en effet désirent les choses de la chair ; ceux qui vivent selon l'esprit (*secundum spiritum*), les choses de l'esprit. Or, le désir de la chair, c'est la mort (*mors est*) ; les désirs de l'esprit, c'est la vie et la paix (*vita et pax*). Voilà pourquoi les désirs de la chair sont hostiles (*inimica*) à Dieu » (*Ad Romanos*, VIII, 5). Le raccourci de saint Paul est saisissant : l'effroi romain devenu inimitié, hostilité, voilà le christianisme. C'est l'adoration du corps mort de dieu lui-même crucifié sarcastiquement. Ce n'est plus le dieu nu (le *fascinus*). C'est la divinité vêtue et du même coup la reproduction de l'humanité devenue invisible. Paul dit qu'il y a deux voiles et soutient qu'il y a un « second vêtement pour l'homme » : une armure et un casque. Nous ne devons pas nous dévêtir (*Nolumus expoliari*), affirme Paul, nous devons revêtir par-dessus l'autre vêtement (*supervestiri*) ce « second vêtement » afin que ce qui est mortel soit résorbé par la vie (*ut absorbeatur quod mortale est a vita*). *Induite armaturam Dei ut possitis stare adversus insidias diaboli* (Revêtez l'armure de Dieu pour pouvoir résister aux manœuvres du diable). « On sait ce que produit la chair : forni cation (*fornicatio*), impureté (*immunditia*), sodomie (*impudicitia*), débauche (*luxuria*), idolâtrie (*idolorum servitus*), magie (*veneficia*), haines (*inimicitiae*), discordes (*contentiones*), jalousies (*aemulationes*), animosités (*irae*), disputes (*rixae*), dissensions (*dissentiones*), scissions (*sectae*), sentiments d'envie (*invidiae*), meurtres (*homicidia*), orgies (*ebrietates*), ripailles (*comessationes*) et choses semblables. »

Qui fornicatur in corpus suum peccat (Qui coïte pèche contre son propre corps). *Bonum est homini mulierem non tangere* (Il est bon pour l'homme de s'abstenir de la femme).

*

La femme céda devant l'effroi. C'est du moins dans l'épouvante qu'elle s'émancipa de la fascination et de la prédation haineuse. Elle devint un bien dont l'échange fut institutionnel, la propriété privée, et la jouissance furtive. Ils sont loin les thermes mixtes de Rome, loin les latrines ou plutôt la « feuillée » somptueuse de la *forica* où les Romains s'asseyaient côte à côte et conversaient en excrétant, loin les cérémonies secrètes où chaque sexe rêvant le sexe de l'autre et en exhibant l'effigie, afin de se le rendre propice de l'accroître ou de l'épanouir, excluait sa présence.

Virgo Maxima et Pater : les fonctions statutaires ne périrent pas; elles furent inversées; *pietas* des femmes, *castitas* des hommes. Paul Veyne a analysé la métamorphose des relations sexuelles conjugales, créant peu à peu la morale chrétienne du mariage. La morale chrétienne s'appropria la morale impériale païenne des fonctionnaires, soumise, statutaire, paritaire, puis égalitaire, auto-réprimée secrète, privée, fidèle, chaste, abstinente c'est-à-dire amoureuse, pro-féministe, anti-homosexuelle, sentimentale, voilée.

En 1888, à Londres, Elisabeth Blackwell déclara : « La régulation des rapports sexuels au mieux des intérêts des femmes, telle est la vérité méconnue du christianisme. » Par le christianisme l'homme s'est soumis quant aux quatre maîtrises : « ni l'ardeur, ni l'heure, ni la position, ni la paternité ne sont plus dans ses mains ».

Le corps, qui était la *domus* de l'*ego* — l'intimité la plus intime au point d'être inviolable par l'hallucination de l'amour aux yeux de Caton le Censeur — devint l'étrangeté la plus ensorcelée, la plus hostile. Entre la nature et l'histoire, entre l'animal et le langage, entre le désir sexuel et la curiosité scientifique ou livresque, le corps, ce qui était un pont, devint un abîme.

*

Quand, autour de 200, le christianisme devint la religion majoritaire de l'Empire romain, le contrat de mariage apparut et absorba dans sa mode soudaine la foule des esclaves (dont le christianisme fut loin de restreindre le nombre). La hiérarchie ecclésiale des chrétiens épousa la verticalité de la hiérarchie administrative impériale et la renforça. La morale, devenue celle de tous les *status*, s'intériorisa et devint normative (valant pour tous, valant même pour l'empereur, le mot grec *katholikè* veut dire mot à mot « au point de vue du tout »). Les chrétiens — la secte du Poisson — achetèrent l'Empire et le consolidèrent. L'édit de 321 autorisa les legs, abolit le supplice de la croix, prescrivit le repos hebdomadaire le jour du Soleil, donna aux épiscopes le statut de fonctionnaires d'Empire. Dès le IVe siècle on fit croire que le Pontifex Maximus descendait de Pierre. L'interdiction millénaire de toucher le poisson avec la lame d'un couteau se traduit encore de nos jours dans d'admirables services d'argent réservés à la manducation des poissons — dont l'existence même a cessé de nous paraître mystérieuse.

On les sort le vendredi. (Les mots vengent les morts plus anciens : le mot de vendredi vient de *Veneris dies*, le jour de Vénus. Le sacrifice du poisson à ce jour rappelle la grande épiphanie d'Aphrodite sortant de l'eau de l'océan après que le fascinus tranché d'Ouranos y a été jeté.)

Saint Grégoire interdit aux vierges de se baigner nues dans la mer. Athanase interdit aux vierges de se laver d'autres parties du corps que le visage et les pieds. Dans les grands romans édouardiens qui connurent leur plus grande faveur au début de ce siècle, les héros répandaient du son sur la surface de l'eau de la baignoire pour ne pas être humiliés par la vision de leur nudité. Les jeunes filles pour se changer faisaient glisser la chemise sale par-dessus la chemise propre dans le dessein qu'elles ne fussent pas soumises, ne serait-ce qu'un instant, au spectacle de ces vestiges effrayants que le coït, la grossesse et la parturition leur avaient dévolus.

Jésus sur la croix porte le *linteum* noué sur les hanches. Dieu se rhabille, au cours des siècles. Le *velamen capitis* de Marie dérobe la nudité de son fils. Le *subligaculum* remplace le *linteum* puis le *kolobion* se substitue au *subligaculum* (la tunique syrienne à manches se substitue au caleçon). L'abîme du corps et la peur du désir aboutirent au mépris du monde extérieur et aux grandes images de l'enfer. L'enfer resta étrusque ou grec ou mésopotamien : c'est une bête qui dévore. C'est Gorgô les dents saillissantes ou Baubô ventre-bouche. Sur les fresques des basiliques reconverties aux offices chrétiens, dans la statuaire des cathédrales, face aux élus habillés de leur « second vêtement », la grande bouche de la bête de la mort dévore les damnés nus et les avale en les projetant au fond du corps éternel de l'enfer. La vie humaine devint un sommeil dont le sexe fut le cauchemar et dont le réveil devait se confondre avec l'instant qui libèrerait du corps. Après la mortification biographique, puis après la mort biologique, un vrai corps surgirait, glorieux, sublime, indéformable par le désir involontaire, dans le jardin paradisiaque. Ce serait une béatitude vêtue. Le Moyen Âge relégua l'érotisme dans l'enfer. Comme dans les peintures de l'enfance, comme les enfants eux-mêmes de la vulve grande ouverte des femmes, les corps nus tombent en hurlant.

*

Seuls les « mystiques » préserveront la trace ancienne de la scène primitive « mystérieuse ». En 1323, à Strasbourg, Frère Eckhart écrit : *Gratia est ebullitio quaedam parturitionis Filii, radicem habens in ipso Patris pectore intimo* (La grâce est une certaine ébullition dans la parturition du Fils dont l'origine est au cœur du Père). *Quid est hodie ? Aeternitas. Ego genui me te et te me aeternaliter* (Qu'est-ce qu'aujourd'hui ? L'éternité. Je me suis engendré moi toi et toi moi éternellement). La scène primitive est irreprésentable. *Deus* est la forme de la paternité où tout se jette. Tout court vers la pureté pour dissimuler la scène primitive. Cette course se nomme l'histoire. Cette scène n'est pas seulement « l'invisible » parce que nous n'étions pas nés quand elle nous forma. Cette scène est « l'inconnue ». Notre origine nous est plus inconnue que notre mort en ce sens que l'ignorance qui concerne notre mort n'a pas eu lieu. Notre source est l'inconnu le plus inconnu car elle a pris effet en même temps que nous-mêmes avant notre naissance, avant nos mains, avant notre langage, avant notre vue. Même en épiant comme font les voyeurs, nous ne la faisons pas revenir. Même en l'exprimant, nous l'enterrons (parce que l'acquisition du langage n'est liée ni à notre origine ni à notre naissance).

Même le plaisir a pour premier effet de nous soustraire dans la détumescence à son attraction.

Seuls les rêves, dans la nuit dans laquelle tous les jours tous les hommes sombrent, révèlent une part de ce monde auquel le langage tourne le dos. Seules les œuvres d'art, dans le jour, approchent du bord du débordement. Seuls les amants quand ils se dévêtent de tout ce qui les soustrait à leur nudité abordent la terre du désir. Enfin seules les œuvres d'art capables de la représentation du corps humain (la peinture, la statuaire, la photographie, le cinéma) sont à même de ramener dans leurs filets des vestiges de ces scènes qui proviennent de cet autre monde du monde.

*

Il est difficile de voir les ruines parce que nous voyons toujours le fantôme d'un bâtiment debout derrière elles qui tend à les expliquer. Mais nous l'imaginons.

Nous voyons toujours quelque chose de perdu qui donne sens à ce qui demeure. Mais nous l'hallucinons.

Quelque conscience que nous en ayons, en rassemblant des restes de fresques et des lambeaux d'écrits, nous commettons toujours l'erreur irrésistible de croire que ce qui a survécu à la disparition est un échantillon fidèle de tout ce qui a disparu. Mais que pouvons-nous inférer des vestiges que le hasard d'une éruption volcanique a préservés en les engloutissant ?

J'ai voulu méditer huit particularités propres à la perception romaine du monde sexuel : la *fascinatio* du Fascinus, le *ludibrium* propre aux spectacles romains et aux livres des *satura*, les métamorphoses bestiales et leur contraire (les romans d'anthropomorphose), la multiplication des démons et des dieux intermédiaires dans la triple anachorèse épicurienne, puis stoïcienne, puis chrétienne, le regard latéral puis prostré, l'interdit de la fellation et de la passivité, le *taedium vitae* virant à l'*acedia*, enfin la transformation de la *castitas* propre aux matrones républicaines en continence masculine des anachorètes chrétiens. Ce sont tous ces mots obscurs qui peu à peu s'éclairent dans l'effroi.

La vision de la représentation la plus directe possible de la copulation humaine procure une émotion à chaque fois extrême dont nous nous défendons soit sous la forme du rire salace, soit dans la stupeur choquée.

Les anciens Romains, à partir du principat d'Auguste, élurent l'épouvante.

Ce fut un tremblement de terre dont la conséquence fut plus importante que la christianisation de l'Empire, plus importante que les invasions du Ve et du VIe siècle qui n'en altérèrent pas fondamentalement la nature, plus importante que la découverte du Nouveau Monde au cours du XVe siècle : les Americains qui y vivent de nos jours après avoir exterminé tout ce qui faisait obstacle à leur domination sont toujours régis par ce système d'effroi et ils se reproduisent, dans le ventre de leurs épouses, accompagnés d'une terreur qui procède plus des toges blanches des Pères du sénat que des toges noires des Pères chrétiens qui les remplacèrent à la curie. Les Pères puritains qui débarquèrent dans la vallée de l'Ohio ou qui érigèrent leurs chapelles de bois dans la baie de Massachusetts emportaient moins qu'ils ne le croyaient la Bible dans leurs bagages que ce *taedium* que Lucrèce met au jour, que cette haine qu'on voit dans Sénèque, que cette violence indécente qu'on lit chez Suétone ou qu'on pressent chez Tacite et qui les faisaient fuir l'ancien monde.

En novembre 401, quand les troupes gothiques franchirent les Alpes juliennes, deux loups attaquèrent l'empereur à Milan. On les dépeça et on vit sortir de leurs entrailles deux mains humaines. On conclut qu'une meute appelait une horde. Que ce présage amorçait le dépècement de l'Empire ou la fin d'un cycle glorieux. La bête qui avait allaité Romulus se retournait contre le peuple dont elle avait été l'animal tutélaire. Que c'était un juste retour des choses. Que les Romains avaient abandonné leurs traditions nationales, leur valeur guerrière leur histoire et leurs dieux pour se faire monolâtres, tristes et anthropomorphes. Que, comme ils avaient substitué au totem de la louve un esclave sur une croix, ils méritaient leur esclavage. Que le fléau du temps, comme il avait séparé le corps de la nudité, l'*anima* de l'animal, le confort servile et éternel de la fierté individuelle obscène, avait séparé l'effroi de la jouissance, la vie de la mort comme le froment du chaume.

DU MÊME AUTEUR

L'ÊTRE DU BALBUTIEMENT, *essai sur Sacher-Masoch*, Mercure de France, 1969.

LYCOPHRON, ALEXANDRA, Mercure de France, 1971.

LA PAROLE DE LA DÉLIE, *essai sur Maurice Scève*, Mercure de France, 1974.

MICHEL DEGUY, Seghers, 1975.

ÉCHO, suivi D'ÉPISTOLÈ ALEXANDROY, Le Collet de Buffle, 1975.

SANG, Orange Export Ldt, 1976.

LE LECTEUR, *récit*, Gallimard, 1976.

HIEMS, Orange Export Ldt, 1977.

SARX, Aimé Maeght, 1977.

LES MOTS DE LA TERRE, DE LA PEUR, ET DU SOL, Clivages, 1978.

INTER AERIAS FAGOS, Orange Export Ldt, 1979.

SUR LE DÉFAUT DE TERRE, Clivages, 1979.

CARUS, *roman*, Gallimard, 1979 (Folio n° 2211).

LE SECRET DU DOMAINE, *conte*, Éditions de l'Amitié, 1980.

LES TABLETTES DE BUIS D'APRONENIA AVITIA, *roman*, Gallimard, 1984 (L'Imaginaire n° 212).

LE VŒU DE SILENCE, *essai sur Louis-René des Forêts*, Fata Morgana, 1985.

UNE GÊNE TECHNIQUE À L'ÉGARD DES FRAGMENTS, Fata Morgana, 1986.

ÉTHELRUDE ET WOLFRAMM, *conte*, Claude Blaizot, 1986.

LE SALON DU WURTEMBERG, *roman*, Gallimard, 1986 (Folio n° 1928).

LA LEÇON DE MUSIQUE, Hachette, 1987 (Folio n° 3767).

LES ESCALIERS DE CHAMBORD, *roman*, Gallimard, 1989 (Folio n° 2301).

ALBUCIUS, P.O.L, 1990 (Livre de Poche n° 4308).

KONG-SOUEN LONG, SUR LE DOIGT QUI MONTRE CELA, Michel Chandeigne, 1990.

LA RAISON, Le Promeneur, 1990.

PETITS TRAITÉS, tomes I à VIII, Adrien Maeght, 1990 (Folio n°s 2976-2977).

GEORGES DE LA TOUR, Flohic, 1991.

TOUS LES MATINS DU MONDE, *roman*, Gallimard, 1991 (Folio n° 2533).

LA FRONTIÈRE, *roman*, Michel Chandeigne, 1992 (Folio n° 2572).

LE NOM SUR LE BOUT DE LA LANGUE, P.O.L, 1993 (Folio n° 2698).

LE SEXE ET L'EFFROI, Gallimard, 1994 (Folio n° 2839).

L'OCCUPATION AMÉRICAINE, *roman*, Le Seuil, 1994 (Point n° 208).

LA SEPTANTE, *conte*, Patrice Trigano, 1994.

L'AMOUR CONJUGAL, *roman*, Patrice Trigano, 1994.

RHÉTORIQUE SPÉCULATIVE, Calmann-Lévy, 1995 (Folio n° 3007).

LA HAINE DE LA MUSIQUE, Calmann-Lévy, 1996 (Folio n° 3008).

VIE SECRÈTE, Gallimard, 1998 (Folio n° 3292).

TERRASSE À ROME, *roman*, Gallimard, 2000 (Folio n° 3542).

LES OMBRES ERRANTES, Grasset, 2002.

SUR LE JADIS, Grasset, 2002.

ABÎMES, Grasset, 2002.

COLLECTION FOLIO

Dernières parutions

3545. Stephen Marlowe	*Octobre solitaire.*
3546. Albert Memmi	*Le Scorpion.*
3547. Tchékhov	*L'Île de Sakhaline.*
3548. Philippe Beaussant	*Stradella.*
3549. Michel Cyprien	*Le chocolat d'Apolline.*
3550. Naguib Mahfouz	*La Belle du Caire.*
3551. Marie Nimier	*Domino.*
3552. Bernard Pivot	*Le métier de lire.*
3553. Antoine Piazza	*Roman fleuve.*
3554. Serge Doubrovsky	*Fils.*
3555. Serge Doubrovsky	*Un amour de soi.*
3556. Annie Ernaux	*L'événement.*
3557. Annie Ernaux	*La vie extérieure.*
3558. Peter Handke	*Par une nuit obscure, je sortis de ma maison tranquille.*
3559. Angela Huth	*Tendres silences.*
3560. Hervé Jaouen	*Merci de fermer la porte.*
3561. Charles Juliet	*Attente en automne.*
3562. Joseph Kessel	*Contes.*
3563. Jean-Claude Pirotte	*Mont Afrique.*
3564. Lao She	*Quatre générations sous un même toit III.*
3565 Dai Sijie	*Balzac et la petite tailleuse chinoise.*
3566 Philippe Sollers	*Passion fixe.*
3567 Balzac	*Ferragus, chef des Dévorants.*
3568 Marc Villard	*Un jour je serai latin lover.*
3569 Marc Villard	*J'aurais voulu être un type bien.*
3570 Alessandro Baricco	*Soie.*
3571 Alessandro Baricco	*City.*
3572 Ray Bradbury	*Train de nuit pour Babylone.*
3573 Jerome Charyn	*L'Homme de Montezuma.*
3574 Philippe Djian	*Vers chez les blancs.*
3575 Timothy Findley	*Le chasseur de têtes.*

3576 René Fregni *Elle danse dans le noir.*
3577 François Nourissier *À défaut de génie.*
3578 Boris Schreiber *L'excavatrice.*
3579 Denis Tillinac *Les masques de l'éphémère.*
3580 Frank Waters *L'homme qui a tué le cerf.*
3581 Anonyme *Sindbâd de la mer* et autres contes.
3582 François Gantheret *Libido Omnibus.*
3583 Ernest Hemingway *La vérité à la lumière de l'aube.*
3584 Régis Jauffret *Fragments de la vie des gens.*
3585 Thierry Jonquet *La vie de ma mère!*
3586 Molly Keane *L'amour sans larmes.*
3587 Andreï Makine *Requiem pour l'Est.*
3588 Richard Millet *Lauve le pur.*
3589 Gina B. Nahai *Roxane,* ou *Le saut de l'ange.*
3590 Pier Paolo Pasolini *Les Anges distraits.*
3591 Pier Paolo Pasolini *L'odeur de l'Inde.*
3592 Sempé *Marcellin Caillou.*
3593 Bruno Tessarech *Les grandes personnes.*
3594 Jacques Tournier *Le dernier des Mozart.*
3595 Roger Wallet *Portraits d'automne.*
3596 Collectif *Le Nouveau Testament.*
3597 Raphaël Confiant *L'archet du colonel.*
3598 Remo Forlani *Émile à l'Hôtel.*
3599 Chris Offutt *Le fleuve et l'enfant.*
3600 Marc Petit *Le Troisième Faust.*
3601 Roland Topor *Portrait en pied de Suzanne.*
3602 Roger Vailland *La fête.*
3603 Roger Vailland *La truite.*
3604 Julian Barnes *England, England.*
3605 Rabah Belamri *Regard blessé.*
3606 François Bizot *Le portail.*
3607 Olivier Bleys *Pastel.*
3608 Larry Brown *Père et fils.*
3609 Albert Camus *Réflexions sur la peine capitale.*
3610 Jean-Marie Colombani *Les infortunes de la République.*
3611 Maurice G. Dantec *Le théâtre des opérations.*
3612 Michael Frayn *Tête baissée.*
3613 Adrian C. Louis *Colères sioux.*
3614 Dominique Noguez *Les Martagons.*
3615 Jérôme Tonnerre *Le petit Voisin.*

3616 Victor Hugo	*L'Homme qui rit.*
3617 Frédéric Boyer	*Une fée.*
3618 Aragon	*Le collaborateur* et autres nouvelles.
3619 Tonino Benacquista	*La boîte noire* et autres nouvelles.
3620 Ruth Rendell	*L'Arbousier.*
3621 Truman Capote	*Cercueils sur mesure.*
3622 Francis Scott Fitzgerald	*La Sorcière rousse,* précédé de *La coupe de cristal taillé.*
3623 Jean Giono	*Arcadie... Arcadie...,* précédé de *La pierre.*
3624 Henry James	*Daisy Miller.*
3625 Franz Kafka	*Lettre au père.*
3626 Joseph Kessel	*Makhno et sa juive.*
3627 Lao She	*Histoire de ma vie.*
3628 Ian McEwan	*Psychopolis* et autres nouvelles.
3629 Yukio Mishima	*Dojoji* et autres nouvelles.
3630 Philip Roth	*L'habit ne fait pas le moine,* précédé de *Défenseur de la foi.*
3631 Leonardo Sciascia	*Mort de l'Inquisiteur.*
3632 Didier Daeninckx	*Leurre de vérité* et autres nouvelles.
3633. Muriel Barbery	*Une gourmandise.*
3634. Alessandro Baricco	*Novecento : pianiste.*
3635. Philippe Beaussant	*Le Roi-Soleil se lève aussi.*
3636. Bernard Comment	*Le colloque des bustes.*
3637. Régine Detambel	*Graveurs d'enfance.*
3638. Alain Finkielkraut	*Une voix vient de l'autre rive.*
3639. Patrice Lemire	*Pas de charentaises pour Eddy Cochran.*
3640. Harry Mulisch	*La découverte du ciel.*
3641. Boualem Sansal	*L'enfant fou de l'arbre creux.*
3642. J.B. Pontalis	*Fenêtres.*
3643. Abdourahman A. Waberi	*Balbala.*
3644. Alexandre Dumas	*Le Collier de la reine.*
3645. Victor Hugo	*Notre-Dame de Paris.*
3646. Hector Bianciotti	*Comme la trace de l'oiseau dans l'air.*
3647. Henri Bosco	*Un rameau de la nuit.*

3648. Tracy Chevalier — *La jeune fille à la perle.*
3649. Rich Cohen — *Yiddish Connection.*
3650. Yves Courrière — *Jacques Prévert.*
3651. Joël Egloff — *Les Ensoleillés.*
3652. René Frégni — *On ne s'endort jamais seul.*
3653. Jérôme Garcin — *Barbara, claire de nuit.*
3654. Jacques Lacarrière — *La légende d'Alexandre.*
3655. Susan Minot — *Crépuscule.*
3656. Erik Orsenna — *Portrait d'un homme heureux.*
3657. Manuel Rivas — *Le crayon du charpentier.*
3658. Diderot — *Les Deux Amis de Bourbonne.*
3659. Stendhal — *Lucien Leuwen.*
3660. Alessandro Baricco — *Constellations.*
3661. Pierre Charras — *Comédien.*
3662. François Nourissier — *Un petit bourgeois.*
3663. Gérard de Cortanze — *Hemingway à Cuba.*
3664. Gérard de Cortanze — *J. M. G. Le Clézio.*
3665. Laurence Cossé — *Le Mobilier national.*
3666. Olivier Frébourg — *Maupassant, le clandestin.*
3667. J. M. G. Le Clézio — *Cœur brûle* et autres romances.
3668. Jean Meckert — *Les coups.*
3669. Marie Nimier — *La Nouvelle Pornographie.*
3670. Isaac B. Singer — *Ombres sur l'Hudson.*
3671. Guy Goffette — *Elle, par bonheur, et toujours nue.*
3672. Victor Hugo — *Théâtre en liberté.*
3673. Pascale Lismonde — *Les arts à l'école. Le Plan de Jack Lang et Catherine Tasca.*
3674. Collectif — *« Il y aura une fois ». Une anthologie du Surréalisme.*
3675. Antoine Audouard — *Adieu, mon unique.*
3676. Jeanne Benameur — *Les Demeurées.*
3677. Patrick Chamoiseau — *Écrire en pays dominé.*
3678. Erri de Luca — *Trois chevaux.*
3679. Timothy Findley — *Pilgrim.*
3680. Christian Garcin — *Le vol du pigeon voyageur.*
3681. William Golding — *Trilogie maritime, 1. Rites de passage.*
3682. William Golding — *Trilogie maritime, 2. Coup de semonce.*

3683. William Golding	*Trilogie maritime, 3. La cuirasse de feu.*
3684. Jean-Noël Pancrazi	*Renée Camps.*
3686. Jean-Jacques Schuhl	*Ingrid Caven.*
3687. *Positif,* revue de cinéma	*Alain Resnais.*
3688. Collectif	*L'amour du cinéma. 50 ans de la revue* Positif.
3689. Alexandre Dumas	*Pauline.*
3690. Le Tasse	*Jérusalem libérée.*
3691. Roberto Calasso	*la ruine de Kasch.*
3692. Karen Blixen	*L'éternelle histoire.*
3693. Julio Cortázar	*L'homme à l'affût.*
3694. Roald Dahl	*L'invité.*
3695. Jack Kerouac	*Le vagabond américain en voie de disparition.*
3696. Lao-tseu	*Tao-tö king.*
3697. Pierre Magnan	*L'arbre.*
3698. Marquis de Sade	*Ernestine. Nouvelle suédoise.*
3699. Michel Tournier	*Lieux dits.*
3700. Paul Verlaine	*Chansons pour elle* et autres poèmes érotiques.
3701. Collectif	*« Ma chère maman ».*
3702. Junichirô Tanizaki	*Journal d'un vieux fou.*
3703. Théophile Gautier	*Le Capitaine Fracasse.*
3704. Alfred Jarry	*Ubu roi.*
3705. Guy de Maupassant	*Mont-Oriol.*
3706. Voltaire	*Micromégas. L'Ingénu.*
3707. Émile Zola	*Nana.*
3708. Émile Zola	*Le Ventre de Paris.*
3709. Pierre Assouline	*Double vie.*
3710. Alessandro Baricco	*Océan mer.*
3711. Jonathan Coe	*Les Nains de la Mort.*
3712. Annie Ernaux	*Se perdre.*
3713. Marie Ferranti	*La fuite aux Agriates.*
3714. Norman Mailer	*Le Combat du siècle.*
3715. Michel Mohrt	*Tombeau de La Rouërie.*
3716. Pierre Pelot	*Avant la fin du ciel. Sous le vent du monde.*
3718. Zoé Valdès	*Le pied de mon père.*
3719. Jules Verne	*Le beau Danube jaune.*
3720. Pierre Moinot	*Le matin vient et aussi la nuit.*
3721. Emmanuel Moses	*Valse noire.*

Composition Interligne.
Impression Bussière Camedan Imprimeries
à Saint-Amand (Cher), le 4 novembre 2002.
Dépôt légal : novembre 2002.
1er dépôt légal dans la collection : avril 1996.
Numéro d'imprimeur : 025127/1.
ISBN 2-07-040002-6./Imprimé en France.